O MUNDO
NÃO EXISTE

ANDRÉ GALIANO

O MUNDO NÃO EXISTE

ROMANCE

Para que morremos?
Quando vivemos?

Labrador

© André Galiano, 2023
Todos os direitos desta edição reservados à Editora Labrador.

Coordenação editorial PAMELA OLIVEIRA
Assistência editorial LETICIA OLIVEIRA, JAQUELINE CORRÊA
Projeto gráfico, diagramação e capa AMANDA CHAGAS
Diagramação ESTÚDIO DS
Preparação de texto LUCAS DOS SANTOS LAVISIO
Revisão VINÍCIUS E. RUSSI
Imagem da capa FREEPIK

Dados Internacionais de Catalogação na Publicação (CIP)
Jéssica de Oliveira Molinari – CRB 8/9852

GALIANO, ANDRÉ
  O mundo não existe / André Galiano. –
São Paulo : Labrador, 2023.
  336 p.

  ISBN 978-65-5625-466-1

  1. Ficção brasileira I. Título

23-5803   CDD B869.3

Índice para catálogo sistemático:
1. Ficção brasileira

Labrador
Diretor-geral DANIEL PINSKY
Rua Dr. José Elias, 520, sala 1
Alto da Lapa | 05083-030 | São Paulo | SP
contato@editoralabrador.com.br | (11) 3641-7446
editoralabrador.com.br

A reprodução de qualquer parte desta obra é ilegal e configura uma apropriação indevida dos direitos intelectuais e patrimoniais do autor. A editora não é responsável pelo conteúdo deste livro. Esta é uma obra de ficção. Qualquer semelhança com nomes, pessoas, fatos ou situações da vida real será mera coincidência.

SUMÁRIO

Prólogo — 7

Capítulo I: O fim — 23

Capítulo II: A porta — 41

Capítulo III: O poço — 93

Capítulo IV: O quarto — 131

Capítulo V: O poder — 157

Capítulo VI: O perdão — 183

Capítulo VII: O silêncio — 243

Capítulo VIII: A ira (de Deus) — 271

Capítulo Final: O começo — 311

Epílogo — 327

PRÓLOGO

Devia ter atentado à palavra.
Prólogo é algo que tem que acabar LOGO.
Se não, seu nome seria **prólongo**.
Sim, sim — eu sei que prólogo significa
aquilo que vem antes do texto principal.
Mas eu achei esse novo sentido interessante,
e, como ficou um pouco maior do que eu gostaria,
vamos de uma vez a ele.

Prólogo

Giovanni Valeriano amava seu irmão mais novo. Um dia se enfrentaram. E ele morreu.

Esta é sua história.

— O que isso tem a ver com o fato de o mundo não existir? — certamente indaga quem lê estas primeiras palavras.

— Não entendi esse título — diz outro.

Não tiro a razão desse questionamento. Apenas peço que você, leitor, empreste seus ouvidos (ou olhos, melhor dizendo) e a sutil paciência de quem procura sentido nas coisas, para que eu possa me justificar. O título da história de Giovanni Valeriano e seu irmão tem um porquê.

Porque, como qualquer história, esta tem sua dose de verdade, camuflada por outra de ficção. Flerta com a fantasia na mesma medida em que se ampara na realidade. Existe e não existe.

— Ainda não entendi.

Eu sei, tenha calma. Vou tentar explicar de outra forma: como qualquer conto, esta história existe, e plenamente, no espaço imaginário contido em seu relato, certo?

— Certo!

Mas, ao mesmo tempo, não: porque, logo que finalizamos sua leitura, a história foge de nós, como o suspiro foge do corpo depois de sua morte, fazendo com que eles (suspiro e corpo; história e leitura) simplesmente deixem de existir. Foge, porque um conto sem alguém para dar conta dele é como um conto que não existe.

— Gostei! É tipo o filme A história sem fim.

Não era bem o que eu tinha em mente, mas seu exemplo não deixa de ser bom. O que eu queria era falar de alguns mitos para me ajudar a explicar por que o mundo não existe, bem como o que isso tem a ver com a história de Giovanni Valeriano e seu irmão. Afinal, os mitos relatam acontecimentos um tanto fantásticos que, apesar de impossíveis, eram entendidos como verdade cravada em pedra, senão para quem os contava, no mínimo para quem contava com eles.

O fato é que, verdadeiros ou não, muitos foram criados para refletir sobre o tema que exploraremos aqui: o confronto entre irmãos. A julgar pela quantidade desses mitos, o assunto parece ter sempre fascinado a humanidade. Neste prólogo, trouxe apenas alguns deles, com a intenção de inspirar nossa narrativa sobre Giovanni Valeriano e seu irmão mais novo, da qual em seguida darei cabo.

Ah, antes de continuar, breve alerta de spoiler: tem irmão matando irmão; tem irmã invejosa querendo ser mais bonita que a irmã; tem irmão roubando irmão e tem até irmão que não queriam deixar que tivesse irmão. Pequena digressão esta minha, mas prometo valer a pena. Vamos?

Irmão que mata irmão

No Egito Antigo, dizia-se que Osíris fora esquartejado pelo seu irmão Set. Em catorze pedaços! Você leu bem. Matar não bastava. Set queria destituí-lo de seu trono, tinha inveja dele ou simplesmente raiva, já que, segundo consta, Osíris dormiu com Néftis, esposa de Set. Sua indignação é compreensível.

— A minha? — surpreende-se o leitor.

A sua e a de Set. Afinal, quem seria capaz de cometer adultério com a mulher do próprio irmão? Set planejou, então, a morte de Osíris à altura de sua raiva, com doses de sadismo e — talvez sem pretender — até um pouco de comédia: construiu um belo sarcófago e criou um concurso em uma festa que ele ofereceu para muitos convidados. Quem coubesse nele, ganharia o sarcófago.

— Olhem só que caixão maravilhoso! Entrem todos! Quem couber, é dele! — bradou Set.

Suponho que estivessem todos bêbados, já que de um em um os convidados foram entrando no caixão. Ninguém cabia, é claro: ele foi feito à medida para Osíris, que, ao entrar (e caber perfeitamente) nele, foi imediatamente trancado e atirado ao rio Nilo. Que sufoco. E — por que não? — que terrivelmente genial.

Ísis, esposa de Osíris, ficou muito angustiada com a notícia. Como não ficaria? Partiu em busca do falecido marido, para ao menos lhe dar um sepultamento digno dos deuses. Set não gostou nada da ideia; encontrou o caixão antes de Ísis e, não satisfeito com seu sadismo, mutilou o corpo de Osíris, espalhando seus restos pelo Egito. Ainda mais abalada, mas insistente, Ísis passou a contar com o auxílio de sua irmã, Néftis (sim, a mesmíssima esposa de Set, aquela que dormiu com Osíris). Parece novela de quinta categoria, mas não é. E Set não tem o título de deus da confusão por acaso.

Convenhamos que não deve ter sido muito legal para Ísis procurar o marido com a irmã que acabara de traí-la. Apesar disso, aceitou a oferta, já que Néftis desejava muito ajudá-la e a amava incondicionalmente. Ao que parece, também amava seu marido. Ísis enfim encontrou cada um dos pedaços — à exceção do pênis, vejam só. E o ressuscitou (o marido, não o pênis) para então fazer as pazes com Osíris.

Com um pênis feito de vegetais.

A cena não deixa de ser interessante: o prazer carnal que Ísis teria desejado experimentar, depois de semelhante aventura para se reconciliar com seu marido, não aconteceu; mas ao menos ela experimentou algo similar, nem que fosse na forma de um belíssimo sexo vegano, com um pinto feito de planta. Ou um plinto, diriam os desavisados. Diz-se também que essa foi a primeira vez que uma planta deixou de ser comida para virar comedora. Então o plinto mandou ver. E conceberam Hórus.

Hórus cresceu para vingar o assassinato de seu pai. Matou seu tio Set e o condenou eternamente ao mundo inferior, recuperando, dessa forma, a soberania de seu antecessor e salvando o Egito daquilo que teria sido um duro período de trevas — imagina só ser governado por um deus maluco como Set; bom mesmo é ter como líder alguém mais brando, nascido de um pinto vegetal. Fascinante, não?

— Sim.

O Rei Leão, da Disney, tem uma história bem parecida, apenas sem menções a pênis mutilados. Irmão mata irmão, tio governa como déspota, filho/sobrinho passa por uma jornada de transformação, empodera-se e por fim consegue sua vingança matando o tio. Lágrimas caem em meio a aplausos fervorosos orquestrados pela trilha sonora magnífica de Elton John (que, por sinal, tampouco teve a melhor das relações com seu irmão Geoff Dwight).

Irmão que enfrenta o pai com ajuda do irmão e depois é mal-agradecido

Do outro lado do Mediterrâneo, nos montes da Grécia, Cronos, deus do tempo, havia se tornado o mais poderoso do Olimpo após ter destronado seu próprio pai, Urano, soberano do céu. Com uma foice, Cronos o castrou e, sem a menor piedade, amputou não seu pênis, mas seus testículos. Ao que parece, na Antiguidade Clássica, as partes íntimas dos deuses eram alvos inescapáveis.

— Oh, Urano, meu pai e deus do céu, vou cortar suas bolas! — gritou Cronos.

— Meu Deus do céu! — chorou Urano.

— Cale-se — respondeu Cronos, açoitando violentamente os testículos de Urano.

Sim, leitor, por enquanto este mito é sobre conflito entre pai e filho, além de mutilações testiculares; mas em seguida veremos o desentendimento fraterno na plenitude de sua capacidade.

Continuando, a Cronos caberia o mesmo destino de seu pai. Assim lhe confidenciou o oráculo. Consternado pela profecia e com medo de perder seu poder, Cronos passou a devorar seus filhos um a um logo ao nascerem. O engraçado é que, mesmo sabendo do risco que corria, ainda assim continuava a gerá-los. Parece pouco inteligente; não teria sido mais fácil simplesmente deixar de ter filhos em vez de se dar o trabalho de devorá-los? De qualquer forma, seu plano foi bem-sucedido até o quinto filho. O único que conseguiu escapar foi Zeus, o sexto, amparado pela sua mãe, que o escondeu (provavelmente em um cesto, tal qual Moisés), dentro de uma caverna, até que pudesse crescer livre de qualquer perigo e assim reivindicar o trono de seu pai.

Sem poder devorar o bebê Zeus, Cronos ainda desejava devorar alguma coisa. Sua esposa ofereceu uma pedra em seu lugar, enrolada em um pano e feita de ônfalo. O nome parece sugestivo, mas certamente não foi um falo que Cronos saboreou.

Não obstante, ficou bem satisfeito e não desconfiou de nada. Zeus, já adulto, regressou para enfrentar seu pai, cumprindo à risca a típica jornada do herói. Se você pensou em Luke Skywalker contra Darth Vader, você acertou. Com uma poção (quem dera fosse um sabre de luz), conseguiu fazer com que seu pai vomitasse, feito bêbado em fim de festa, regurgitando seus irmãos que estavam presos no estômago de Cronos. Sim, um pouco nojento. Auxiliado por um bando de recém-regurgitados e algumas outras criaturas não menos esdrúxulas, Zeus saiu vitorioso, após uma longa guerra (aquela que chamaram de Titanomaquia): matou seu pai e tornou-se o soberano da humanidade e dos céus. Passou a ser o mais adorado pelos gregos, o deus supremo. Como prêmio pela conquista, entregou os oceanos a seu irmão Posêidon, que ficou bem feliz:

— *Valeu, Zeus.*

Tinha de ficar contente mesmo, poxa. Sua neta seria ninguém mais, ninguém menos, do que a Pequena Sereia. Abraçaram-se, dando risadas. Já a seu irmão Hades, que também lutara bravamente a seu lado, Zeus entregou a morada inferior:

— *Vai pro inferno, Hades!*

Parece presente de grego. No mínimo, pouco agradecido. Será que Hades gostou? O que ele fez de errado para que seu irmão lhe desse um mimo dos infernos? Também não havia sido leal, tal qual Posêidon? Mas quem questionaria Zeus? Ao vencer seu pai, Zeus havia se transformado no todo-poderoso. É provável que, em função de tamanha conquista, seu brio tenha se inflamado. Libidinoso insaciável, Zeus teve relações com deusas, mortais, semideusas, ninfas, musas, irmãs, tias, avós, sobrinhas. Enfim, trepou com Deus e o mundo. E gerou filhos para tudo quanto é lado. Mas nem sempre suas conquistas se deveram a seus dotes divinos. Em alguns casos, fez malabarismos éticos: morrendo de tesão pela belíssima mortal Alcmena, disfarçou-se do marido dela (que estava em guerra e há dias não voltava para casa) para assim possuí-la. Imaginem a euforia de Alcmena ao ver o "marido" depois de tanto tempo em batalha:

— Meu amor, você voltou! Que alegria! Vem cá, que não aguento mais ficar sem você.

Zeus, disfarçado de marido, teve com Alcmena uma noite de devassa luxúria. Bem safado, ele. Mas não se contentou: fez com que a noite fosse duplicada e assim conseguiu mandar bala mais uma vez. Dessa forma, Alcmena concebeu Héracles, o herói dos heróis, o guerreiro dos guerreiros. É possível que lhe coubesse também outro título, o de filho do puto — embora seu pai certamente o merecesse mais que ele. O fato é que ninguém chamou Zeus de filho da puta (a não ser, provavelmente, o pobre padrasto de Héracles). Pelo contrário, Zeus foi e continuou sendo o mais venerado. E com isso saía por aí saciando sua lascívia. Mas foi seu irmão mais velho, Hades, bastante fiel a sua esposa Perséfone, quem levou a má fama: para ele sobrou reinar no quinto dos infernos. Vá entender. Um irmão apronta e é celebrado; o outro, casto, é difamado. Hades estaria entre os mais odiados do panteão olímpico. Precisaria de um horrendo cachorro de três cabeças, Cérbero, para impedir que quem quer que o visitasse pudesse ir embora de lá. Como se não bastasse, Zeus ainda invadiu o inferno, doidão, trepou com Perséfone e concebeu Dionísio, que viria a ser, claro, o deus dos bêbados, haja vista o nível de promiscuidade que lhe precedeu.

Assim chegamos ao motivo pelo qual escolhi falar deste mito: se analisássemos esta história sob a perspectiva de Hades, parece mesmo uma injustiça. Você luta, ajuda seu irmão, vence, mas, como recompensa, ele dorme com sua esposa e ainda te obriga a morar no inferno, precisando de um cachorro com três cabeças para que ninguém possa fugir da sua casa.

— Puta que pariu — falou Hades.

Que tal isto para inspiração de nosso conto dos irmãos Valeriano?

Irmão que ajuda irmão — mas quer saber? Ninguém liga

Em outros cantos, Ramayana, antigo texto Hindu encontrado perto das planícies do rio Ganges, nos fala do herói Rama e de seu devoto irmão Lakshmana. Não é um conflito propriamente dito, mas chama atenção o inabalável empenho de Lakshmana em ajudar seu irmão em sua aventura: Rama precisava resgatar a esposa Sita, que fora aprisionada pelo demônio Ravana. A inteira existência de Lakshmana parece se justificar tão somente pelo propósito de ajudar seu irmão. E nada mais. Tamanha renúncia mereceria ser louvada, não? Não. O conto recebe o nome de Rama. A viagem de Rama. É sobre ele.

"E o irmão que se dane", pensou Lakshmana.

E nós aqui, em consorte com o julgamento que lhe coube, tampouco reservaremos outras palavras a ele que não estas já ditas. Esperamos que não se ofenda, Lakshmana!

Irmã que tem inveja da irmã

Anterior a esse mito, na Suméria de quatro mil anos atrás, a mais antiga das deusas do amor, Inana, foi à morada dos mortos (naquela que seria talvez a primeira descrição de uma descida ao submundo) para ter com sua irmã mais velha Eresquigal, não sem antes pedir que a resgatassem depois de três dias, caso ela não conseguisse voltar. Não sabemos se em sua jornada encontrou Hades ou Set, que lá residiam, ou mesmo Jesus Cristo, em sua também descida aos infernos por três dias. O fato é que Inana conseguiu superar a irmã depois de terríveis humilhações — Eresquigal invejava sua beleza. Em verdade, a maldição de toda bela é carregar consigo o ciúme de quem não partilha de seu encanto. Ainda mais se irmã. Inana então se elevou como divindade, vindo a influenciar incontáveis símbolos do amor renascido em milênios posteriores: desde Istar, dos acádios, na mesmíssima Mesopotâmia; passando pela fenícia Astarte e ali perto pela egípcia Ísis, de quem já falamos; fundindo-se com Afrodite após a helenização do Oriente e finalmente assumindo o lugar de Vênus para os romanos. Todas elas ficariam conhecidas pelo vocativo "Rainha dos Céus". À Virgem Maria, durante a Idade Média, também seria atribuído tal título. O amor em diferentes encarnações/interpretações. A moral da história? Para ser amada, é preciso ser invejada ou roubar da outra aquilo que deseja para si.

Irmão que ninguém quer que tenha irmão

E já que falamos em Jesus Cristo: ele pode ou não ter tido irmãos, a depender de quão virgem acreditemos/precisemos acreditar que é Maria, sua mãe; mas é justamente seu irmão gêmeo Judas Tomé Dídimo[1] quem apresenta uma das mais belas interpretações de sua mensagem. Ao menos é isso que nos diz o manuscrito, apócrifo, que leva seu nome: o Evangelho de Tomé. Nesse texto, a sintonia entre os dois irmãos fica muito clara. Além de descrever algumas das frases mais belas de Jesus, narra a proximidade dele com seu irmão Tomé e não poupa esforços para dizer que apenas Tomé (e Maria Madalena) o compreende — os outros onze apóstolos, não.

Já segundo o Evangelho (canônico) de João, Tomé não sabe de nada, é um chato e ainda por cima duvida de tudo. Nesse relato, Jesus havia ressuscitado, João e os demais apóstolos receberam sua visita, mas Tomé não estava com eles. Quando lhe contaram o que ocorreu, teimoso e arredio, Tomé não aceitou:

— Só acredito vendo!

E para isso precisaria enfiar o dedo na chaga. Ou o pé na jaca; já que, caso fossem realmente irmãos, a desconfiança de Tomé quanto à ressureição de seu irmão Jesus, enquanto todos os outros acreditavam, teria sido lamentável.

— Você aí, Tomé, que se diz irmão dele; que vergonha, hein, nem para acreditar que ele ressuscitou? Bem-aventurado quem crê sem ver, seu desaventurado de uma figa. — Ou de um figo, que deixou de ser produzido pela figueira malcriada.

É este o lado da história que prevaleceu: ele ficou conhecido como Tomé, o Incrédulo. Suspeito que, para ter se dedicado tanto a corromper a imagem de Tomé, João pudesse (ou quisesse) também ser irmão de Jesus, e por isso tenha ficado com ciúmes, acabando com a reputação de Tomé com esse relato

---

1 Chamava-se assim como para não deixar dúvidas sobre o grau de parentesco entre eles: "gêmeo" é o literal significado da palavra "Tomé", assim como da palavra "Dídimo". Ou seja, "gêmeo-gêmeo".

um tanto quanto esquisito. Não à toa passou seu Evangelho inteiro se proclamando o "mais amado" e ainda o concluiu se transformando no novo filho de Maria. Até a mãe do outro o evangelista roubou. Para João, Tomé não era um bom irmão. Mas ele, sim, era. Ainda que Jesus não pudesse ter irmãos!

E a você, querida leitora, que sabe muito bem que nem João, nem Tomé, nem qualquer outro contemporâneo de Jesus escreveu Evangelho algum — sendo eles analfabetos que mal falavam aramaico, muito menos grego, a língua original dos textos; por sinal escritos quase um século depois que Jesus viveu —, meu muito obrigado por aceitar divagar comigo, não obstante tal incongruência.

Irmão que rouba irmão e casa com duas irmãs que brigam por seu amor

Os hebreus tampouco conseguiram resistir à tentação de relatar confrontos entre irmãos. Logo nas primeiras páginas do Gênesis, Caim matou seu irmão Abel. E isso que eram filhos de Adão, aquele perfeitamente criado pelas mãos de Javé. Estavam todos ali pertinho do Paraíso. Imaginem o que viria pela frente.

Poucas páginas depois, aprendemos que os gêmeos Esaú e Jacó, filhos de Isaque e netos do patriarca original do monoteísmo, Abraão (descendente de Adão e com quem Deus selou firme aliança), nasceram para brigar. Na verdade, já o faziam dentro do ventre de sua mãe. Quem quer que nascesse primeiro receberia a bênção do pai. E, para os Hebreus, não havia nada mais importante do que, sendo o primogênito, receber tal bênção, que representava a aliança de Deus com o homem. Quem venceu foi Esaú. Nasceu primeiro, com o bebê Jacó, o gêmeo *mais novo, na sequência, agarrado a sua perna. Mas quem alcançaria notoriedade seria Jacó, ao roubar, anos depois, e literalmente, a bênção reservada a seu irmão, verdadeiro primogênito. Isso talvez tenha deixado uma marca profética em Jacó — foi abençoado, isso é certo: recebeu rebanhos, terras, pastos e fartura. O resto de sua história, no entanto, traria o conflito entre irmãos como parte central do roteiro. Casou-se com Lia e Raquel, irmãs, e ambas viveram competindo para ver qual seria a preferida do marido. Faziam-no registrando quanto tempo ele ficava em cada tenda em que elas residiam. Pelo jeito Jacó não se incomodava nem um pouco com isso, porque, embora dissesse que sua predileta fosse Raquel, mal saía de uma tenda, já entrava na outra. Às vezes precisava de uma dose extra de energia, afinal não é qualquer um que aguenta uma jornada dupla. Mandava sacrificar um cordeiro, lambuzava-se nele e dava continuidade as suas aventuras extra — ou melhor "intra" — conjugais. E, tal qual se lê, ele não apenas dormia com elas, mas as possuía.*

Às pobres irmãs, não satisfeitas em usarem seus corpos para competir pelo amo, restava a alternativa de "oferecer" suas escravas, Zilpa e Bila, para que Jacó também se deleitasse com elas e assim conseguissem conceber ainda mais filhos. O curioso é que Jacó nem sequer precisava de galanteios. Apenas entrava na tenda para a qual era chamado e pronto: lambuzava-se com suas muitas mulheres. Um verdadeiro bacanal. Zeus é fichinha perto de Jacó.

E, enquanto o coitado de seu irmão Esaú, o vermelho, teve de ir viver lá pelas montanhas estéreis, Jacó, o mulherengo ladrão de bênçãos, viu seu rebanho se multiplicar, recebendo planícies férteis e repletas de mel. Teve treze filhos (doze meninos e uma menina — sem contar outros dos quais não se tem notícia ou apontamento, provavelmente por terem sido também meninas). Vamos falar a verdade: Jacó se deu muito bem, Esaú se deu muito mal. E quem roubou a bênção de quem? Os que mentem são recompensados? Raquel também se deu mal. De que adianta ser a mais amada se seu marido dorme também com sua irmã e suas escravas?

Irmãos que atiram o irmão menor num poço e o vendem como escravo

Como tinha de ser, à descendência de Jacó coube o mais célebre dos registros de conflito fraternal: ninguém mais do que seus filhos sofreu com tal fardo. José, o mais novo, foi atirado dentro de um poço pelos seus dez irmãos mais velhos. Atirado dentro de um poço — isso mesmo, você leu bem. E depois o venderam como escravo e ainda mentiram para Jacó que ele havia morrido. Haja conflito, mentira, inveja. E beleza! Em minha opinião, não há história mais linda no mundo. Sendo assim, voltarei a ela em outro momento.

Por fim, o fim do *prólongo*: irmãos em armas

Osíris e Set; Ísis e Néftis; Mufasa e Scar; Zeus e Hades; Rama e Lakshmana; Inana e Eresquigal; Jesus Cristo, Gêmeo-Gêmeo e João; Caim e Abel; Esaú e Jacó, Lia e Raquel; José e seus irmãos — todos são exemplos muito fecundos do tipo de conflito que chamei de fascinante e serviram de inspiração para esta nossa história de Giovanni Valeriano e seu irmão, que agora traduzo para as páginas de um livro. Como o leitor verá, cada capítulo foi construído com(o) um fim em si mesmo. Bastaria uma parte da verdade para se esboçar toda a verdade. Mas, se você quiser ir diretamente ao epílogo, o qual chamei de "além do fim", desejoso de um outro tipo de verdade que se presume absoluta, faça-o. Não é assim que fazemos com nossos sentimentos? Há algo mais real, irrefutável e concluso do que a dor de quem perde alguém? E quanto à dor inconfessa de quem se perde? Há algo pior do que irmãos em armas?

    Apenas saiba, estimada leitora, caso deseje fazê-lo (e com isso não vai pouco aviso), que seu propósito talvez não se concretize. Afinal, e para todo fim, inicio o livro com o próprio final. Ou pelo menos aquilo que eu entendo como final. Portanto, caso se permita aceitar meu convite, não se apresse! Conheça o final, primeiro, e juntos mergulhemos onde tudo começa.

    Mergulhemos como quem duvida da certeza, como quem teme o temor e como quem se questiona a si mesmo, com a intenção de, ao ouvir uma provável verdade nas palavras de outrem, permitir diferenciá-la da mentira — como a separar joio de trigo, sonho de memória, mito de fantasia, suspiro de corpo — e assim sabê-la real.

    Se "sonhos são mentiras que contamos a nós mesmos para esquecermos a verdade", como disse Machado de Assis, vamos sonhar para esquecer. Ou acordar para lembrar. E, já que "ser é ser percebido", como disse Berkeley, que nos seja possível perceber. Porque somente ao contar esta história, e dar conta dela, ela passa a existir. Tal qual o mundo.

O autor

CAPÍTULO

I

O FIM

O velório de Giovanni Valeriano não foi como qualquer um.

Para começar, não havia apenas uma, nem mesmo duas viúvas. Consta que quatro delas apareceram, em algum instante ou outro, para se despedir do amado. E, se meu relato não é falho, algumas até se esbofetearam. No mínimo trocaram farpas e ameaças:

— O que você tá fazendo aqui, sua piranha? Ele é meu!

— E quem é você na fila do pão? — articulou a segunda viúva. — Nem amante dele você era!

— Se a fila é do pão, eu não sei, só sei que vocês duas podem ir lá para o fim dela, pois eu cheguei aqui antes! A namorada oficial sou eu — gritou a terceira, empurrando as duas.

— Vacas. — Limitou-se a constatar a quarta.

É sabido também que, noite adentro, o funeral se converteu em uma verdadeira festa. O clima de tristeza deu lugar a uma peculiar alegria. Pessoas cantavam, dançavam, pulavam, rolavam no chão. Era uma comunhão de santos e pecadores sem precedentes.

O bar da esquina, cujo dono era amigo próximo de Giovanni (como quase todos os donos de bares da região), enviou alguns fardos de cerveja.

— O Giovanni merece! — disse o dono, visivelmente abalado, mas ele mesmo embriagado com um sentimento confuso de solenidade e aflição, que parece acudir a todos nós em situações semelhantes, enquanto depositava as caixas no chão e abria a primeira cerveja.

Em pouco tempo, o ambiente mais se assemelhava a um boteco, tal qual um dos tantos que Giovanni frequentara em sua jornada ininterrupta vagando pelas ruas do centro de São Paulo, como insaciável andarilho, verdadeiro Geraldo Viramundo[2].

---

2 Em *O Grande Mentecapto*, de Fernando Sabino.

Mesinhas e cadeiras de plástico, algumas retorcidas, sujas, se misturavam com gente de toda sorte e tribo. Fumaça de cigarros, os mais variados possíveis, música alta, conversa mais ainda. O Baixo Augusta havia baixado no cemitério. Prontamente, pediram para colocar a sepultura.

— Mas não é a hora ainda!

— Não, não é isso. É para colocar a *banda* Sepultura mesmo. Ele gostava, temos que ouvir.

— *Roots, bloody roots*! — gritou o vocalista da banda, na faixa que saía do alto-falante portátil levado por um amigo de Giovanni.

Ao som de *thrash metal*, diversas pessoas se juntaram em rodas de conversas despretensiosas, a essa altura cada vez em maior número. Todos pareciam conhecê-lo e iam chegando aos montes. Um mendigo, um advogado de terno impecável, um ex-padre gay, um ex-gay padre, uma enfermeira, uma travesti que se dizia apaixonada e chorava como se fosse a quinta viúva, um chef de cozinha que nunca frequentou uma cozinha, uma garota com a maquiagem desfeita e as roupas desencontradas, um poeta em construção que não parava de falar e mostrar suas poesias sobre Giovanni, um bombeiro consternado que o salvara em determinada ocasião, a dona de um pet shop famoso, um deputado estadual e dezessete ou dezoito curiosos que apenas ficaram sabendo da notícia.

— Quem é ele no rolê?

— Não sei qual que tá rolando, só sei que é o rolê da bad — afirmava um desavisado.

— Giovanni morreu! Ontem mesmo eu estava com ele, como é possível? — chorava outro, enquanto virava um copo de cerveja.

O pesar havia se transformado em passatempo. A festa, digo, o velório, avançou pela madrugada. Uma das viúvas desmaiou — bêbada —, e a cerimônia teve de ser interrompida pela chegada da polícia. Sim, teve até polícia no velório (uma família velava um parente falecido na sala ao lado e certamente a acionara, receosa por tanta confusão).

— Uma falta de respeito — cochicharam.

Pereira, o policial militar que entrou primeiro no recinto (seu parceiro ficara em pé ao lado da viatura estacionada a poucos metros do local), pediu, discreta e, ainda assim, enfaticamente, para reduzirem o barulho, enquanto balançava sua mão direita de maneira suave e ao mesmo tempo confiante. Sua mão deixou de se mover quando, ao olhar o caixão, percebeu que ele, também, conhecia o defunto.

Duas ou três vezes havia atendido a chamados de diferentes bares, restaurantes, padarias e lanchonetes na região que protestavam contra contas penduradas de Giovanni Valeriano, que, sem a menor cerimônia (por ter pendurado outras tantas), voltava a entrar nos mesmos estabelecimentos, incontáveis deles — do mais simples botequim até o mais sofisticado restaurante —, e, com a segurança de quem tem um cartão com crédito inextinguível, sem nunca tê-lo possuído, solicitava o menu, inabalável e, em tom solene, quase pomposo, avaliava as opções, elaborando gestos eloquentes com as mãos, fazendo, por fim, pedidos dos mais requintados:

— Eu vou querer escargot à provençal, *coquilles* Saint-Jacques, uma garrafa de malbec da bodega La Rural, de Mendoza, mas da safra de 98, essa aqui que vocês têm no menu não serve. E água com gás. Com gelo e limão à parte. Por favor, corte o limão com uma faca diferente, não a mesma utilizada nos outros alimentos. — Afinal, ele também era chef.

No boteco, o pedido costumava ser mais prático:

— Traga-me um x-calabresa[3]. Com muita calabresa.

---

[3] É possível que a leitora se pergunte por que usei ênclise. Acredite, não é técnica literária, mas tão somente a maneira peculiar de Giovanni falar, com toda a sua eloquência.

O sanduíche se convertia invariavelmente em incontáveis cervejas. Tantas, e tantas, e tantas, que nem mesmo os demais bêbados conseguiam acompanhar. Despencavam no chão ou desmaiavam, em sono profundo, vencidos pelo cansaço, pelo álcool, pelo sono, pela tristeza nunca consolada ou pela promessa perdida de uma recompensa falsa na forma de (só mais) um copo. Mas Giovanni seguia ali, firme — como general a enfrentar um exército de fanáticos desconhecidos, derrotados antes mesmo da batalha — e, ainda assim, impossivelmente dócil. Frustrava-se com a desistência dos colegas, desvanecidos nas cadeiras em volta da mesa:

— Vocês têm poucas ideias.

Com isso cunhou o movimento "Pokas", que seria apropriado pelo inconsciente coletivo do centro de São Paulo. E voltava a investir, alterado, conversando em voz alta, desta vez travando debates com as mesas ao lado, vazias ou não, enquanto as poucas pessoas que ali estavam observavam atônitas e outras ignoravam, já acostumadas. Sem resposta, olhava, contido, para o infinito entre a mesa, seu copo e seu corpo.

Na primeira vez que encontrou Giovanni assim — no canto de uma mesa, pronunciando palavras da mais difícil semântica, sedutor e agressivo, dócil e incompreensível —, Pereira, capitão egresso com renomadas distinções, não se descompôs. Tinha o gentil hábito de conversar antes de tomar qualquer atitude mais drástica, qualidade louvável e possivelmente incomum na corporação dos dias atuais. Perguntou ao garçom o que havia acontecido.

— Olha ali, capitão. O rapaz bebeu todas. Ainda pediu parmegiana, além de um bife a cavalo. E três coxinhas de catupiry. Agora não tem como pagar! Desce o cacete, capitão.

O capitão se aproximou da mesa e sussurrou:

— Oi, rapaz, por que você não se levanta e vem comigo?

Logo no primeiro encontro, já fora seduzido pelo olhar terno, de menino, de Giovanni, incompatível com seu corpo alcoolizado e musculoso, coberto por tatuagens pitorescas, senão macabras. "Diabo", lia-se em uma delas, bem no meio do peito, a essa altura já desvestido (ali há pouco Giovanni dera sua própria camiseta de presente para o mendigo que descansava na esquina).

Somente com suas palavras, o capitão Pereira resolveu a situação. E como fez isso? Conversou pacientemente com Giovanni, acalmou o dono do bar, que fizera a denúncia, e ligou para a mãe do rapaz, dona Gilda, que chegou em poucos minutos, de táxi e de pijama, para acertar as contas pendentes do filho. Ela voltaria a fazê-lo outras centenas de vezes, para atender a outras centenas de cobranças de contas penduradas, feitas por centenas de donos de bares e restaurantes descontentes, que por sua vez acionavam diferentes capitães, alguns de coração bom, como Pereira, outros nem tanto, preferindo mesmo descer o cacete.

— Oi, rapaz, por que você não se levanta e vem comigo?

Foi o que Pereira desejou novamente falar, ao ver o corpo de Giovanni ali inerte, dentro do caixão, durante o velório. Mesmo com trinta e cinco anos, Giovanni conservava seu olhar terno de menino, embora seus grandes olhos redondos, de um azul-cinza calmo, estivessem fechados. Fechados e serenos, dormindo o sono dos justos. Sobre seu nariz, antes perfeitamente esculpido, via-se agora uma ou outra cicatriz — recordação de suas desventuras pelo centro de São Paulo. O bigode fino contornava seus lábios, leves e belos; lábios que outrora tanto cativaram futuras viúvas. E ao redor do seu queixo se desenhava uma barba rala, embora confiante, dando um toque de esplendor a um rosto que, mesmo sem vida, ainda clamava para si os mais admiráveis adjetivos. Estava deveras bonito em seu repouso fúnebre.

Comovido, Pereira ofereceu seus pêsames, voltou a se dirigir aos presentes pedindo parcimônia e respeito às normas; assegurou a seu parceiro, ainda aguardando lá fora, ao lado da viatura, que estava tudo sob controle e se sentou, a meia distância, para se despedir e prestar suas condolências à família, ainda que não conhecesse nenhum deles, além da mãe de Giovanni. Anotou a data, para que não se esquecesse depois: 13 de fevereiro de 2009.

Não foi um velório nada comum, e nem poderia, sabendo quem estava ali partindo e, principalmente, levando em consideração a controversa circunstância de sua partida. Partiu, da janela de seu quarto, no quarto andar de um antigo apartamento no coração da vila Mariana. Partiu de uma janela; da qual se atirou, caindo, se deixando cair ou simplesmente voando, a depender da perspectiva (ao menos assim afirmavam alguns, certos de que Giovanni tinha tentado alçar voo e, para outros, provavelmente tinha conseguido).

E o pior: partiu depois de se enfrentar com seu irmão mais novo.

Por que partiu? Era porque estava alcoolizado? Que álcool é capaz de tomar posse de um impulso de morte, este mesmo inebriante e impassível, e transformá-lo em ato, não apenas inofensiva curiosidade? Estava sob efeito de drogas? Que drogas, lícitas ou ilícitas, misturadas ou não, subjugam a dor e fazem dela fim e não meio?

Por que partiu? Estava triste? Que tristeza é capaz de acometer uma alma para que ela se vá, se o amor, ele próprio, é o desejo de retornar ao nosso lugar de origem, é o principal propulsor de tudo que fazemos, e não a tristeza? Teria partido por tristeza? Ou por amor?

Por que partiu? Antes do tempo — se é que se pode dizer isto de quem vivia às pressas e, da mesma forma, despreocupado e com todo o tempo do mundo, como Giovanni, preso entre ficar ou ir embora, amar ou ser amado, ir ou voltar.

E o mais importante: *para que* partiu?

Todos se faziam essas perguntas, carentes de resposta.

A noite transformou-se em dia, e a partir dali viu-se um pouco mais de normalidade, ainda que não fosse fácil conceber o que deveria ser considerado como normal em um velório. Porque não é fácil enfrentar a morte, especialmente se a entendemos como o fim.

"Mas por que começar uma história pelo fim?", você deve estar pensando. "Que tipo de livro é este que já se inicia contando como tudo vai acabar? Qual é o sentido disso, se é que existe algum?"

Não é a primeira vez que isso acontece, é claro — e longe de mim ter a pretensão do ineditismo: procuro, apenas, naqueles que foram pioneiros em tal abordagem, bem como nos escritos de outros que nos precederam, aprender por meio de algo em comum: a perspectiva de compreender melhor o começo por já se ter conhecimento do final. Afinal, se viemos ao mundo predestinados a ser salvos por uma graça divina, devido a nossa natural propensão a fazer o mal, segundo nos confessa Santo Agostinho, não importa muito o caminho que porventura sigamos — haveria um trilho infalível e supremo, que não nos permitiria escapar de nossa sorte, certo? Por outro lado, decidir por onde queremos seguir, que nos é facultado por meio do livre-arbítrio, não poderia permitir outra sorte de consequências? Como conciliar ciência prévia de fatos com escolhas?

Santo Agostinho não estava sozinho quando pensou isso. Nem eu nem você, estimado leitor. Boécio, filósofo romano da Alta Idade Média, tampouco. Dentro de uma prisão, prestes a ser executado (ele não era lá muito sortudo), recebeu a visita de uma senhora Filosofia, que o convidou a pensar se o fato de saber que iria morrer não deveria servir de consolo para a própria morte. Se ela era, para todo efeito, inevitável, para que sofrer por ela? Por que não se libertar e alcançar paz independentemente da consequência reservada para nós? Esse mesmo estado de ânimo, ao qual Aristóteles se referia quando acreditava ser necessário alcançar a *eudaimonia*, ou plenitude, na forma de felicidade bastante (diferente de bastante felicidade), seria um estado de serenidade, de alma em suficiência, que nos permite, simplesmente, deixar ser, deixar estar.

João Calvino também se questionou sobre o tema em sua doutrina de predestinação, salientando que nada poderia contrariar a vontade de Deus quando preestabelecida, embora com isso pré-condenasse alguns de seus seguidores que, entendendo literalmente sua mensagem, escolheriam apenas a consequência de ser salvos, em provável detrimento da oportunidade de viver de maneira mais justa. E, muito tempo antes dele, o profeta Maomé, sob outros dogmas e debaixo de outros sóis, acreditava, também, que tudo já se sabia, quem seriam os escolhidos e quem não, apenas víamos pequena parte, e em tempo a totalidade nos seria dada a conhecer.

Então para que viver? Para que se aventurar no desconhecido e saborear o incomum, feito intrépidos forasteiros, como a descobrir fartas terras em meio a campos inférteis, atrevendo-se à ousadia de ser autor de sua própria história, se ela já foi escrita por outrem? Para que acordar, se o sono dos preferidos silencia o sonho daqueles que serão preteridos? Então estamos todos mortos antes mesmo de viver. E a morte é o começo, não o fim.

Bentinho, de Machado de Assis, começa sua história também pelo final, mas com outro tipo de morte: a do amor. E assim nos faz premeditar a culpa de Capitu. Para ele, não tinha cabimento duvidar de sua traição, haja vista o desfecho sisudo que se dá a saber logo no início de seu relato, já convertido em Dom Casmurro: "O meu fim evidente era atar as duas pontas da vida, e restaurar na velhice a adolescência. Pois, senhor, não consegui recompor o que foi nem o que fui".

Brás Cubas, outra criatura de um mesmo criador, em comunhão de fatos e intenções com Bentinho, narra primeiramente sua morte, como se toda a sua vida fosse apenas um ensaio para aquele momento de retrospectiva, como se o tivesse desejado desde sempre e não tivesse vivido para outro fim, que não o de morrer.

Talvez esta nossa história também tenha um fim premeditado. Ainda não pensei sobre isso. Se é assim, que mal haveria em começar por ele? Ao menos é isso que meus olhos me dizem. Por que não deixar que a história se conte por si própria, e, em seus dizeres, nos seja facultado ter ouvidos para ouvir? Comecemos, então! Comecemos pelo final, em que tudo acaba e nada mais há de se esperar. Talvez assim nos seja permitido iluminar nossa trajetória em direção ao passado como uma bem-vinda luz em meio à imponente escuridão. O divino esclarecimento. Uma centelha de chama que arde tímida entre as trevas. Ou tão somente um novo olhar.

Quem nunca desejou elaborar sua própria história com outros olhos?

Quem nunca desejou, no fim da vida, sentar-se ao lado de Deus, no paraíso da imaginação de cada um, com um único e humilde pedido?

— Deus, por favor, gostaria de assistir a minha vida como em um filme. Mas, espera, deixa eu só pegar uma pipoca. E nos trechos ruins eu vou passar bem rápido, não quero que o Senhor veja, pode ser? Acabei de entrar aqui e não quero correr o risco de ter de ir embora, vai que Você, perdão, o Senhor, fez vista grossa para alguns dos meus pecados e, revendo alguns deles agora, resolve mudar de ideia… Obrigado, Deus.

É bem provável que esse filme esteja na lista de prioridades de todos nós. Entender esse tão fugaz, intrigante e eternamente incógnito porquê de tudo, visto através de outras lentes. Afinal, não viemos para cá todos com um propósito?

"Não", responderão alguns de vocês. E tudo bem.

Predestinados ou motivados por algum propósito, poderíamos concordar em algo: o que começa sempre termina. Certo?

Pois, para ser infinito, não basta não ter fim — o mais provável é que nunca tenha tido um começo. Então, se terminou, é porque em algum momento começou. E, dependendo do momento em que estamos nessa história, um é sabido; o outro, não. Um é memória. O outro é sonho. Um é verdade. O outro é percepção. Um é fato. O outro é possibilidade.

Mas, se tudo termina, se tudo passa, se tudo se converte em memória, é justo afirmar que realmente aconteceu? É possível tocar essa existência, que se consome, extingue e renova a cada milésimo de segundo, de tal forma a senti-la real, *sabê-la* real? Saber o gosto, o aroma, a textura, as cores e a melodia da vida, e então segurá-la firmemente em nossas mãos, como se disséssemos "ei-la aqui, verdadeira!", para podermos ter a certeza de que simplesmente sabemos — verbo intransitivo —, e até mesmo *de cor*, como quem guarda no coração? E, se guardamos, se sentimos essa necessidade urgente e insuperável de *guardar*, é para que não se perca? Guardamos porque já se foi, porque já perdemos e nunca foi nosso? Seria então apenas uma ilusão que vira lembrança? Será mesmo que nós... *vivemos*?

Esse pensamento, tal qual exposto aqui, esteve sempre presente nas animadas conversas entre Giovanni e seu irmão mais novo, Alessandro, com quem se enfrentou no dia de sua morte. O momento preferido para tais interações era sempre antes de dormir, quando ainda eram crianças. Após jantar, a lição de casa e mais um episódio da série *O Esquadrão Classe A*, que acompanhavam sem perder nem mesmo um capítulo, ambos iam ao quarto de seus pais para dar boa-noite e voltavam para se deitar, um com o lençol do Hulk e outro com o do Homem-Aranha. Já deitados, apagavam a luz, ajeitavam-se nos travesseiros, para então se dirigirem um ao outro. Giovanni tinha dez anos; Alessandro, oito:

— Vamos conversar?
— Vamos.

Não há muitas crianças neste mundo que proponham um diálogo de maneira tão inocente. Eles tinham especial carinho por esse momento. Contavam sobre a escola, os amigos, se na aula de educação física teria futebol ou chatice de vôlei. Compartilhavam suas paixões. Repassavam o dia, planejavam o próximo. Alessandro suspirou:

— Quero que amanhã chegue logo, vai ter bailinho da segunda série na escola, e a Luciana vai estar lá. Se eu não ficar com vergonha, acho até que vou convidá-la para dançar... nossa, como eu quero que amanhã chegue logo.

— Nãaaao. Só porque você falou isso (que você quer que amanhã chegue logo), agora vai demorar! Por acaso você não sabe que tem que falar "ai, que saco, tomara que amanhã demore muito, não estou nem com vontade de acordar", para que o que você quer realmente aconteça? Você tem que fingir que não quer... só desse jeito para amanhã chegar mais rápido — ensinou Giovanni.

Como uma espada fincada em pedra, tal ensinamento se provaria derradeiro, assumindo tons de profecia científica: bastaria quererem muito alguma coisa para que o objeto de desejo se tornasse inalcançável. Levaria mais horas, dias, semanas; traria consigo novos e impensados obstáculos ou mesmo bifurcações inevitáveis no caminho... era como se eles pudessem alterar o destino, simplesmente por deixá-lo saber sua vontade. Seria essa uma teoria *oposta* à da predestinação? Ou quem sabe a confirmaria: o destino não deseja que saibamos suas intenções, sob risco de que nada aconteça caso ele seja revelado? Hmmm.

— A maldição de todo vidente ou profeta é transformar em mentira a verdade que iria se materializar, não fosse sua indesejada intervenção — proclamaria, anos depois, Giovanni.

Não é preciso dizer que a dança de Alessandro com Luciana nunca aconteceu. Ele não teve coragem de dizer nada para ela. Assim como outras danças, cujos passos se apressavam, sem nenhum ensaio, em direção contrária ao desejo; eram danças imaginadas com tamanha antecipação que nem sequer aconteceriam. E com elas, ou sem elas, o eco das palavras não ditas. A inércia dos amores silenciados. O fruto indesejado do anseio, cultivado em doses diárias de tímidas vontades. Parecia que o universo sempre encontrava uma maneira de descobrir as intenções deles e conspirar contra elas, em tempo de alterá-las, como obra do acaso.

O acaso, verdadeiro senhor, impassível e resoluto, é quem tem o poder de destituir qualquer propósito e privá-lo de sua pretendida consequência.

O acaso, mentor das probabilidades, é quem assume o controle, tão somente por se reconhecer na mente de quem busca a todo custo evitá-lo.

O acaso, que por fortuna ou desventura, vez ou outra roubava o interesse dos dois irmãos.

Além dessas e outras inusitadas conversas, as crianças Giovanni e Alessandro tinham os mesmos medos, compartilhavam os mesmos pesadelos. Eram dois lados de uma mesma face.

— Você também sonhou que uma bola gigante e pesada vem rolando lá do outro corredor a toda velocidade e...

— ... passa por cima de você? Eu fico esmagado.

— Eu também. Por isso que você acordou gritando embaixo da sua cama ontem?

— Eu sou sonâmbulo, a mamãe que falou.

— E eu tenho terror noturno.

— Isso é nome de filme, não vem com essa!

— Terror noturno é verdade, você não sabe? É pesadelo, só que pior.

O mesmo pesadelo, só que pior, voltaria a assombrá-los em outras circunstâncias e situações, por repetidas vezes. A sensação de esmagamento assumiria novo desígnio, da sorte de um mal-estar súbito e inexplicável, com um sabor amargo, insistente e um tanto opressor, submetendo-os a uma impotente resignação, desgostosa.

A maneira como cada um lidou com essa sensação foi determinante nos caminhos que viriam a percorrer e certamente teve algum papel nos acontecimentos que levariam à morte de Giovanni, estando ele na companhia de seu irmão Alessandro. A isso voltaremos.

O que importa, por ora, é que partilhavam da mesma vontade de perpetuar os espaços entre um e outro mal-estar. Mesmo que isso significasse prescindir de momentos bons. Sim, renunciariam a momentos bons, porque sabiam que invariavelmente eles precediam (e eram precedidos por) esse indesejável mal-estar, para o qual passariam a maior parte de suas vidas procurando antídoto. Chegariam até mesmo a desejar não ficar bem, para que assim pudessem evitar qualquer possibilidade de, de fato, não ficar bem.

E seguiam conversando, até caírem no sono.

— Às vezes tenho o mesmo pesadelo quando estou acordado.

— Como assim? Como pode ser um pesadelo se você não está dormindo?

— Não sei, é como um mal-estar, uma sensação horrível, uma dor no estômago, não sei explicar...

— Ah, sim, sim! Acho que entendi. Eu também fico passando mal às vezes, sem o menor motivo. Não sei o que é. Como se algo ruim fosse acontecer, ou tivesse acabado de acontecer. Mesmo sem ter acontecido nada...

— É isso. É como o pesadelo.

— ... como se a gente estivesse sonhando...

— Mas será que estamos sonhando? Ou apenas lembrando?

— ... ou lembrando! Será que o sonho e a memória são a mesma coisa?

— Vamos dormir, vai.

— Você quer dizer acordar? Porque, pelo jeito, a gente só acorda mesmo quando dorme...

Para eles, um sonho e uma memória não eram assim tão diferentes. Viver é estar preso entre o sonho e a memória, pensavam. Como se a vida fosse apenas uma projeção de nós mesmos. Como se fôssemos espectadores, assistindo ao que aconteceu e ao que ia acontecer com o mesmo desprendimento de temporalidade e contingência, tal qual uma existência instantânea e volúvel, mas inescapável. Efêmera na realidade, eterna no pensamento. Cronos e Kairos. O imponderável tempo dos homens contra o intransitável tempo dos deuses. Esse tempo nosso, terreno, visceralmente humano, que parece não ser autêntico, nem mesmo se fazer presente, a não ser através de datas escritas em um calendário. Esse tempo linear, finito, que desaparece se apanhado em frações cada vez menores da mesma maneira que se multiplica.

Seria apenas o registro do tempo o que nos dá a certeza de termos vivido? Ou nossas memórias? Não seriam elas como cenas extinguíveis, somente vivas em nossa consciência? Que tão diferente seria esta vida, supostamente real, de todos os mitos que conhecemos, tentadoramente fantásticos, se todos eles eventualmente passam a residir apenas no pensamento?

— Você está vendo, Alessandro? A gente não vive. Ou a gente sonha, ou a gente lembra.

— Olha, eu vivo, sim. Cada um com sua história.

Temos nossa história, ainda que cada um de nós tenha seu fim. Temos a história de nossos pais, e eles dos seus, em uma perpétua e entremeada conexão de sentimentos reescritos e reeditados.

— Não foi Elis Regina que cantou sobre isso?

— Sim, foi ela.

Minha dor é perceber
Que apesar de termos
Feito tudo o que fizemos
Ainda somos os mesmos
E vivemos
Ainda somos os mesmos
E vivemos
Como os nossos pais

Somos autores em comum com penas diferentes. Ou teríamos penas em comum para autores diferentes? Para Santo Agostinho, carregamos todos o mesmo pecado de uma só pessoa, nosso primeiro pai, Adão. Para as mulheres, ele decretou sentença ainda pior: foi Eva quem arquitetou tudo, ainda mais infratora do que a serpente.

A culpa é individual, mas o sofrimento é universal.

O suspiro é fugaz, sai do corpo, incapturável, e então deixa de *ser*. Mas o corpo continua lá, enterrado em um caixão. Desse testamento não há como escapar. Salvos ou condenados, vamos todos viver e morrer.

E foi assim, questionando suas próprias existências, que chegaram a uma extraordinária conclusão, os dois, um com dez anos e o outro com oito, depois de repetidas e dedicadas conversas filosóficas antes de dormir:

— O mundo não existe.

A PORTA

— Mas, calma, que história é essa? — suspeitou Alessandro. — Se o mundo não existe, o que somos nós?

— Não sei. Só sei que não estamos mais aqui.

— Como não? Olha eu aqui e você aí. Para com isso!

— Isso eu sei. Mas estamos e não estamos. Olha o tempo passando! A gente é o mesmo de antes? Não! Então cada segundo que passa a gente deixa de ser *a gente*!

— Como assim?

— Você se lembra de quando estava triste antes de começar a conversar? — ante a confirmação do irmão, Giovanni emendou: — E agora, você está triste?

— Agora não. Mas eu estava.

— Você se lembra de *ter estado triste*, é diferente.

— É verdade.

— Mas como você pode ter certeza de que era verdade, se você não está mais triste? Você não sente mais essa tristeza, sente?

Alessandro pensou se realmente tinha sentido tristeza:

— Tenho certeza porque sei que senti. Embora não sinta mais.

— Pois então! É como se você *não tivesse sentido*. Como se não tivesse vivido. Quem sentiu, e viveu, foi outro você. Como se esse outro você fosse só uma memória, e memória é algo que existiu, mas ao mesmo tempo não existe! Ela fica vagando por aí, de repente aparece; de repente, não. Ela passa. Vai embora. Cada segundo que passa vai embora. Então nunca poderia ter realmente existido. Por isso o mundo não existe...

— Ou o mundo só existe em um segundo. Em um milésimo de segundo.

— Verdade! Um, dois e... já! Pronto, ele deixou de existir.

— Pois é.

— Vamos dormir.
— Vamos. Ou vamos deixar de existir?
— Também.
— Porque quem vai dormir não seremos nós. Será uma projeção de nós mesmos. É algo que vai acontecer com a gente, sim, mas quem viverá isso não seremos nós. Serão outros de nós.
— Sim! Esses "outros" são uma projeção de quem somos hoje. E quem viveu nossa memória de ontem são também outras pessoas, não somos nós, embora seja uma lembrança para nós hoje.
— Então quer dizer que nós só somos "nós" agora?
— Sim. E deixamos de ser "nós" a cada segundo que passa. Então não existimos.
— Se não existimos, então o mundo não existe.

Depois desse dia, antes de irem dormir, passaram a sempre iniciar suas dedicadas conversas com a mesma introdução:
— Vamos conversar?
— Vamos. O mundo não existe.

E riam.

Talvez o mundo não exista. Talvez tudo a nossa volta seja apenas uma projeção de nós mesmos. Filósofos certamente mais experientes que essas duas crianças explorariam conceitos semelhantes com maior profundidade e menor inocência. E é provável que todos nós, em algum momento, nos perguntemos: será que estamos realmente aqui? O que é viver? E o que é morrer? Afinal, se os meninos Valeriano se perguntavam isso quando crianças, por que não podemos fazê-lo? Especialmente ante uma morte tão trágica como esta? Então aqui vai:

— Por que, e para que, morreu Giovanni Valeriano?

Se você está esperando uma verdade nua, concreta e desprovida de interpretações para explicar a sua morte, saiba que... sim, naturalmente procuraremos visitá-la neste relato (embora minha vontade fosse dizer que essa verdade é secundária). Em tempo, tudo será revelado. Mas não somente de verdades vivem as histórias. Porque nem tudo é preto no branco. Há cinzas em tons diversos, mesmo nas cinzas da morte. E para isso precisamos entender primeiro por que morremos.

Morremos porque vivemos, diriam alguns. Ou vivemos para não ter de morrer, diriam outros. *L'appel du vide*. Teremos todos nós esse desejo súbito e passageiro de acabar com a própria vida, como quem olha para baixo do alto de um prédio e, submetido à vertigem, sente vontade de se atirar? Ou como quem dirige em alta velocidade, por instantes apenas, imaginando um desastre, para no segundo seguinte colocar o pé no freio, em franco alívio por ainda estar vivo? Para desfrutar do prazer de chegar tão perto da morte, quase tocá-la e escapar ileso?

Devemos ser capazes de nos aceitar, intimamente, impotentes ante esse impulso de morte na mesma medida em que nos julgamos merecedores de explicações quando nos encontramos à mercê da partida de entes queridos. Ou mesmo da nossa. Reparem, somos impotentes frente ao *desejo*, mas (na maioria das vezes) não ao *impulso*. O impulso é concreto, intuitivamente impossível e automaticamente rechaçável: basta surgir a ideia em nossa mente para refutá-la. "O quê? Pular da ponte? Não pularei, é certo que vou me machucar quando meu corpo atingir o rio, e não gostaria que isso acontecesse comigo."

O desejo, por outro lado, é abstrato, curioso e extremamente criativo. "O que aconteceria se eu pulasse? Morreria? O que as pessoas diriam? Quem sentiria minha falta?" Brás Cubas deve ter desejado sua morte tanto quanto cobiçou examinar o comportamento daqueles que frequentaram seu funeral. Por isso o desejo nos submete, por isso somos quase impotentes ante sua mera sugestão, proibidos de acolher uma ideia, já que ela só existe em nós, e por nós. Podemos não a transformar em ação, posto que, entre o desejo e a ação, há, de fato, um abismo — metafórico e real — que nos impede de pular, qualquer que seja a ponte, qualquer que seja a altura de um prédio. E é isso que nos separa dos enfermos; é isso que nos mantém, minimamente, saudáveis. Saudável não é quem não se atreve a fantasiar a sua morte. É aquele que, a despeito da fantasia, é capaz de rir de sua imaginação.

Fantasiando ou não sua morte, Giovanni partiu, como já dissemos, da janela de um quarto andar. Não se sabe se ele pulou, se caiu. Sabe-se que, trancado em seu quarto — e forçosamente pelo seu irmão Alessandro, na tentativa de conter a intempestividade de Giovanni, que chegara em casa alcoolizado e perturbado —, ele rompeu as redes de proteção fincadas no parapeito com uma faca e através delas ganhou a janela.

Sabemos disso porque é esse o cenário que restou, tão logo Alessandro abriu a porta do quarto de Giovanni após ser acordado por um ruído estrondoso de algo se chocando com o chão. E, logo que entrou, foi direto à janela, avistando o corpo de Giovanni lá embaixo, estirado no pátio do prédio. Inerte e sem vida.

A cena se repetia constantemente em sua mente, como um interminável filme de terror. Não importava o que fizesse para evitar, ou quão hábil fosse em tentar evadir seus pensamentos, eles involuntariamente resgatavam a tragédia, obrigando-o a revivê-la com perfeição de detalhes. Ouvia o impacto do corpo de seu irmão contra o chão após qualquer estímulo.

TRUM!

Dessa vez era sua mãe fechando a porta do carro. Depois que o enterro chegou a seu fim, Alessandro foi dirigindo o Ford Fiesta dela até seu apartamento. Dona Gilda, sentada no banco de passageiros, nada dizia, apenas sofria timidamente. Lançou uma vista rápida para Alessandro, talvez procurando consolá-lo, ou quem sabe buscando consolo, sem o efeito esperado: Alessandro derramava um olhar exaurido, quase de ancião, embora seus pequenos olhos repuxados, de um castanho-escuro intransponível, estivessem bem abertos. Abertos e angustiados, como se despertassem para o pesadelo dos amaldiçoados. Sobre seu nariz, levemente torto, repousavam os óculos envelhecidos — recordação de sua vista já cansada de tanto percorrer notícias na sua função de jornalista. Um bigode grosso sobrepunha-se aos seus lábios, definidos e estáticos; lábios que outrora tanto silenciaram impossíveis paixões. Seu queixo e bochechas eram cobertos por uma barba cheia, apesar de ingênua, dando um toque de afeição a um rosto que, mesmo sem felicidade, ainda atraía olhares curiosos. Estava, em verdade, muito consternado em sua penitência fatal.

— Como pude lutar com meu irmão? No seu último dia de vida! Como pude? E por que o tranquei em seu quarto? — clamava Alessandro, ressentido e sempre ensimesmado, enquanto seguia dirigindo o Ford Fiesta, contendo suas lágrimas para que estas não convidassem outras de sua mãe.

TRUM!

Outra vez o ruído, resgatando a morte de Giovanni.

Giovanni já havia atirado objetos pela janela um par de vezes. Um videocassete que não funcionava, diversos celulares, uma cadeira, contas que não queria pagar. Podemos concluir que um ruído, irrompendo madrugada adentro, não era algo tão incomum naquele apartamento. Alessandro dormia quando o ouviu. Chegou a pensar se não era outra cadeira arremessada pela janela.

A diferença é que desta vez fora brutal. Como uma bola gigante esmagando nossa qualquer vontade. Como um mal-estar súbito e imponderável, aquele velho companheiro dos irmãos. Alessandro *sabia*, e ao mesmo tempo não, que seu irmão havia morrido. Acordado pelo impacto (momentos antes havia se deitado depois de, aparentemente, Giovanni ter se acalmado, trancado em seu quarto), levantou-se rapidamente, quase tropeçando, atravessou o corredor que o separava do quarto de

Giovanni e encarou a porta fechada, a mesma que momentos antes ele utilizara para tentar frear os impulsos perigosos de seu irmão, confinando ambos, irmão e impulsos, atrás dela.

Uma porta, apenas, separava Alessandro de Giovanni. E fazia o papel de algoz entre a dúvida e a certeza, o pesadelo e a realidade, o sonho e a memória.

Uma porta, verdadeiro verdugo, insensível à necessidade de consolação, como a decapitar qualquer resquício de esperança.

Uma porta, obstáculo irresoluto entre a compreensão e o desconhecimento.

Antes de voltar a abri-la, Alessandro hesitou. E se Giovanni estivesse com alguma faca, e se fosse violento? Já chegou bem perto disso em outras ocasiões, e mesmo minutos antes, já que, para conseguir colocá-lo em seu quarto, ambos se empurraram, rolaram no chão e sobre os móveis, destruindo alguns deles. Foi o que Alessandro chamou de "luta".

Que terríveis verdades podiam estar escondidas atrás dessa porta?

Alessandro sentiu sua espinha congelar. Tanto ao encarar a porta, naquele momento, quanto ao se lembrar do indesejável enfrentamento, enquanto dirigia o carro de sua mãe ao retornar do cemitério.

A fria lembrança foi interrompida brevemente quando Alessandro chegou ao apartamento de sua mãe. Acompanhou dona Gilda até o quarto dela e ofereceu-lhe um chá. Ela aceitou e deitou-se em sua cama.

— Estarei na sala, pode me chamar se precisar.

Alessandro lançou ainda um olhar compadecido para dona Gilda, como se esperasse seu perdão, ainda que ela nunca atribuísse qualquer responsabilidade a ele. Sua fragilidade, deitada naquela cama, junto ao sofrimento incomparável de perder um filho, cortavam Alessandro como uma faca.

— Tente descansar, mãe. Boa noite.

Dirigiu-se ao corredor, palco da dramática despedida de seu irmão, de onde avistou a porta do quarto dele. Estava fechada. Atrás dela, apenas a morte. E memórias. Com elas, continuou repassando os acontecimentos em sua mente, desde o primeiro momento em que Giovanni chegou e o acordou, até o desfecho.

"E se ele não tivesse me acordado?", indagava, em vão.

Era já o início da madrugada; Giovanni vinha da casa de uma de suas muitas namoradas.

— Oi, irmão! Trouxe um presente pra você — disse Giovanni, com dicção arranhada. E lhe entregou uma camiseta vermelha do David Bowie, que comprara na rua. Alessandro agradeceu sem fazer completo entendimento, posto que acabara de acordar.

— Uma camiseta? Valeu, irmão.

— Você tem cinquenta reais? Preciso ir ao centro.

— Ao centro, a esta hora? — estranhou Alessandro. — Você bebeu? — emendou já decepcionado, ao que Giovanni bufou, possivelmente também decepcionado com a decepção do irmão, ou de saco cheio de que lhe fizessem esse tipo de pergunta, ou, ainda, derrotado pela constatação de sua circunstância.

— Só preciso de cinquenta reais pra pegar um táxi pro centro. Ou então chama um táxi pra mim. Ou você pode me levar?

Alessandro imediatamente recobrou a plenitude da razão, ao perceber a alteração na voz, no olhar, nos gestos descabidos de seu irmão e nas palavras desconexas que saíam de sua boca trêmula. Em outras tantas ocasiões, chegou a emprestar os cinquenta reais, chamar o táxi ou mesmo levá-lo em plena madrugada. Dessa vez, sem paciência para um erro que se repetia indefinidamente, precisou alertá-lo:

— Você bebeu! Não consigo acreditar! Você acabou de sair da clínica, não tem cabimento você estar assim. Faz só um dia! Você estava indo tão bem...

Fazia só um dia que Giovanni havia deixado (mais) uma clínica de desintoxicação e recuperação para pessoas dependentes. Havia enfrentado quase todas as mais conhecidas na região, com variado grau de sucesso. A cada internação, era menor o tempo transcorrido entre estar bem e saudável, "limpo" — como eles mesmos dizem —, e mais um episódio de recaída. E a cada recaída era mais longo o período entre se perder nas ruas, desparecer sem notícias, num caminho aparentemente sem volta, e ser internado de novo, involuntariamente, uma experiência sempre traumática que permitia a eterna intenção, ainda que gradativamente desprovida de esperança, de corrigir seu rumo.

Dessa vez, como já havia sido em algumas outras situações anteriores, Alessandro precisou ser bastante enfático, desgostosamente duro, posto que, há pouco tempo e por bem pouco, quase perderam dona Gilda, que mal podia manter sua estabilidade emocional, submetida a intermináveis confrontos psicológicos com seu filho mais velho, que invariavelmente chegava bêbado em casa, ou sendo obrigada a suportar assustadores telefonemas de madrugada, de policiais, bares ou mesmo desconhecidos, avisando que haviam encontrado Giovanni desmaiado no chão, ensanguentado, em coma alcóolico ou coisa parecida.

Ela sofria muito, submetida a extrema tensão, como qualquer mãe à mercê de um filho que negocia sua vida em doses imprecisas. Era uma preocupação constante e diária, que se refletia em sua já debilitada saúde na forma de pressão alta, síndrome do pânico, inflamações intestinais agudas e, quase fatalmente, um câncer nas cordas vocais, que também não deixava de ser simbólico, posto que ela quase nunca chorou em sua vida, nem quando nasceu; nem ao menos se permitiu manifestar verbalmente suas dores: apenas aguentou consternada, desde seu nascimento, sua infância, seu casamento e enfim sua luta quase interminável com a doença de seu filho.

Realmente era muito difícil tolerar tamanha tortura emocional. Em um desses episódios em que quase se foi, numa crise de pressão alta e nervosismo sem precedentes, dona Gilda foi hospitalizada e graciosamente se recuperou. O susto foi grande, e até Giovanni se comoveu, mas a essa altura pouco espaço para reação lhe cabia, tendo já sido consumido todo o resto de sua eventual vontade — talvez a própria alma, como diria Saramago —, o que deixou em seu lugar tão somente uma atitude inercial, quase insensível, equacionada pela nova química que agora controlava seu cérebro e ditava cruelmente suas atitudes. E, com tais imagens bem frescas na memória, Alessandro reforçou, com a fraqueza de quem se deixa vencer pela vulnerabilidade de seu argumento e, de igual forma, com o amparo do alento de quem tenta fazer alguma diferença:

— Ainda bem que nossa mãe não está aqui! Imagina como ela se sentiria se, de novo, te visse assim? Isso não pode acontecer mais. Santa misericórdia! Vá descansar até você melhorar.

— Não vou descansar coisa nenhuma! Você não manda em mim. Eu vou pro centro.

— Eu não mando em ninguém, estou dizendo que não tem cabimento você chegar assim. E não vai pra centro nenhum: você está completamente bêbado.

— Que bêbado, o quê. Só me dá cinquenta reais.

— Que cinquenta reais, o quê!

— Tá me tirando, caralho?

— Não fale caralho, caralho!

— Você falou caralho pra mim? Não fale caralho pra mim, caralho!

— Caralho!

— Caralho!

Dona Gilda, de fato, não estava em seu apartamento nesse fatídico dia. E por sorte. Como teria reagido? Em outras ocasiões, já vira Giovanni ameaçar se atirar da janela, e ela o conteve como pôde, pequena e frágil. Consta que, certa vez, Giovanni chegou a dar a volta no edifício Copan inteiro, *por fora dele*, equilibrando-se no parapeito do vigésimo andar. Talvez ele apenas estivesse ensaiando se atirar, como ele mesmo chegou a dizer, muitas vezes, em seus colóquios regados a psicotrópicos:

— Chegou a minha hora.

Ainda assim, que terrível cenário seria para uma mãe presenciar tal hora chegar. Uma vez mais, que sorte dona Gilda não ter presenciado essa situação.

Giovanni continuava a discussão com Alessandro, alternando papéis de vilão e vítima. Pronunciava ofensas e acusações, algumas ininteligíveis; outras duras e de difícil assimilação, seguidas abruptamente por verdadeiros momentos de ternura:

— Posso te dar um abraço?

Alessandro queria poder abraçá-lo, mas era repelido pelo forte cheiro de álcool, já transformado em algo ainda mais enjoativo, misturado a outras substâncias, medicamentosas ou não. Era um cheiro amargo, opaco e penetrante, que causava repulsa, como se o próprio estômago se contorcesse ante sua mera sugestão. Não apenas esse odor desagradável o repelia. Abraçar o irmão era atropelar o repetido drama da situação e da dor profunda que ela causava. Era passar por cima dessa angústia como um trator. Afinal, como vimos, não era a primeira, nem mesmo a centésima vez, que Giovanni chegava em tal estado à casa da mãe deles. E esse estado fazia virar uma chave automática, que dava acesso aos incontáveis episódios difíceis vividos no passado. Sofrer de alcoolismo não é fácil. Tampouco é fácil para quem convive com o alcoólatra.

Giovanni voltou a dizer, de maneira dócil, que havia comprado uma camiseta do David Bowie para o irmão, na sequência insistindo para que Alessandro lhe emprestasse cinquenta reais, falando alto e de modo quase agressivo, e enfim solicitando amorosamente um abraço. Alessandro o abraçou, sem na verdade abraçá-lo, como se o empurrasse. Sentia algo próximo a desespero.

— Por que você não quer me abraçar? — A renúncia do abraço não foi tolerada por Giovanni.

Que espécie de desamor era esse? Mais discussões se seguiram, e a elas retornaremos prontamente.

Por ora, deixemos estar nosso olhar junto a Alessandro e sua contenda com a porta, depois de ouvir o ruído estrondoso.

Assombrado, ele seguia repassando os acontecimentos antes de abri-la, em austera tentativa de entender a situação, talvez para evitá-la, qualquer que fosse seu desfecho, talvez para postergar o veredito. Abrir a porta era abrir uma verdade indesejada. Fechou-se em si mesmo, como desejando não acreditar na consequência mais provável de tudo aquilo (pudera o desejo alterar o destino desta vez). E lembrou-se, como se lograsse enganar — por meio de um longo percurso de incontáveis memórias consumindo todo o tempo disponível dos deuses, Kairos — o tempo dos homens na Terra, Cronos. Desejava retardar ao máximo a conclusão que fatalmente o encararia.

Há muitos anos Alessandro não morava mais nesse apartamento, nem mesmo em São Paulo. Estava apenas passando alguns dias ali por conta de compromissos de trabalho, o que fazia com até alguma frequência — mudou-se para Montevidéu desde que cursou jornalismo e lá ficou trabalhando.

Dona Gilda gostava bastante de receber o filho mais novo em sua casa. Era motivo de distração dos seus problemas e, também, de segurança, afinal ela ficara morando sozinha com Giovanni, tendo se divorciado de seu marido, Enrico, pai de Giovanni e Alessandro, quinze anos antes. Giovanni, apesar de seus trinta e cinco anos, não tinha logrado uma vida estável. Perdeu todos os empregos que conseguira, chegou a ser expulso da casa em que morou com uma namorada. Nunca pôde se sustentar economicamente, que dirá emocionalmente. O apartamento de dona Gilda era seu único refúgio. Morava com ela alternando momentos de tranquilidade e leveza, naturais de sua personalidade dócil, com episódios infelizes e perturbadores, nos seus infindáveis percursos pelo mundo das drogas, do álcool e da profanação. Nos anos finais de sua vida, tais momentos pouco se alternavam: dona Gilda apenas sucumbia a cada notícia ruim, que já eram constantes. Codependente, era ela também escrava da drogadição de seu filho. Por isso, a presença de Alessandro, em uma casa tão sofrida, lhe trazia alguma tranquilidade.

Alessandro deixou São Paulo, sua cidade natal, em mais de uma ocasião. Na primeira, ainda criança, foi morar em Acerra, na região metropolitana de Nápoles, com seus pais e Giovanni. Na pequenina Acerra nascera Enrico, em 12 de fevereiro de 1945. A cidade representava, no ideal imaginário da jornada de qualquer herói que se preze, a primeira e a última fronteira a ser conquistada. Como toda cidade-berço, Acerra exerce esse tipo de fascínio sobre Enrico, especialmente porque nela vivera uma infância e adolescência terrivelmente maculadas, como veremos em breve.

De lá Enrico saíra após terminar o colegial para estudar engenharia em Milão e iniciar seu percurso de redenção. Brilharia, acadêmica e mundialmente, como poucos. Difícil imaginar futuro mais promissor para alguém. Em função disso, Milão se tornou para sempre sua mais bela noiva, com generoso acolhimento e inesgotável fertilidade: foram esse período e essa cidade que concluíram a formação de seu caráter de guerreiro, seu espírito desbravador, e o fizeram crer que era capaz de tudo e de todas as coisas, com uma sensação de determinação digna de superar qualquer desafio. Munido de impressionante arsenal, deixou Milão, em meados da década de 1960, para explorar novos mundos: mudou-se para o Brasil e, na cidade de São Paulo, estabeleceu seu terceiro berço, ou a terceira bandeira de seu incipiente império. Seu primeiro emprego foi na fábrica da

Volkswagen, como mecânico em uma linha de produção do Fusca modelo 1500. Enrico conhecia o motor boxer como ninguém: equipado com dois cilindros opostos, dispostos em um ângulo de cento e oitenta graus e refrigerado a ar, roncava do alto de suas 1.493 cilindradas e potência de cinquenta e quatro cavalos. Enrico adorava motores! Responsável por montar pistões, bielas, cabeçote, carburador, sistema de ignição, entre outros, era o funcionário mais eficiente, dedicado e até mesmo proativo: não bastava seguir os procedimentos, pensava em soluções diferentes. Logo ascendeu como projetista, mas ainda se sentia limitado pela hierarquia burocrática e padronizada, natural de uma empresa que devia seguir a rigor as instruções da matriz. Resignou o cargo de projetista na Volkswagen e fundou sua própria empresa, Valeriano Industria dei Componenti del Motore per Auto, uma indústria de componentes de motores que, já no começo dos anos 1970, viria a ser uma das mais prestigiadas do seu ramo, senão do mundo. Em um dos eventos da Valeriano Motore, conheceu Gilda, com quem pouco tempo depois se casou, e juntos construíram aquela família que chegaria a ser celebrada como "modelo ideal", nas missas de domingo da Igreja de Nossa Senhora da Saúde, e repetidamente destacada pelo próprio pároco, e futuro arcebispo, dom Juliano Venetto, em suas homílias apaixonadas:

— No livro do Gênesis, 1:28, ouvimos que o Senhor os abençoou e lhes disse: "Sejam férteis e multipliquem-se! Encham e subjuguem a Terra! Dominem sobre os peixes do mar, sobre as aves do céu e sobre todos os animais que se movem pela Terra".

— Mas vejam que curioso: em Lucas, 10:38-42, Marta reclamou a Jesus porque Maria não ajudava com os afazeres domésticos, apenas queria conversar com os convidados. "Respondeu-lhe o Senhor: Marta, Marta, estás ansiosa e te ocupas com muitas coisas. Entretanto poucas são necessárias, ou antes uma só. Maria escolheu a boa parte, que não lhe será tirada."

— E qual é a boa parte? A boa parte é a família. Vejam todos esta família aqui a meu lado, no altar. Subam, Valeriano!

A família Valeriano subiu ao altar, aplaudida pela congregação.

— Esta é a família que vive o ideal católico em cada ato! A família que se multiplica e escolhe a boa parte, que não lhe será tirada. A família que escolheu ser guiada pelo Senhor, iluminando os passos de nosso querido Enrico, irmão de nossa comunidade, engenheiro, empresário, professor, marido e pai, mas, acima de tudo, ser humano caridoso e de generosidade sem precedentes.

Enrico era, de fato, uma pessoa caridosa e de generosidade sem precedentes. Contribuía religiosamente com o dízimo, ajudava comunidades carentes, doava vastas quantias, muitas vezes de maneira anônima, para que sua mão direita realmente não soubesse nada a respeito do que sua mão esquerda fazia.

— O Senhor abençoe a família Valeriano! Ó Altíssimo, derrama Suas bênçãos sobre as raízes que a sustentam! — concluiu dom Juliano.

Pois bem, foi dessa abençoada, bem-sucedida e frutífera raiz constituída em São Paulo, que abrigava e acolhia os Valeriano, que Enrico decidira sair, buscando alcançar ainda mais louvor, justo e necessário, tamanho havia sido seu esforço para conquistar tudo aquilo. Era merecedor incontestável! Para coroar sua trajetória triunfante de maneira definitiva, retornaria a sua cidade natal: Acerra. A primeira e a última fronteira. Porque não bastava ser "família modelo" em São Paulo, invejada por muitos, alcançada por poucos, alabada por párocos, escolhida por Maria, desatendida por Marta, parafraseada por escritos sagrados e abençoada pelo Altíssimo. Não bastava colecionar louros, bens materiais, prestígio e admiração, nem mesmo a sensação de justificável dever pela prática incessante de caridade. Era preciso ser profeta em sua própria terra.

Como Alexandre Magno, que, ao atingir as águas do rio Indo, depois de ter expandido seu império — um dos mais extensos da Antiguidade — até a extremidade do *mundo* (ao menos aquele conhecido pela civilização ocidental), fitou do oriente o fim do horizonte, desceu de seu cavalo e chorou. Chorou, porque não havia mais terras para serem conquistadas. Ou porque percebera que nada havia além de sua pequena Macedônia, lugar para onde nunca voltou.

Como Ricardo Coração de Leão em vitorioso regresso da terceira cruzada, entrando na capital ovacionado, como o próprio Cristo em Jerusalém: não importava quão impressionantes haviam sido suas aventuras nas terras santas, o importante era que seu povo o visse retornando, para coroá-lo. E, como rei incumbido de poder e dever divinos, Enrico se imaginou recebendo sua tão sonhada consagração em Acerra. Era preciso avançar até a última fronteira conhecida. Era preciso regressar até a primeira.

Giovanni tinha doze anos; Alessandro, dez. A família Valeriano partiu, saudosa do lugar que deixava, ansiosa pelo lugar a que se dirigia. Já conheciam Acerra, é claro: lá passavam as festas de fim de ano e as férias de julho. Chegaram no começo do inverno de 1988. Ficariam por lá não mais do que quatro anos. Os empreendimentos de Enrico não vingaram — seu sócio, um pequenino e ligeiro francês, hábil com negócios, ainda mais habilidoso com suas artimanhas, fez que fez, quebrou a empresa que haviam fundado, enquanto desviava os recursos para um centro de diagnósticos para o setor automotivo montado por ele à espreita, que acabou sendo completa e sorrateiramente financiado por Enrico. Não houve celebração, louros, glória nem qualquer tipo de reconhecimento.

— Não existe mais o lugar, nem a pessoa que eu era — concluíra Enrico, antes de se despedir, pela segunda vez, de Acerra.

O retorno à cidade que nutrira sua infância traumática não havia sido tão triunfante como imaginara. Veio, viu, não venceu. Era preciso reconhecer a derrota, recolher seu exército e buscar um novo projeto. Voltariam ao Brasil, mas não a São Paulo, onde ainda estava a matriz da Valeriano Motore; e sim a Jaguarão, na fronteira do Rio Grande do Sul com o Uruguai, separados pelo rio Yaguarón.

Por que Jaguarão?

Por que *não* Jaguarão? — Seria a pergunta certa.

Para Enrico, era preciso reescrever. A impossibilidade do sucesso em sua própria terra, como profeta excomungado, lhe causara uma intensa amargura, e ainda mais amarga insegurança. Como poderia voltar a São Paulo, seu terceiro berço, que o acolhera tão bem como se ele fosse um de seus filhos, estrangeiro que era, já que havia provado na própria pele que regressar era voltar ao erro?

— Não existe mais o lugar, nem a pessoa que eu era — repetiu para si mesmo.

Não podia mais regressar. Era preciso *errar*, no sentido de peregrinação e transitoriedade que a palavra assume.

"Seja um transeunte" é a frase mais curta atribuída a Jesus, segundo o Evangelho de Tomé. Enrico não a conhecia, dada sua tradição católica tradicionalmente ortodoxa, mas, com o espírito inquieto de imigrante que era, migrou, mais uma vez, para uma nova terra: estabeleceu em Jaguarão seu forte e nela acampou sua família.

Não era uma Milão, uma São Paulo; nem mesmo uma Acerra nos subúrbios de Nápoles. Mas Jaguarão tinha seus encantos. Uma cidade construída à margem de um rio carrega consigo a marca do fluxo contínuo da evolução humana: Babilônia e o rio Eufrates, Varansi e o rio Ganges, Harapa e o rio Indo, Kaifeng e o rio Amarelo, Tebas e o rio Nilo, Esparta e o rio Eurotas, Roma e o rio Tibre, Lisboa e o rio Tejo, Memphis e o rio Mississipi. Tal qual os estandartes da história, ergueu-se Jaguarão às margens do rio Yaguarón. Do outro lado, outro país, outro idioma, outra cultura, outras pessoas e seus outros sonhos. Olhar para o outro lado do rio, como na canção do uruguaio Jorge Drexler, era admirar o improvável:

> *Clavo mi remo en el agua*
> *Llevo tu remo en el mío*
> *Creo que he visto una luz*
> *Al otro lado del río*
>
> *El día le irá pudiendo*
> *Poco a poco al frío*
> *Creo que he visto una luz*
> *Al otro lado del río*
>
> *Sobre todo creo que*
> *No todo está perdido*
> *Tanta lágrima, tanta lágrima*
> *Y yo, soy un vaso vacío*

Enrico passava preciosos minutos observando o outro lado do rio, mas nunca conseguia, nem conseguiria, esvaziar seu copo. E esvaziar não bastaria. Ele o preencheria com suas mágoas — águas más, águas que se repetem, águas que se ressentem — e inevitáveis lágrimas: tantas lágrimas! Lágrimas em um copo cheio. Como não transbordar? Como não acreditar que tudo está, sim, perdido? Ainda entenderemos por que Enrico colecionava tanta tristeza.

De qualquer modo, iniciou uma nova fase para sua família, às margens do rio Yaguarón e de outras vidas que poderia ter vivido. Além disso, o fato de ter outros italianos ali próximo trazia algo de familiar, embora isso não impedisse que fosse visto como estrangeiro em terras estranhas. Algumas cidades do Brasil, especialmente em seu belo interior, guardam certa dose de conservadorismo que chega a ser curiosa, posto que todas elas, em algum momento, foram fundadas e povoadas por desbravadores, que naturalmente alteraram o status quo com seus costumes, preferências, desejos, vestimentas, alimentos, crenças ou o que for.

— Eu cheguei aqui, mas, agora que cheguei, ninguém mais pode chegar, nem nada será diferente — dizem as cidades antes liberais e agora subitamente conservadoras, desdenhando de qualquer força propulsora para o futuro, de qualquer manifestação que contrarie seu establishment, de qualquer vento em direção contrária a seu desejo. Enrico era como tal força propulsora. Surpreenderia se fosse facilmente aceito.

— Olha o tal do gringo ali — cochichavam.

Lançou, como era de seu perfil, nova iniciativa, e lá ficariam por mais algum tempo. No entanto, essa fase tampouco seria abundante: ali seria decretado o fim de seu casamento, de seu projeto de família, de sua jornada de redenção e o triste declínio de seu império.

Desse porto partiria seu filho mais velho, Giovanni, para Milão, após concluir a escola, para seguir carreira de engenheiro, por instrução de Enrico — pois era exatamente o que ele havia feito em sua juventude —, como a reescrever sua história; o que se provou infrutífero, já que de lá Giovanni nunca voltaria (o mesmo). A isso também voltaremos, em tempo.

Desse porto partiria seu filho mais novo, Alessandro, para a mesma Milão, para o mesmo erro errante que agora peregrinava ele próprio — o erro —, deixando sua marca não só em diferentes gerações, mas em diferentes irmãos.

E há outros portos como esse dos quais partimos sem nunca regressar. O máximo que podemos fazer é observar as caravelas queimadas, ardendo, afundando tristemente em oceanos esquecidos.

Há portas das quais partimos, sem regressar. Relegados a observar o que ficou de um lado, o que se foi para outro, afundamos, esquecidos, em nosso próprio oceano de melancolia.

Por esse porto/porta seguiram os irmãos Valeriano.

"Estamos sempre indo embora."

Seria esse o pensamento de Alessandro enquanto olhava para a porta que agora o separava de seu irmão? Como no dia em que deixou Jaguarão para seguir faculdade em Milão:

— Qual é seu destino, Alessandro Valeriano? — perguntou o oficial de imigração no aeroporto em Roma.

— Qual é meu destino? — Alessandro riu consigo mesmo, desejando dizer: — Serei mesmo profeta de minha própria sorte, a ponto de saber como ela irá se apresentar, e, não importa o que eu faça, nada haveria para evitá-la? Posso escolher outro caminho? Mas será realmente possível saber qual caminho leva a qual destino? Todos os caminhos levam a Roma, afinal. Ou a Milão. Não estaríamos sempre de passagem? Não deveríamos ser transeuntes? O que nos espera? E, se nos espera, o que quer que o seja, por que o faz? Por que espera? E por quanto tempo? O que acontece se *evitarmos* nosso destino?

Claro que não disse nada disso.

— Por ora, sigo em direção a Acerra, em Nápoles, onde visitarei minha avó e meu irmão; na sequência, Milão, onde vou morar para estudar engenharia — respondeu.

E por ora era onde Alessandro ficaria; evitando/escolhendo seu destino.

Após terminar a escola, aceitou o mesmo objetivo de seu irmão, e de seu pai anteriormente aos dois: seguir carreira de engenheiro, também por ordem de Enrico. Faria os exames de ingresso, seria aprovado e começaria a cursar a faculdade antes mesmo de fazer dezoito anos — era bastante maduro para sua pouca idade.

Essa maturidade repentina não foi obra do acaso. Se aos oito anos se perguntava se o mundo existia, aos quinze ouvia, como amigo e conselheiro, o pai se lamentar do declínio da relação com dona Gilda; das dificuldades de construir uma subsidiária de sua indústria, desta vez focada no setor do agronegócio, em uma cidade diferente como Jaguarão; da impotência ante as escolhas do filho mais velho, que desde essa época já determinavam, a passos rápidos, a jornada que levaria a seu inevitável fim: em Milão, Giovanni nem sequer frequentou as aulas na faculdade. Falsificou relatórios acadêmicos, forjou notas e passou um ano inteiro às expensas de Enrico, vivendo na mais absoluta e dionisíaca acepção da palavra *festa*. No final do primeiro ano, viu-se obrigado a deixar a cidade com seus estragos (sim, alguns ficaram; outros foram com ele) e se mudou para Acerra, para morar com a avó paterna, dona Francesca, onde passaria o restante de sua epopeia, tentando infrutiferamente seguir a mesma carreira de seu pai, agora em outra faculdade, em Nápoles, e sem muito mais a fazer, a não ser entrar, em franco mergulho, no incomplacente submundo das drogas, do álcool e dos excessos.

Não teria sido o desejo de Giovanni ir, mas foi.

Tampouco teria sido o desejo de Alessandro, mas foi.

E é provável que não tenha nem sido o desejo de Enrico, mas foi.

Uma vez em Milão, Alessandro logo percebeu a adversidade que o esperava e a falta de perspectiva (quando a perspectiva já era pré-definida, ou no mínimo reservada ao sabor da determinação de Enrico ou do recente fracasso de Giovanni). Não era nada disso que ele desejava! Portanto, em menos de três meses frequentando a universidade, decidiu enfrentar seu pai quando este, juntamente com dona Gilda, havia ido visitá-lo na nova cidade:

— Eu não quero ser engenheiro.

Que audácia! Ainda maior se considerarmos o contexto. Depois de alguns desentendimentos prévios entre pai e filho, dos quais falaremos em seguida (e que impediram uma visita anterior), Enrico e dona Gilda foram a Milão passar alguns dias com Alessandro, com a intenção de ajudá-lo na adaptação à vida universitária. Alessandro já havia planejado assumir que não pretendia mais seguir a carreira de engenheiro e dividira isso com sua mãe. Mas não tinha coragem de contar para Enrico. Para piorar, seus pais haviam trazido de Jaguarão duas malas enormes, incluindo toda a coleção de livros que Alessandro havia pedido, além de sua máquina de escrever Olivetti Lettera 32. Linda máquina; bastante pesada para ser transportada. Era uma mudança inteira! Sentiu pena, mal viu o pai — carregando tudo isso com esforço e ajudado por dona Gilda — entrar no apartamento em que estava morando. Era o apartamento de um primo, filho de tia Mariette, irmã de Enrico.

Seria maldade dizer a seu pai que havia desistido. Ao menos de maneira tão abrupta. Melhor deixá-lo chegar com calma, se ambientar, ver um pouco a cidade e só depois entender nas entrelinhas as razões pelas quais Alessandro havia decidido abandonar o curso. Esperaria mais um pouco, ainda que já se sentisse desconfortável. Outrossim, jovem que era, não sabia medir adequadamente as consequências de sua decisão.

O restante da visita pouco fez para atenuar seu desconforto. Enrico, motivado a deixar uma estrutura adequada para que seu filho pudesse estudar — e dessa forma corrigir aquilo que considerava uma omissão de sua parte no passado, quando enviou Giovanni para Milão, mas não o visitou por um ano —, empenhou-se em todos os detalhes para deixar confortável a moradia de Alessandro. Talvez também quisesse agradar a si mesmo, ou ao próprio jovem Enrico, que também fora a Milão, mas com condições econômicas bastante diferentes. Seus pais não eram abastados, mal podiam enviar dinheiro para comida, que dirá moradia (Enrico viveu numa pensão na universidade e, desde o primeiro ano, trabalhou como ajudante de cozinha do refeitório para ajudar a custear seus estudos). Assim, logo que deixou as malas na sala, pronunciou:

— Pronto, agora vamos achar um apartamento só para você, para que possa viver bem e se dedicar aos estudos.

Enrico estava orgulhoso. Alessandro havia ingressado no Politecnico di Milano, uma das universidades mais prestigiadas da Itália, senão do mundo. O campus estava (e ainda está) localizado em frente à Piazza Leonardo da Vinci, no formoso bairro Cittá Studi. Era a mesma faculdade que Enrico havia frequentado na juventude; a mesma que Giovanni falhara ao frequentar. Era o lugar preferido de Enrico, o início de sua redenção, o repositório de suas memórias favoritas. Todo o seu brilhantismo acadêmico tivera Milão como palco e propulsor. Por isso as expectativas eram altas. Enrico imaginava que ali seus filhos prosperariam como ele, colecionariam histórias e lembranças das mais estimadas, para seguirem rumo a um irretocável percurso de sucesso. Mas não foi nada disso que aconteceu. Giovanni afundou, como já dissemos, apresentando um dos piores desempenhos já registrados na faculdade. Na maioria das vezes, nem mesmo comparecia às aulas. Com isso deixou uma indelével mancha na tradição de um Valeriano iniciada por Enrico, que era professor honorário do Politecnico di Milano. Que vergonha!

Giovanni nunca fora muito apegado aos estudos. Atravessou a escola aos trancos e barrancos. Gostava desde sempre de farrear; para ele, estudar era um porre, e o fazia apenas por obrigação, nunca por sede de conhecimento. Embora inteligentíssimo, Giovanni pouco fazia uso dessa habilidade em sua vida para algo frutífero, mas muito para inventar malabarismos éticos ou facilitar obstáculos. Para ser admitido no Politécnico, declarou-se estrangeiro, sem mencionar sua cidadania italiana.

Assim, entrou por meio de cotas, sem prestar exame algum. Já Alessandro amava os livros. Amava estudar. Melhor aluno da classe, da escola, do bairro. Ganhava concursos e procurava aprender sobre assuntos além da matéria dada. Inventava frases:

"A cultura não é o resultado da divina sabedoria, mas sim fruto do humilde esforço."

Isso porque aprendera de Enrico o valor da dedicação, de não poupar recursos para lograr conhecimento e, por meio dele, permitir-se evoluir, tanto em sua própria vida como com sua contribuição à sociedade. Esse era o testemunho vivo de Enrico, afinal de contas. Então era, como o pai, apaixonado pelo saber.

"Saber por saber é curiosidade. Saber só para mostrar que sabe é vaidade. Saber para ensinar a si mesmo é humildade. Saber para ensinar aos outros é caridade", escreveu aos doze anos. Tudo isso era motivo de satisfação para Enrico, como dissemos, e agora poderia desfrutar da incipiente vitória de seu filho mais novo, tendo sido aprovado no Politecnico di Milano, fato que certamente lhe traria apenas alegrias. Por isso era importante cuidar. Cuidar para cultivar o amor ao conhecimento, que era verdadeiro em Alessandro. Cuidar para regar as sementes da memória, e com ela os triunfos conquistados por ele próprio. Cuidar para que o caminho não se desvirtuasse, como ocorrera com Giovanni.

Munido de tamanha motivação, Enrico saiu caminhando pelo Cittá Studi, a passos apressados e alegres, seguido a curta distância por dona Gilda e Alessandro. Caminhava, leve, mas pomposo, absorvendo todo o cenário de sua cidade favorita como quem respira inspiração. As ruas do bairro, com sua atmosfera única, mistura de modernidade e tradição, convidavam a uma viagem no tempo, em que o antigo podia se fundir com o novo, o que era retratado por edifícios históricos e contemporâneos dispostos lado a lado. As vias circundantes, movimentadas, repletas de lojas de grife, cafés animados e bares modernos, intensificavam a estética desse notável paradoxo. As travessas secundárias, mais tranquilas e arborizadas, com edifícios residenciais elegantes e pequenas lojas locais que vendiam de tudo, desde frutas frescas até roupas vintage, roubavam a atenção de Enrico, quase fazendo com que se desviasse de seu propósito. Apaixonado pela Via Lulli, onde as fachadas de tijolinhos vermelhos das casas antigas contrastavam com as modernas janelas de vidro das lojas e galerias de arte, revivia sua própria juventude. Por fim, chegou à Piazza Leonardo da Vinci, o coração do bairro, onde estudantes e turistas se reuniam para apreciar a bela fonte e os edifícios históricos que a rodeavam. Toda a história dos Valeriano passava por ali. Ah, que alegria caminhar em meio a tanto conhecimento! Parecia que ele mesmo voltara no tempo. Parecia que ele mesmo estava sendo admitido no Politecnico di Milano:

— Vamos comprar uns móveis bonitos e confortáveis para que você fique bem. Será a fase mais feliz de sua vida, meu filho.

Entrava de loja em loja. Analisava os móveis, debatia com os vendedores, na maioria das vezes descontruía os argumentos decorados por eles. Não caía em cilada alguma. Comprou uma TV, uma geladeira, um colchão e uma cama, e o mais importante: uma linda escrivaninha.

— Esta é a peça mais importante. Gostou, meu filho?

Alessandro mal respondia. Quem tinha de gostar era Enrico, e ele próprio estava adorando tudo. Escolheu apartamento, um que ficava a duas quadras da faculdade. Alessandro poderia ir a pé, voltaria das aulas para casa com tranquilidade para desfrutar da TV, da geladeira, do colchão e da escrivaninha. A cada compra, Enrico enchia seu peito de ar e de conquista. Que maravilha investir nos estudos!

Já com Alessandro era o oposto: a cada compra sentia mais remorso. Cada loja em que entravam era um passo mais fundo no seu crescente terror, e pior ficava a situação por não ter ainda contado que não queria mais continuar a estudar engenharia. Com mais medo, nada dizia, apenas confidenciava para dona Gilda:

— Mãe, o que eu faço? Ele está comprando a cidade inteira.

— Você precisa falar pra ele, meu filho, antes que ele compre mais coisas. — Resignava-se dona Gilda.

E então Enrico comprava mais coisas. Comemorava. Alessandro tremia. Foram jantar para celebrar o momento tão especial. Voltaram ao apartamento de tia Mariette. Enrico vitorioso, Alessandro vencido. E então:

— Eu não quero ser engenheiro.

Como Saturno subitamente castrado por Júpiter de toda a sua virilidade, poder e autoridade inquestionáveis, e com violenta foice, Enrico foi fatalmente, e sem advertência alguma, atingido. E matar um pai é pecado capital, não importa quanto a literatura tente embelezar tal ato em mitos justificáveis e honrados (assim como o próprio Saturno o fizera anteriormente, matando seu pai, Caelus)[4].

— Insolente! — bradou, receoso de ver um segundo filho ir pelo mesmo caminho do primeiro.

Ordenou que voltasse ao Brasil de imediato:

— Tá errado! Como você se atreve a tamanha e lastimosa atitude? Que irresponsabilidade digna de reproche; situação inverossímil, vilipendiando o esforço de seu pai! Volte ao Brasil imediatamente!

O "imediatamente" não era apenas força de expressão, nem mesmo fruto originário do calor simbólico da contenda entre pai e filho (como os outros vernáculos pareciam sugerir). No caso dos muitos e inflamados discursos como esse de Enrico,

---

4   Certamente a leitora sabe que Saturno é o equivalente romano de Cronos, Júpiter o de Zeus e Caelus o de Urano — este mesmo relato contamos no prólogo (ou o *prólongo*) sobre os nomes gregos. Como estamos agora em Milão, bem perto de Roma, achei por bem fazer desta forma.

palavras eram transformadas em ato com a mesma intensidade com que eram proferidas. Em poucas horas, Alessandro havia empacotado, às pressas e derrotado, todas as suas coisas — roupas, livros, fitas e discos, a Olivetti Lettera 32 — em três malas que mal fechavam e, munido de um insustentável sabor de fracasso, já se encontrava em um voo com destino a São Paulo, para de lá regressar a Jaguarão.

Não teve nem chance de se despedir de Milena, única amiga que havia feito na cidade e para quem já reservara o objeto de sua afeição naqueles dias frios de fevereiro de um forte inverno do norte da Itália de 95. Milena já era amiga de Giovanni, na época em que este esteve em Milão e se envolveu com a irmã mais velha dela, Carolina. Giovanni falava para Alessandro em cartas sobre seu namoro com Carolina e mencionava Milena.

— Conheci sua futura namorada. Já está tudo definido. Você vem morar comigo aqui em Milão. Ela é linda. Carolina e eu, você e Milena: vamos sair juntos!

Dizia que um era feito para o outro, que poderiam ficar juntos, e irmãos e irmãs seriam dois casais. Tal qual Osíris com Ísis e Set com Néftis. Ou quem sabe Hades com Perséfone e Zeus com suas milhares de mulheres (e mulheres de milhares). Alessandro recebia essas cartas com muito afeto e ânimo para se juntar a Giovanni, quem sabe viver algumas de suas aventuras descritas. Ainda que Giovanni tivesse já se desviado de seu propósito, não era um desvio definitivo (ou ao menos não parecia), e, aos olhos de Alessandro, sempre lhe cabia algo mais a fazer que pudesse ajudar o irmão a evitar um destino infeliz, além de, principalmente, voltar a ter a alegria de estar perto dele.

Ir a Milão, onde o irmão havia estado anteriormente, era condizente com tal propósito. Alessandro veria com seus próprios olhos o que Giovanni havia visto e descrito em suas cartas. Mesmo que os detalhes mais intensos das tais festas dionisíacas não tivessem sido totalmente expostos, era nítida a exaltação de

Alessandro. Para ele, ser como o irmão era como poder viver na pele de seu herói mais admirado. A diferença de idade entre ambos era ideal para tais sentimentos, que se fizeram ainda mais insistentes quando Giovanni partiu do Brasil, após concluir a escola, ainda com dezessete anos.

Giovanni foi e levou consigo as conversas de mundos que não existem, os pesadelos compartilhados, a sabedoria de irmão mais velho, a força e hombridade que tantas vezes haviam sido escassas a Alessandro na infância. Giovanni levou o menino da cama ao lado, os discos de vinil e fitas compartilhados, a vontade de terem uma banda de rock juntos. Foram três anos que Alessandro viveu em Jaguarão, longe de Giovanni, depois de ter tido sua vida inteira ao lado dele. Esses anos certamente foram os mais difíceis. Para um e para outro.

Quando o dia chegou para se juntarem, ou pelo menos estarem no mesmo país (Giovanni em Acerra, Alessandro em Milão), com saudade e imponderável empolgação pelo desconhecido, apesar do receio de seguir a determinação do pai, Alessandro partiu. Ele queria e não queria estar lá.

Como ele mesmo dissera ao oficial de imigração, primeiro foi a Acerra passar o Natal com a avó e Giovanni. O reencontro entre irmãos foi vivido intensamente. Giovanni apresentou seus amigos, bandas, bebidas, histórias com garotas, músicas, lugares... todo o arsenal ao qual um estudante universitário tem acesso, especialmente ao viver uma repentina liberdade, após uma eternidade sob a autoridade máxima de um pai exigente.

Apesar do entusiasmo inicial, as curtas férias se converteram rapidamente em novo pesadelo. Ao final de uma noite, em que os irmãos saíram com um carro antigo de Enrico, um Ford-T 1927, Giovanni havia bebido muito mais do que podia. Alessandro, ainda sem carta para dirigir, apressou-se em tomar seu lugar no banco do motorista. Primeiro levaram um amigo para sua casa. Chegando lá, Giovanni, cheio de ímpeto, arrancou o volante de Alessandro à força, empurrando o irmão para o banco de trás. Acelerou, mal chegou a virar a primeira esquina e, com o carro descontrolado, chocou-se violentamente com um poste. Justamente o carro de coleção de Enrico!

Os dois abandonaram o carro. Fugitivos, foram dormir, mais assustados do que machucados. Tiveram uma noite de horríveis pesadelos:

— Tive pesadelos horríveis.
— Com o carro?
— Não...
— Com o papai?
— Com o papai.
— Ele vai matar a gente.
— Matar é pouco. Precisamos ir buscar o carro.
— Incrível como o que dá mais mal-estar é o medo da reação dele, mais até do que qualquer consequência ruim. Eu estou superchateado pelo carro, mas pior ainda é o que ele vai fazer quando descobrir...
— É verdade. Parece que um caminhão passou pelo meu corpo, de tanta dor. E, mesmo assim, me sinto ainda pior de imaginar o que vai acontecer com a gente.

Você deve estar se perguntando qual irmão falou o quê, ou mesmo questionando a concisão deste relato. A verdade é que era tão intensa a ansiedade de ambos, que ficava mesmo um tanto difícil discernir quem falava o quê.

Tamanha ansiedade, que não se dava por vencida com facilidade, fez com que Giovanni bolasse um plano espetacular, com afinco admirável. Giovanni sempre fora bom de planos. Omitindo todo o acontecimento a dona Francesca, foi buscar o carro com uma grua emprestada pelo amigo de um primo. Estacionou-a ao lado do poste que ele derrubara. Ali dormia um mendigo. Giovanni sentiu um frio na alma: se ele estivesse ali desde a noite anterior, podia tê-lo matado! De qualquer forma, a poucos metros do mendigo estava o veículo destruído. Com a ajuda desorquestrada de Alessandro, conseguiram prender a traseira do carro ao gancho da grua e erguê-lo até que somente as rodas dianteiras, ainda em estado para rodar, encostassem no chão. E o levaram a uma oficina mecânica de um amigo de Enrico, vejam a ironia, para que o arrumasse. Giovanni pediu que nada comentasse com ninguém, muito menos seu pai; em breve encontraria uma maneira de pagar pelo serviço.

O plano dava indícios de que daria certo, embora Giovanni se sentisse muito mais à vontade com ele do que Alessandro, acuado como se tivesse cometido um crime. Passado um par de dias, enquanto o automóvel era consertado, chegou o momento de Alessandro iniciar seu curso em Milão. Já era o fim de suas curtas (e emocionantes) férias com seu irmão. Giovanni o acompanhou até a estação de trem.

— Vai dar tudo certo, irmão. Eu vou arrumar um jeito de pagar o conserto do carro, o papai nem vai perceber. Ele e a mamãe estão vindo para cá em uma semana. Até lá o carro estará arrumado, impecável. A vovó tem algumas reservas, pegarei com ela, tudo vai dar certo.

— Mas e se ele descobrir? Mesmo que o carro fique perfeito, você sabe como ele é detalhista. Não é melhor a gente contar a verdade?

— Me diga uma vez que você contou a verdade e não sofreu um monte.

— ...

— Não se lembra de quando você decidiu contar que bateu o carro da mamãe, logo na primeira vez que aprendeu a dirigir com ela? Você tinha quinze anos. Foi ela quem te deixou dirigir. Você deu voltas na cidade inteira, estava feliz. Quando chegaram na frente de casa, a mamãe sugeriu para vocês comemorarem. Mas você foi dar ré e raspou o para-choque numa árvore.

— Sim, que burro. Fui do céu para o inferno.

Porque aprender a dirigir, naquela época, como em muitas outras desde o advento do sonho norte-americano de traduzir cavalos em potência, de capturar liberdade na forma de quatro rodas, era uma das maiores conquistas que um garoto poderia imaginar.

— Mas a mamãe te acalmou, disse que ela mesma consertaria, que não era nada demais. E consertou. Só que você ficou sofrendo por meses, mesmo sabendo que o conserto foi simples. Sofrendo com medo de ele descobrir... — concluiu Giovanni, e emendou: — Você não precisava ter contado nada!

— Eu sei! Mas não aguentei e contei.

— E o que ele fez? O problema já estava resolvido, ninguém tinha se machucado, o carro estava perfeito e não custou quase nada. O que ele fez?

— Foi uma bronca terrível...

— Foi uma bronca terrível, você ficou de castigo por semanas, sem poder sair, sem poder ver os amigos, sem poder ver as meninas de que você gostava. Tudo por quê? Porque você decidiu falar a verdade. Tem coisas que não precisam ser ditas!

— Eu entendo — aceitou Alessandro e, depois de um aflitivo suspiro, completou: — Ainda assim, estou com um mal-estar horrível por causa do Ford-T.

Não era só o Ford-T, nem seus cavalos de potência em quatro rodas estraçalhados em um poste, que lhe causava mal-estar. Tampouco medo do pai, somente. Sua vontade era falar que o irmão não devia ter bebido, não devia ter assumido o volante, nem mesmo deviam ter pegado *esse* carro. Mas não desejava contrariá-lo. Beber parecia fazer parte da transformação de menino em homem, e Giovanni se transformara completamente aos olhos de Alessandro: de menino bobão, franzino, excluído e tímido que fora, tal qual Alessandro, agora era um homem feito, irremediavelmente bonito, inteligente, articulado, com uma presença imponente. E forte.

Ser forte pode parecer mero detalhe estético, mas para os irmãos tinha implicações muito mais profundas. Era essa força, traduzida em músculos e masculinidade, que simbolicamente permitia que se protegessem daquela "bola gigante e pesada que vem rolando lá do outro corredor a toda velocidade e passa por cima de você". Era essa força que os colocava no altar dos vitoriosos, ao qual somente Enrico pertencia — ele, sim, invencível, mais do que qualquer um. Não tinha medo de ninguém. Já até lutara, fisicamente, com "inimigos", na frente mesmo de seus filhos, saindo sempre vitorioso. Submetera seu pai, dom Alberto, avô de Giovanni e Alessandro, provavelmente o mais assustador entre o rol de pais assustadores já retratados na história. Se Enrico venceu o mais poderoso de todos, verdadeiro Urano a ser deposto por Cronos, então teria para si o direito de clamar o trono do poder absoluto.

Giovanni e Alessandro temiam seu pai, mas ao mesmo tempo o amavam incondicional e infinitamente. Era um amor de duas faces. Na mesma intensidade com que esse amor protegia e acolhia, o temor submetia Giovanni e Alessandro à inferioridade, à covardia, ao medo, à vergonha por sua debilidade e ao fracasso anunciado; provavelmente como o mesmo Saturno fazia, irascível, ao devorar seus filhos, protegendo-os dentro de seu âmago, mas ao mesmo tempo exaurindo qualquer possibilidade de eles ganharem autonomia e liberdade — e dessa forma resguardando seu próprio poder ante o risco de ser subjugado por seus filhos. Como um pai que perpetua sua soberania por meio da eterna submissão de seus filhos.

A tal distúrbio, psicólogos modernos dariam o nome de "síndrome de Saturno". Para o pai poderoso, seria o medo de perder o poder. Ou quem sabe medo de não poder proteger os filhos? Para os filhos submissos de tal pai poderoso, seria o medo de triunfar, já que, para isso, seria necessário romper com o modelo anterior. Romper com o amor. Matar o próprio pai. Ou fracassar.

Ser forte era se libertar desse amor de duas faces para ver somente uma, aquela que era leve. Era adquirir coragem, para finalmente fazer frente aos opressores, que por demasiado tempo macularam os dois irmãos em uma época de total permissividade de violência verbal e física no espaço escolar — justamente o espaço da formação do caráter social. Com essa coragem, poderiam adquirir outro tipo de bravura — aquela que possibilitava vencer o medo das palavras não ditas, das paixões silenciadas, da tentativa frustrada antes mesmo de acontecer. Do amor convertido em impossível para poder ser amado.

Ser forte era tudo isso. E, claro, também um pouco do imaginário fantástico de *Rambo*, *Rocky* e *Comando para Matar*, que tanto divertiam Giovanni e Alessandro. Ser forte tinha amplas acepções: morais, éticas, de superação e motivacionais. Eram tantas, que o próprio significado estético era consequência e causa ao mesmo tempo. Quanto mais forte fisicamente, mais visivelmente forte aos olhos dos outros; portanto, aos deles mesmos.

Giovanni tinha se convertido nesse tipo de homem forte. Nesse sentido, conquistara espaço no panteão dos deuses, como Hércules na Terra, com os lindos cabelos de Sansão, admirado incontestavelmente pelo seu irmão mais novo. Conquistara os segredos do amor terreno e os caminhos para a afeição de uma mulher. Conquistara os segredos do amor social e os caminhos para ser reconhecido, na turma de amigos, como homem referência. Conquistara, sobretudo, os segredos do amor-próprio, de se sentir belo, de se saber competente, de se permitir amar o instante, não importando o quão fugaz. A identidade que Giovanni havia formado era fascinante e inescapável.

Alessandro não tinha nada disso. Era e continuava a ser o que qualquer um chamaria de um bobão. Magrelo, franzino, com uma cabeça enorme e um sorriso maroto, mas mal desenhado (pois sorrir era se abrir); acabava por sorrir um não sorriso, especialmente na frente das meninas. Acreditava — sempre ouvira — que seu intelecto era sua principal arma social, que ascenderia a um lugar acima de todos os seus outrora opressores mediante suas conquistas, acadêmicas, econômicas. Havia sido assim com Enrico, afinal. Esse momento era esperado com ânimo, mas não o suficiente para apaziguar o sofrimento interno vivido durante a época de maior impacto na formação social: a escola. De que adiantaria se sobressair depois, se aqueles dias, tão preciosos, nunca mais voltariam? A menina bonita que nunca deu atenção? Os meninos maldosos que caçoaram dele e o excluíram? Que até mesmo o atiraram no lixo?

Alessandro nunca se esqueceria de um episódio durante o recreio da terceira série do ensino primário, enquanto ainda morava em São Paulo. Tinha alguns amigos, ainda não se enclausurara em um mundo interior, como faria durante o colegial. Era ingênuo, inocente, bastante excêntrico; de tal forma que os professores alertavam seus pais de que, embora tirasse notas boas, ele não parecia normal, pois muitas vezes conversava sozinho, com pessoas invisíveis. E Alessandro conversava mesmo sozinho — Giovanni não somente acreditava que era verdade que as pessoas invisíveis existiam, mas achava o máximo; tentava ele próprio se comunicar com elas. E o fato de o irmão amado de Alessandro achar o "máximo" algo relacionado ao que ele fazia era ainda mais espetacular aos seus olhos: seu maior ídolo o admirava!

Voltemos ao episódio: deu-se um dia em que Alessandro se vestiu de um ânimo incompatível com seu paradigma de menino bobo e tímido, quem sabe inspirado pelas histórias e poesias que lia e escrevia, atrevendo-se a uma inimaginável insolência (semelhante, em atrevimento, àquela que teve com seu pai ao desistir da carreira de engenheiro, tempos depois): contaria, finalmente, para Gabriela, a menina da quarta série (um ano mais velha!) — e novo objeto direto de seu afeto — que ele *gostava* dela. Isso depois de passar intensos e longos dias (longo no tempo dos deuses, curto no tempo dos homens) imaginando o não acontecimento, para quem sabe assim fazê-lo possível. Sim, Alessandro passaria vidas inteiras amando secretamente uma ou outra menina. Mas nunca, mas nunca mesmo, confidenciaria seus segredos para ninguém, quanto mais para elas.

Amar em silêncio é amar em harmonia consigo mesmo, em comunhão com a resignação de quem nada almeja a não ser se permitir sentir. É dádiva reservada a poucos. E Alessandro gostava de amar assim, como quem ama calado, como uma sinfonia de silêncios e luz de Lulu Santos. Dele, também, guardaria as seguintes palavras, escritas em sua alma:

> *Eu gosto tanto de você*
> *que até prefiro esconder*
> *deixo assim ficar subentendido*
>
> *como uma ideia que existe*
> *na cabeça e não*
> *tem a menor obrigação de acontecer*

Como uma ideia que existia na cabeça e não tinha a menor obrigação de acontecer, mas, se acontecesse, seria a coisa mais legal do mundo; Alessandro — o menino de nove anos — decidiu, enfim, tomar uma atitude. Mas não o faria de maneira casual. Durante o recreio, foi à biblioteca, onde sabia que estaria Gabriela: divina musa de sua imaginação, com quem fantasiava improváveis desfechos (tendo em vista a natural limitação de suas idades).

Quando Alessandro entrou na biblioteca (lugar onde ele ficava durante a maior parte de seus intervalos), percebeu Gabriela debruçada em uma prateleira, com um rápido passar de olhos nos livros de aventura. Já haviam conversado antes, muitas vezes, ambos interessados por histórias, pela possibilidade de conhecer novos livros. Para Gabriela, era divertido ouvir um menino mais novo falar sobre alguns livros que ela também havia lido, muitas vezes inventando finais diferentes, noutras encontrando semelhanças:

— Oi, Gabriela! Já sei que você deve estar procurando *O mistério do cinco estrelas*, do Marcos Rey, né? Eu acho que você vai gostar ainda mais de *Um cadáver ouve rádio*! Meu irmão leu e me contou, fiquei arrepiado, fui ler na mesma hora. Adorei! — A sabedoria do irmão mais velho, com seus onze anos, conferia ar de propriedade à sua recomendação.

Gabriela sorriu, ela gostava bastante das indicações de Alessandro:

— Se você gostou, então eu vou gostar, com certeza.

— É mesmo. Porque, quando um gosta, e o outro gosta também... é tão... — procurou adjetivos dos mais formosos em seu incipiente vocabulário para poder impressioná-la — legal...

E olhou para Gabriela, com uma segurança que ele tirou sabe-se lá de onde, para tentar dizer qualquer coisa que as palavras, sozinhas, não tivessem se atrevido a comunicar. Ela sorriu, meio tímida. Estava quase para dizer algo especial de volta, quando ele foi abruptamente interrompido por um garoto que chamava seu nome de maneira inquisitiva:

— Você que é o Alessandro?

Alessandro logo o reconheceu. Era Caio, um garoto gordinho da quarta série que tinha o apelido de Porky's, recebido em homenagem a um filme insólito, restrito ao circuito dos meninos mais influentes da época. O termo "gordinho" era um eufemismo aos olhos dos adultos, porque aos olhos de Alessandro ele era mesmo uma bela de uma hipérbole, um gordão daqueles bem bonachões, e baita forte, aquele mesmo tipo de forte outrora celebrado. Já brigara com um monte de garotos ao mesmo tempo, ninguém conseguia vencê-lo. Além disso, Alessandro nem pensava em ter medo dele, porque o admirava e tinha consciência de quão insignificante sua presença devia ser para ele. Já haviam se cruzado nas aulas de educação física. Gostava dele!

— Sou eu, sim, Caio, não se lembra de mim? Sou da terceira série E. — Sorriu.

— Então é você! — Porky's o pegou como uma pluma em um de seus braços para levá-lo para fora da biblioteca, em direção ao pátio.

— Caio, aonde você está me levando? — ria achando graça da situação, suas perninhas balançando infantilmente para o ar, seu pescoço esmagado entre o braço pesado e a barriga suada, de odor pouco agradável, de Porky's. Alessandro não se alertara do iminente perigo. Gabriela, sim:

— Caio, o que você está fazendo? Aonde você quer levá-lo? Solte ele! — Ambos eram da mesma sala.

Alessandro continuou a achar graça. Porky's nada dizia, impávido. Atravessou o corredor que levava da biblioteca ao primeiro pátio como um colosso, com Alessandro em seus braços, sem o menor esforço. Em poucos segundos ganhou o pátio principal, onde outros alunos corriam pra lá e pra cá, aproveitando seu recreio, entre pega-pegas, esconde-escondes ou qualquer outra atividade. Porky's atirou Alessandro ali no meio, como quem atira um saco de nada ao chão. Alessandro se ergueu, ainda achando que tudo fazia parte de uma brincadeira. Gabriela o seguiu até lá, mas não conseguiu se aproximar mais, posto que logo fizeram uma impenetrável roda em volta dele:

— Tá aqui o moleque que estragou tudo!

E, sem mais explicações, Porky's lançou um violento soco no estômago de Alessandro, que caiu de joelhos. Prontamente se juntaram mais meninos da quarta série, como predadores ávidos pela presa, que, sem inocência alguma, calhou de estar no lugar errado.

O que se viu em seguida não teria passado de mera altercação, típica de garotos traquinas, se descrita por adultos. É provável. Mas para Alessandro foi o verdadeiro terror, semelhante a um espancamento perpetrado por uma multidão de acusadores sedentos por justiça. Como se fossem fanáticos cristãos condenando um herege à fogueira, tochas às mãos e Bíblias ao alto, aos gritos. Como se fossem raivosos fariseus atirando não apenas primeiras, mas segundas e terceiras pedras em pecadores cujos pecados eles também cometeram, até que o sangue escorrido pagasse por todo o vexame que a humanidade enfrentara desde que uma "ardilosa" serpente corrompeu uma "corruptível" mulher, que viria a ser o símbolo de transgressão para toda a eternidade, só por ela ter *seduzido* um *inocente* homem, seu *senhor*.

— Seu idiota! — bradava um garoto, enquanto desferia mais um soco certeiro no estômago de Alessandro, ainda de joelhos, fazendo-o contorcer-se mais. Um terceiro menino o levantou do chão e, segurando-o por trás, com os braços presos aos seus, incitou os demais a formarem uma fila.

— Tô segurando este imbecil. Vou segurar até ele apanhar de todo mundo pelo que fez!

De um em um, os meninos da quarta série se alternaram dando mais socos em Alessandro, que, estarrecido de horror, nada entendia, nada ouvia, nada podia fazer, o que não lhe permitia sequer sentir dor. Lançava o olhar ao redor, em pânico. Sentia vergonha do julgamento de todos os rostos curiosos que ali se aglomeravam. Ele só podia estar errado, mesmo não tendo ideia de qual erro lhe cabia. Quem mais seria merecedor de semelhante castigo?

Depois de mais alguns murros desferidos em sequência sistemática, acusações em meio a berros inteligíveis e um empurra-empurra desvairado, finalmente o bedel, pretensamente eficiente em sua única função de cuidar do bem-estar dos alunos, conseguiu romper a roda que se formara. Com a professora auxiliar, tirou Alessandro do meio da multidão e o levou para um canto seguro; eles também perplexos ante tamanha anarquia e chocados pela rapidez com que o evento escalou para algo de quase irreparável descontrole.

— O que será isso? O que eles estavam fazendo com você? Diga, Alessandro, por que te batiam? O que você fez?

Alessandro não sabia o que havia feito. Queria chorar, mas as lágrimas não saíam, envergonhadas que estavam. Chorar era confessar seu crime. O que teria feito? Como seu não sorriso, que não sabia sorrir ante as meninas de quem gostava, Alessandro chorou um não choro, silencioso, estéril, como se as lágrimas não viessem dos seus olhos, mas sim de sua alma, secas e cortantes. E por minutos ficou assim, a não chorar, com a garganta ardendo como se houvesse engolido uma poção de fogo, enquanto o bedel buscava entendimento da situação, que enfim se deu, depois de indagar aos agressores o motivo da agressão.

Consta que Cássia, professora auxiliar das terceiras e quartas séries, a mesma professora que havia ajudado a resgatá-lo em meio aos latidos bárbaros da multidão, iria deixar a escola, pois fora aceita como professora titular em um colégio noutra cidade. Ela era muito querida pelos alunos, mas muito mesmo. Cássia era mais nova que a maioria das professoras. Era dócil, divertida e bela — de uma beleza acolhedora e possível, inacessível aos pagãos, mas alcançável mediante não muitos sacrifícios. De seu altar de conhecimento e autoridade professoral, Cássia descia, de vez em quando, para se misturar aos seus súditos, como deusa que se faz brevemente mortal em pequenas doses de fantasia, com sabido prazo de expiração: em não mais que segundos, conversava com os alunos, no recreio; sabia de quem um e outro gostavam, até mesmo confabulava para ajudá-los.

A sublimação se dava quando, finda a conversa, ela acariciava com ternura o ombro de um aluno com sua mão delicada e seu sorriso terno, retornando em seguida a seu altar de adoração, justificada pela cumprida missão: inspirar amor. Por isso, todos eles, das terceiras e quartas séries, gostavam tanto dela. E haviam organizado uma festa surpresa para sua despedida.

Só que Alessandro não sabia de nada, fora passar uns dias com seu pai na Itália e, nessa semana, faltara às aulas. Quando voltou, apenas soube que Cássia estava de saída da escola, e que haveria uma festa para ela nesse mesmo dia, sem quaisquer outros detalhes. Muito menos a necessidade de manter segredo. Minutos antes de sair para o intervalo (e rumo ao linchamento moral que para sempre o marcaria), Alessandro então perguntou em voz alta, no meio da aula, para a professora de matemática, se a festa de despedida de Cássia, sentada ao lado, em sua peculiar escrivaninha de professora assistente, seria celebrada durante o recreio. Nesse mesmo instante, a classe inteira suspirou em desdém:

— Nãaao, que burro! A festa era surpresa!

Renato Elias, outro garoto gordinho em forma de eufemismo, levantou-se, visceralmente inconformado. Veio correndo, esbaforido, suado como um javali, lá da primeira fila, até a última, onde estava Alessandro, trombando com ele de maneira desgovernada, empurrando-o contra a estante de livros, que despencaram sobre sua cabeça (exatamente como uma bola gigante e pesada que vem rolando lá do outro corredor a toda velocidade e te esmaga).

— Seu burro, não era para contar para ela! — gritou, e ainda pegou a cabeça de Alessandro para batê-la duas vezes contra a mesma estante.

A professora de matemática interveio com certo atraso, lá de sua mesa (mas sem sair dela, ao contrário de Cássia, que se levantou para acudi-lo), e acalmou os ânimos da turma, que, a essa altura, se misturaram ao caos em meio a comentários, frustrações, gritos e risadas de deboche. E fez o que toda professora minimamente empática, mas nem tanto, faria: chamou Alessandro para que viesse até ela, assim ela poderia explicar para ele o que houve de errado. Lá foi Alessandro, caminhando com uma invisível cruz sobre seus ombros, sob os olhares sentenciadores de seus colegas, num corredor sem fim de humilhação, até chegar à professora — exatamente do outro lado da sala —, que sussurrou seriamente em seus ouvidos:

— Era surpresa, Alessandro, ela não sabia! Por isso eles ficaram tão bravos, entendeu? Mas tudo bem.

Alessandro consentiu, sem ressentir. Não se estraga festa surpresa. Voltou a sua escrivaninha. Ter seu corpo espremido por uma bola gigante não tinha nada de tão horroroso, nem de diferente de seus pesadelos de outrora. Sentiu vergonha, sim, mas se permitiu esquivá-la. Tão rápido quanto foi esmagado, esqueceu tudo. Pôs-se a pensar se encontraria Gabriela na biblioteca. Mas a dor que se seguiria no recreio — essa, sim — jamais seria esquecida.

Após o triste intervalo, a aula do segundo período se iniciou. Alessandro regressou a seu mundo interior, sem a menor vontade de sair dele. Era como se nada daquilo pudesse ter acontecido. Ou preferia que assim fosse. Fechou-se em uma brisa imaginária enquanto a professora retomava o tópico do dia, que só foi interrompido quando Marcelo, o melhor amigo de Giovanni, bateu à porta da sala e pediu para entrar, perguntando por Alessandro: queria saber se ele estava bem, pois ouviu sobre a baderna que tomara conta do recreio. Giovanni estava fazendo prova, não podia estar ali, por isso pediu que Marcelo fosse lá. Caso contrário, ele próprio teria ido, ou mais: teria enfrentado a multidão para resgatar seu irmão ainda ileso. Assim o fez em outras situações. Assim voltaria a fazer no futuro. Mas não pôde naquele momento. Ao entrar, Marcelo anunciou, em voz alta:

— Só queria saber se o Alessandro está vivo depois de ter sido espancado.

A sala inteira riu, mas logo parou, olhando fixamente para Alessandro. Nesse momento, talvez por saber que seu irmão soubera, ou por não ter podido contar com sua proteção; talvez por ver sua vergonha exposta a tudo e a todos, como Eva a se descobrir nua, ou por ouvir repetida na voz de outra pessoa a desgraça que minutos antes parecera tão absurda que não poderia ter acontecido com ninguém, quanto mais com ele, sentiu terrível e imensurável dor. E todo o choro que não chorou, junto aos sorrisos que nunca sorriu e às palavras que sempre silenciou, juntaram-se em um só pranto, explosivo, desolado. Implacável.

Assim foi o choro cáustico de Alessandro, socialmente exposto, palco central de um infindável imaginário de vergonha.

Cássia o acudiu e o levou para fora da sala.

Há dores que atingem o corpo. Há outras que maculam a alma. Em verdade, Alessandro nem se atreveria a lembrar o tormento físico que vivera. Os socos eram o de menos. Apenas repetia o ritual em sua mente, outra e outra vez, sem entender de verdade, sem poder voltar no tempo para se justificar. Nunca entenderia. Para sempre carregaria o embaraço de seu escarnecimento moral. E, claro, nunca chegou a ouvir a resposta de Gabriela, qualquer que fosse. Mais uma quase realidade que só teria sua existência na imaginação. Simplesmente deixou de ir à biblioteca, seu lugar preferido — como se voltar lá fosse o equivalente a se permitir ser crucificado repentina e repetidamente. Assim, nunca mais a viu.

Seria necessário esperar bastante até que Alessandro voltasse a ter a mínima dose de coragem social, que dirá física.

Giovanni era diferente. Embora tivesse compartilhado de episódios de humilhação pública um tanto semelhantes — e a eles também voltaremos —, sua redenção se deu rapidamente.

Não veio na forma de conquistas intelectuais, mas sim de (enormes) conquistas sociais. Em pouco tempo, pouquíssimo, saiu do mesmo tipo de menino bobão e tímido, como seu irmão mais novo, para o maior dos soltos, espontâneos e aventureiros jovens rapazes que já se viram, sedutoramente imprevisíveis. Como Dionísio, eterna criança entregue ao cuidado de ninfas para seu deleite, Giovanni descobria os prazeres do vinho, das festas, da intoxicação, da insânia. Sua vida seria uma celebração sem fim, cultivada de modo epicurista — não o verdadeiro, aquele desapegado de imaterialidade que buscava felicidade terrena (se bem que tal desapego também lhe foi fértil), mas sim aquele modo que a palavra assumiria depois, por inveja ou falácia, vindo a definir as bases daquilo que chamaríamos de um tipo de hedonismo irremediável.

— Posso ser feliz? — dizia, quando dona Gilda lhe perguntava até quando levaria essa vida sem escrúpulos.

Giovanni respondia para ele mesmo, sarcástico:

— Até quando? Até quando?

Como Eros, Giovanni veio ao mundo para concretizar paixões "sempre à espreita dos belos de corpo e de alma, com sagazes ardis, [...] corajoso, audaz e constante". Este Eros, revelado por Platão, na voz de Sócrates, em *O banquete*, era um "caçador temível, astucioso", "encantador poderoso". Como Giovanni, eternamente preso entre aquele típico ficar e sair que definia seu caráter impulsivo e imediatista, para quem se deleitar com um farto banquete era sempre regra, nunca exceção. Nas palavras de Sócrates:

> No mesmo dia, em um momento, quando tudo lhe sucede bem, floresce bem vivo e, no momento seguinte, morre; mas depois retorna à vida, graças à natureza paterna. Mas tudo o que consegue pouco a pouco sempre lhe foge das mãos. Em suma, Eros nunca é totalmente pobre nem totalmente rico.

Assim Giovanni se desenvolveu, nem totalmente pobre nem totalmente rico, florescendo de maneira nem totalmente viva nem totalmente morta, mas com extinguível momentaneidade. O prazer de um momento que escapa e morre no exato instante em que nasce e se sabe como tal, como alguém que não existe.

Dizer para esse tipo de irmão, duplamente divino, encarnação de Dionísio e Eros, com tantas qualidades invejadas, que ele não deveria beber, seria como lhe dizer que não fosse admirável — justamente o que Alessandro mais desejava, engasgado em sua timidez.

Voltando ao episódio do Ford-T, nada disse. Não apenas nessa ocasião, mas também em muitas outras que ainda viriam a colocá-los em embate ideológico.

— Fique tranquilo, vou resolver o lance do carro do papai — assegurou Giovanni, enquanto os demais passageiros do trem que ia para Milão já haviam embarcado. — Agora é *sua* vez de aproveitar. Vai ser ótimo morar sozinho, no mesmo apartamento em que eu morei. Milão tem as garotas mais bonitas do mundo. Tem discotecas, bares, restaurantes... os melhores vinhos. Altas drogas — riu. —Você vai fazer amigos legais e vai esquecer essas suas paixões platônicas do colegial que não davam em nada.

Embora os amores de Alessandro estivessem, em sua maior parte, confinados à harmonia de seu silêncio, ou à solidão de seus escritos, Giovanni sabia de todos eles. Era provavelmente o único com quem Alessandro se permitia compartilhar seus sentimentos. Giovanni emendou:

— E não tem essa de ficar mandando cartinha, poesia, música... muito menos essas suas baladinhas românticas. Nada a ver isso. Pare também de ficar amando sozinho. As meninas querem um cara que fale com elas, que se mostre, que apareça, que não esteja nem aí pra elas. Você não ficou com quase nenhuma menina no colegial inteiro, tudo porque vivia colocando todas em um pedestal. Chega de sofrer. Além do mais, o fato de não ter o papai te controlando o tempo inteiro vai ser sensacional! Você vai poder sair sem ter que dar explicação. Confia em mim. E use umas drogas — riu.

Não tinha como não se deixar motivar por um acolhimento desses. Então Alessandro não mais seria como Hermes, mensageiro de amor, para poder *viver* o amor, do qual tanto falava em exclamações, mas nunca em atos, em sua própria pele? Então não mais seria como Gabriel, o anjo, em clara e repetida missão de anúncio de boas-novas, sem poder desfrutar delas, como quem as recebe? Justo ele, que tanto amava *escrever* sobre o amor, deveria parar de falar sobre ele, para então vivê-lo? Ninguém teria semelhante poder de fazê-lo mudar de opinião. Apenas Giovanni, seu ídolo! Alessandro o amava profundamente, embora pouco falasse. Já Giovanni se declarava aos ventos:

— Amo você, irmão! — Acenou, com ternura, enquanto a porta do trem se fechava.

— Eu também — respondeu Alessandro, quase para si mesmo, como quem pronuncia uma não palavra.

Abraçaram-se, e seguiu viagem para Milão.

Uma semana depois, soube, por um alarmante telefonema de sua tia Mariette, que seu pai, ao chegar a Acerra, juntamente com dona Gilda, descobrira sobre a batida do carro e confrontara Giovanni, que em consequência havia fugido de casa. Ninguém sabia sobre seu paradeiro.

De fato, no primeiro momento em que viu seu Ford-T, Enrico percebeu que havia algo de errado. Arrancou a verdade de Giovanni mediante adjetivos elaborados e absolutamente categóricos sobre caráter, como poderosas profecias a moldar realidades. Para dona Francesca tampouco faltaram acusações, embora ela de nada soubesse. Aconteceu sob sua tutela! E quem é mãe de um deus que depõe o próprio pai é deusa caída também.

Giovanni pensou que não lhe restava alternativa senão fugir. Enrico tinha planos de seguir a Milão para visitar Alessandro e ver como este estava se adaptando à vida universitária — arrependia-se de não ter feito o mesmo com Giovanni antes. Em sua lógica, todos seriam como ele. Deixou Acerra também com dezessete anos. Em momento algum de sua estadia em Milão, titubeou. Colecionou logros acadêmicos, como já dissemos, e voltava a Acerra não mais do que uma vez ao ano, para ver sua mãe e até mesmo seu pai. O resto do tempo passava estudando. Como esperar que seus filhos não fizessem o mesmo? Como pensar que precisaria intervir sem ao menos saber que intervenções se fariam necessárias? Embora suspeitasse que não poderia ter feito nada de diferente quando Giovanni foi para Milão, sentia remorso. Agora, possuído de uma raiva áspera, em função da batida de seu carro e de seus filhos concubinados na mentira, transferiu seu sentimento para eles. Não iria mais a Milão ver Alessandro coisa nenhuma! Giovanni e ele que se virassem! No mesmo dia, regressou com dona Gilda a Jaguarão, completamente transtornado, mais com a mentira, que considerava como traição, do que com a destruição de seu carro (que, de fato, estava reconstruído, embora não à perfeição como para escapar do seu olhar detalhista).

Tudo isso tia Mariette contou para Alessandro ao telefone, repreendendo-o pelo acidente do carro, como se ele próprio tivesse estraçalhado o Ford-T no poste.

— Vocês estraçalharam o Ford-T num poste!

— Meu pai está muito bravo?

— Como não estaria? O que vocês fizeram foi um absurdo. Agora se dedique a estudar. Só falta você não conseguir ingressar na universidade para poder coroar esta viagem como um desastre total, digno de quem se atreve à ignorância de desafiar com água um fogo incessante.

Tia Mariette era também hábil com seus adjetivos, embora não tanto quanto seu irmão mais velho. Sem mais ter o que fazer, Alessandro conformou-se, dando sequência a uma jornada já fadada a fracassar antes mesmo de seu início.

Passados alguns dias, ligou para Milena — a mesma garota sobre quem seu irmão tanto escrevera. Começaram a se encontrar inúmeras vezes e falavam sobre passado, futuro, livros, filmes. Ao mesmo tempo que se divertiam, Alessandro confessava seu medo, o acidente de carro, sua responsabilidade, seu pai descobrindo tudo. E o pior: não saber onde seu irmão estava. Que agonia! Falar era poder relativizar o mal-estar, aquela conhecida sensação sufocante, só de imaginar a reação de seu pai. E Milena tinha ouvido as histórias de Giovanni sobre Enrico. Sua fama o precedia, e era temida, em mais de uma região. Ainda assim Milena o acalmava:

— Ele não vai fazer nada com você, não foi você quem bateu o carro.

— Você não sabe, já passei por situações piores, sem ter feito nada...

Alessandro não completou a frase nem detalhou quais seriam tais situações, envergonhado. Apenas se permitiu aproximar cada vez mais de Milena. Sentia-se compreendido, até mesmo possivelmente amado. Alessandro nunca tinha tido uma namorada. Milena era bonita, um ano mais velha, tal qual Gabriela. E ele passara boa parte de seu tempo antes de ir a Milão fantasiando esse encontro. Por isso, conhecer Milena era como se apropriar um pouco das histórias cativantes de Giovanni, misturar-se a elas, de tal forma que pudesse ter em si mesmo um pouco do magnetismo avassalador dele. Quando o encontro finalmente aconteceu, ela rapidamente se transformou em sua amiga, confidente. Quando ele não estava estudando, saíam para conversar, falavam ao telefone. Ele tinha quase certeza de que ela também gostava dele, mas não se atrevia a dizer nada, nunca, tamanha era sua timidez e igualmente seu receio de a deixar saber sua intenção. Já não havia aprendido de Giovanni, ainda mais jovem, que o melhor era não deixar transparecer seu desejo? Calou tanto quanto pôde. Mas o mesmo Giovanni o ensinara também a ser um homem de atitude. Até que um dia se atreveu:

— Eu gosto de você, não quero ser apenas seu amigo. Quero ser seu namorado. Não precisa me responder agora. Só quero que você pense. Me responde amanhã.

E saiu correndo sem ao menos perceber alguma reação. Nem sequer olhou para trás.

Esse foi o mesmo dia em que contou ao seu pai que não queria ser engenheiro. E o mesmo dia em que foi embora da Itália, para sempre, sem nunca ter sabido a resposta de Milena.

Mais uma dança que nunca aconteceria.

Mais uma resposta que não ouviria.

Mais uma porta que nunca abriria.

Alessandro deixava Milão para trás e, junto com ela, uma carreira que nunca seria sua, um amor que nunca seria seu. Assim como seu irmão, colecionou um fracasso. Ambos seguiram o exemplo paterno, embora este deslumbrasse desfechos outros. A diferença é que Alessandro, mesmo sem ter certeza se desejava ou não ser engenheiro, atreveu-se a desistir. Giovanni, por outro lado, seguiu ainda determinado a concretizar os planos herdados para ser motivo de orgulho para seu pai. Se olharmos sob essa perspectiva, de fato, a atitude de Alessandro foi de um insolente atrevimento. Quem teria a audácia de se contrapor à vontade, quase sempre suprema, de um pai poderoso como Enrico? Ainda mais quando, semanas antes, Alessandro fora corresponsável pela destruição de seu carro de coleção? Era melhor obedecer e fracassar do que desobedecer (e também fracassar)!

São raros os relatos de alguém se colocando contra Enrico, tamanha era a autoridade que sua presença sugeria. Muitos o temiam, verdadeiramente. Consta que uma vez até quatro soldados do exército italiano, que faziam ronda na fronteira com a Suíça, desistiram de vasculhar o carro no qual viajava Enrico com sua família, amedrontados que estavam pelo imponente e acalorado discurso de Enrico.

— Vocês não têm direito de vasculhar meu carro. Entrarei com uma topadora no regimento de vocês, não deixando rastro algum de sua insolência! Eu doei a maior parte das engrenagens do veículo de vocês para o general Figorare. Estão me entendendo? Dele, e do exército italiano, recebi uma condecoração! Como têm a ousadia de desconfiar de mim?

E luzia a medalha de honra conferida pelo general Figorare, e os soldados viam-na sem nada dizer em resposta. A indignação de Enrico era desproporcional, mas não infundada. Durante a faculdade, havia apanhado covardemente de militares. Detestava o abuso de poder. Talvez encontrasse no seu próprio um antídoto para sua dor anterior. Enrico olhou bravamente para os soldados, entrou novamente em seu carro, bateu a porta com força e seguiu viagem.

TRUM.

Alessandro voltou a ouvir o estrondo implacável.

Há portas que fechamos e nunca mais se abrem. Há outras que abrimos sem que nunca quiséssemos ter passado por elas. Uma porta como essas separava Alessandro, com trinta e três anos, do infeliz destino de seu irmão Giovanni, com trinta e cinco.

Ao voltar a si — depois de tantas reminiscências, que duraram eternidades em sua mente, mas não mais que segundos na realidade —, Alessandro fitou a porta, como quem se depara com o paradoxo do gato de Schrödinger, aquele que fica preso em uma caixa lacrada com um veneno que pode ser acionado por um simples botão: a qualquer instante a morte imaginada — inevitável — do gato poderia se dar por certa, tão somente por se abrir a caixa. No paradoxo, o gato está vivo e morto ao mesmo tempo. Além de suas implicações quânticas (que certamente fogem à compreensão da maioria de nós), pode-se esboçar uma conclusão um pouco diferente: o agente que *mata* o gato é o mesmo que abre a caixa. É o terrível e inescapável destino de quem se submete ao escárnio de abri-la.

Foram milésimos de segundos, nem isso, que tomaram conta do pensamento de Alessandro por todas essas passagens descritas. Com a mão trêmula sobre a maçaneta, arriscou chamar o nome de seu irmão, ou pelo menos isso pensou.

— Giovanni? Giovanni? Está tudo bem aí?

A ausência de resposta era incisiva. Mas a porta ainda estava trancada. Alessandro a abriu, num ímpeto incerto, e comprovou, estarrecido com sua própria dor, aquilo que ele havia previsto momentos antes. Incrédulo, ainda procurou com os olhos a presença de Giovanni em algum outro canto do quarto, embora pouco precisasse constatar: o quarto era pequeno, o vidro da janela estava aberto, as redes rasgadas...

"Ele se atirou", concluiu, ao mesmo tempo que o ar abandonava seus pulmões.

Um pesar seco tomou conta dele, atingindo diretamente seu estômago, de maneira mais violenta que qualquer soco de multidões em sua infância. Um soco explosivo, submetendo-o à vontade incomplacente do destino — esse mesmo destino que sempre brincou com a infalibilidade de seu poder, que se deixa questionar pelo puro prazer de se opor, permitindo-se fazer sua vontade a qualquer momento.

Antes mesmo de caminhar em direção à janela, imaginou o corpo de seu irmão atirado ao chão, lá embaixo. Entrou em desespero. Era um desespero cruel, absorto, que o transformou em mero espectador, ainda que autor, de um intolerável mundo que não devia nem existir (ou ao menos um mundo como *aquele*, que escapava a qualquer compreensão satisfatória). Devastado pela tragédia, atormentado pela culpa, desceu aos infernos, como se se olhasse de longe em uma memória inescapavelmente infeliz.

Não restaram mais dúvidas: ao abrir a porta, Alessandro matou seu irmão.

CAPÍTULO III

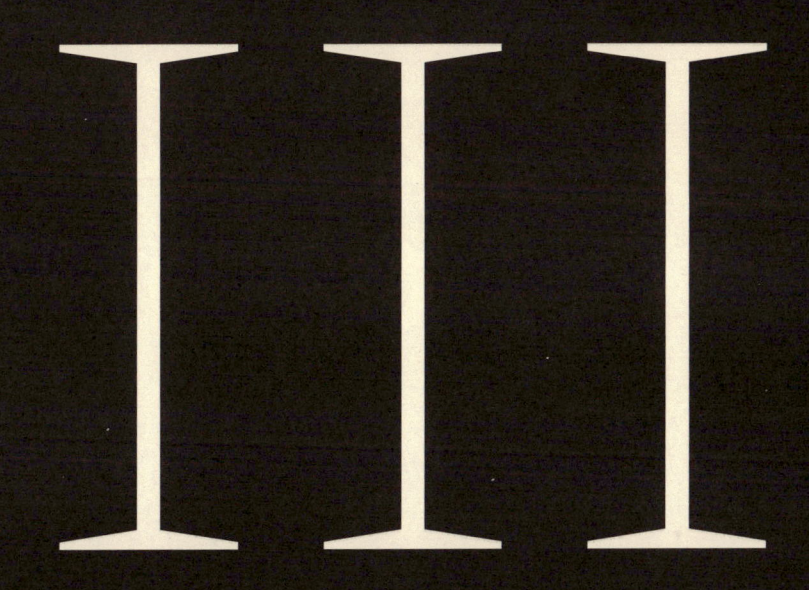

O POÇO

Um irmão que mata o outro. Há algo pior do que isso? Não falamos no nosso *prólongo* sobre a grande quantidade de mitos contados, compilados ou inventados, na intenção de encontrar explicação para algo tão inexplicável? Já que sempre buscamos compreender o conflito entre irmãos, também aqui tal busca é justa e necessária. Por que Alessandro trancou Giovanni em seu quarto? Por que Giovanni se atirou? Para que se atirou? Realmente se atirou? Ou quis apenas sair pela janela, sem sucesso, porque estava trancado? Tal qual comentamos no início desta narrativa, faz-se necessária uma jornada retrospectiva, como um olhar que se derrama sobre o precipício, como ceder à chamada do vazio e se permitir ressurgir de sua profundidade, até superar a superfície. À procura dessa explicação, nós nos permitiremos abstrair tanto quanto necessário, e essa, somente essa, será nossa verdade.

Sim, nossa verdade está mais na procura do que no encontro. Está mais no ensaio do que na exibição; mais no processo do que na consequência. Pois, como disse Thomas Mann, em *José e seus irmãos*: "Sem fundo é o poço do passado".

Quanto mais cavamos, à espera de explicações, mais nos abrimos para um espaço inadiável de ressentimentos — que nada mais são do que sentimentos não elaborados; sentimentos que voltam a ser sentidos, com despropósito e intensidade muitas vezes infiéis à carga emocional do momento em que aconteceram.

Quanto mais nos embrenhamos em nossas origens, inevitavelmente acabamos nos misturando aos personagens que interagiram conosco, ou que nós mesmos interpretamos, dificultando o discernimento entre fato e percepção.

Então quem tem coragem de resistir e não se atirar nesse poço? Em águas turvas, fatalmente convidativas, todos nós vemos nossa resiliência sucumbir. Como Narciso, contemplamos nosso reflexo, encantados. Pior do que Narciso, preferimos ser contemplados pelo reflexo em vez de contemplá-lo. E, admirados pela admiração daquele que nós fomos, como Narciso a observar Narciso, não nos satisfazemos com nos deixar admirar — é preciso que nos misturemos à admiração! Qual arrogância não faz de nós escravos do próprio passado? Como nos atrevemos até mesmo a considerar a possibilidade de não mergulhar em nossa própria dor, se ela é, para todo efeito, *nossa*!?

Quem for santo que atire a primeira pedra. Ou que se atire primeiro nesse poço, que afunde na fossa densa e sombria, escurecida pelo esquecimento.

Que se atire e, em meio a mágoas, transtornos e infortúnios, tenha a integridade para fazer o doloroso esforço de extirpar cada centímetro de lâmina cortante; para extrair espinho por espinho, profundamente penetrados na pele, na carne, enraizados nas profundezas da alma. Que possa fazer isso cônscio da dor que a ausência de cada espinho traz. Porque a dor é a mesma, senão maior. E é de tal maneira intensa, que ousamos desejar o espinho para que ele ocupe o lugar da dor e da ferida que ele mesmo deixou.

"Sobrou o amor, mas não aquele, sobrou o seu lugar, mas o amor ficou totalmente dolorido", escreveu Tolstói em *Felicidade conjugal*. Esse lugar de amor dolorido é o que fica depois que o espinho deixa de estar.

Como não se atirar nesse poço?

Assim é nosso mergulho no passado. Como o Verbo que se fez carne, usamos palavras que se transformam em vida, até mesmo na morte. Usamos palavras confessadas no vazio de um papel. Escrevemos para reescrever.

As palavras que confessamos são como espinhos para uma rosa. E as que calamos são como pétalas que caem no outono: flores que deixaram de servir a seu propósito. Em harmonia com a queda delas, tão suave, e coroados por espinhos, enfim, nos atiramos no poço.

Mergulhemos, então! Afinal, a descida à morada inferior não captura nossa curiosidade por mero acaso. Já não vimos que Inana, Osíris, Hades e Jesus Cristo, todos eles, precisaram descer às trevas? Se nem eles escapam à tentação, estamos todos condenados ao nosso próprio inferno particular, atirados irremediavelmente ao poço de outrora e submetidos ao mais rígido julgamento pelos punhos da nossa própria consciência.

Em poço semelhante José também fora atirado — também pelos seus irmãos —, de maneira covarde, na história mais sedutora do Antigo Testamento, a Bíblia hebraica. A ele, ao menos, foi permitida a imersão involuntária. Foi atirado, não se atirou. Mas talvez não haja diferença, se pensarmos nos motivos pelos quais foi atirado. Talvez tudo tenha um movimento de ação e reação, como o desejo mesmo de Giovanni e Alessandro, que, quando declarado, tinha a capacidade de alterar o curso dos acontecimentos, não mais permitindo que se concretizassem. Predestinados a alterar o destino.

Então se atirar e ser atirado seriam duas faces de uma mesma ação, pois o autor maior sempre seria cada um de nós, mais ninguém — independentemente do caráter de sujeito ou objeto direto da frase. Fácil de dizer, difícil de viver. Ou de morrer em função disso.

O fato é que, quando nos atiramos no poço, juntamente com Giovanni e sua consciência, juntamente com Alessandro e a sua, juntamente com José e sua também consciência, encontramos escorpiões, espinhos, demônios e criaturas horrendas. Encontramos escuridão, ainda que a ela nossos olhos se acostumem. Enfrentamos angústias insuportáveis, ainda que elas também se façam mais tênues com o tempo.

No poço, há tristeza. Fora dele, também.

— Como pôde um irmão me atirar no poço? — chorava José.

Depois de ouvirem essas histórias nas aulas de catecismo enquanto moravam em Acerra com seus pais, Giovanni e Alessandro, profundamente consternados com o desfecho de José, leram e releram tal trecho inúmeras vezes, soletrando versos e versículos — como poetas em pleno exercício de suas funções, do alto de sua pré-adolescência — para a avó paterna deles, dona Francesca. Ela ouvia atenta, maravilhada pelo interesse dos netos, enquanto cozinhava milanesas com a barriga já quente em função de horas enfrentadas junto ao fogão.

Giovanni já manifestara o interesse em ser padre. Inclusive pesquisara conventos; tinha somente treze anos. Alessandro parecia ir pelo mesmo caminho, com apenas onze. Para dona Francesca, tal anseio não deixava de ser um símbolo de reconhecimento por sua dedicação à família, à religião e aos bons costumes. Devota de Santo Antônio, ofereceu sua vida aos desígnios de Deus e dela fez exemplo, diário e inequívoco, da vontade celestial.

Italiana, nascida e criada na Campânia, dona Francesca exercia o poder matriarcal com a propriedade de quem enfrentou guerras, revoluções, déspotas depostos e aprendeu o valor da liberdade conquistada. Perdeu o seu primeiro filho, Alberto Valeriano Filho, ainda criança, para uma variação de cólera que assolou a região de Nápoles no começo da década de 1940, em consequência da guerra; já seu segundo filho, Enrico, deixaria o país nos anos 1960, depois de se formar em engenharia em Milão, rumo ao Brasil e a uma bem-sucedida carreira. Mariette foi a terceira filha: estudou economia e, muito próxima a Enrico, viveria à sombra do irmão mais velho. Giuseppe foi o quarto, protegido por dona Francesca, também seria engenheiro e, como o irmão mais velho, também seria profeta em outras terras, embora buscasse mais recompensa do que realização.

Dona Francesca adorava as Sagradas Escrituras. Tinha especial alegria em ver seus netos, filhos de seu primogênito (ou ao menos aquele que foi o primeiro a continuar vivo), interessados nos caminhos da fé. Dava gosto ouvir Giovanni e Alessandro falarem sobre a Bíblia, principalmente o Antigo Testamento, de difícil leitura e ainda mais árdua assimilação. Quais outros meninos dessa idade manifestavam tamanho interesse por temas assim?

— Vovó, até hoje não entendo por que Deus castigou o soldado que tentou segurar a Arca! A Arca ia cair e se partir em pedaços! Por que Ele agiu dessa maneira? O soldado não teve boa intenção? A Arca ia se quebrar! Eu também teria tentado segurar...

— Meu caro Giovanni, a Palavra da Deus precisa ser respeitada. Não havia Ele avisado que quem quer que encostasse na Arca seria transformado em pó? O homem não pode almejar ser Deus. Mas fez isso quando tentou encostar na Arca, evitando seu destino, já previsto pelo Senhor — ensinou dona Francesca.

— Vovó, como pode Abraão ter tido a coragem de sacrificar seu próprio filho? Eu sei que ele não sacrificou. Mas não entendo: se foi por temor a Deus, que temor é esse que faz um homem pensar que pode matar?

— Alessandro, meu belo! Precisamos entender as Sagradas Escrituras no contexto em que foram escritas. Nessa época, os sacrifícios eram uma maneira de apaziguar os deuses pagãos, e a Javé, Senhor Absoluto e Deus dos Hebreus, foi reservado o mesmo tipo de respeito, afinal eram contemporâneos. Como não O venerar, igual ou mais que a outros falsos deuses? Há seis mil anos, sacrifícios não eram entendidos como uma atrocidade. Saiba apenas que o Senhor nunca permitiria o sangue de um inocente, apenas colocou à prova a coragem e lealdade de Seu mais fiel seguidor, nosso patriarca, para que fosse justo merecedor de todas as bendições à sua espera quando conquistasse a Terra Prometida — esclareceu dona Francesca.

— Então eu vou pra Terra Prometida — prometeu Giovanni.

Dona Francesca orgulhava-se dos netos. Fazia o possível para administrar sua família com mãos firmes. Fora abandonada, logo após a conclusão do curso universitário de seu filho Enrico, por seu marido, dom Alberto, que de um dia para o outro deixou tudo e todos para trás. Somente não deixou explicações.

— Vou tomar um *limoncello* na esquina.

Tal esquina devia estar no encontro entre duas retas paralelas, pois dessa esquina nunca mais retornou.

Sua ausência era ressentida, mas secretamente bem-vinda. Alcoólatra, ex-militar, dom Alberto fora sargento condecorado da 20ª divisão do Regio Esercito Italiano, mais conhecida como 20ª Divisione Fanteria Friuli, tendo liderado tropas em campanhas inicialmente vitoriosas contra as forças aliadas e expandido o "Império Italiano" de Benito Mussolini. Ele próprio se gabava em cartas dirigidas a dona Francesca.

Amada mia,

Tivemos importantes avanços no norte da África. Nosso honorável marechal de campo Erwin Rommel, a Raposa do Deserto, lançou uma ofensiva que foi extremamente bem-sucedida contra as forças britânicas e seus aliados. Havíamos conseguido capturar Trobuk, na Líbia, mas foi recuperada pelos inimigos. Agora invadimos El Alamanein, no Egito; não há alma, nem ninguém que seja capaz de nos tirar de lá.

Conquistamos posições estratégicas, eliminando o fornecimento de suprimentos para alguns exércitos aliados, agora isolados em pequenos e fracos batalhões sem comunicação alguma com suas bases, derrotados pela sua própria petulância. Bastardos!

O Senhor está escrevendo por meio de nós uma vitória louvável contra os inimigos hipócritas da grande Itália e dos verdadeiros costumes, dos homens de bem. A Ele, a nossa pátria e à família, dedico nossa vitória, que não será manchada pelo sangue de cada bastardo que morreu em minhas mãos. Ao contrário, por eles será justificada! Que Deus abençoe il Duce, homem justo e iluminado, para que continue nos liderando.

Receba todo o meu amor,
Alberto Valeriano,
Julho de 1942.

Mas seus serviços inestimáveis, a dedicação irrefutável à pátria e o sangue de bastardos traidores e hipócritas cobraram de dom Alberto terrível preço. Diante de uma derrota de proporções continentais imposta pelos Aliados e da assinatura de carta de rendição por parte do general italiano Vittorio Ambrosio, em 2 de setembro de 1943, o país entrou em dura guerra civil, que só veio a terminar após a bem-sucedida revolta em Milão, liderada pelos partisans, que representavam a resistência contra o regime fascista — e o que restava da influência alemã na região —, no movimento que ficou conhecido como Liberazione. Em 2 de maio de 1945, a Itália conquistou sua libertação, reestabelecendo um Estado democrático. Dom Alberto, no entanto, pertencia ao grupo fascista remanescente. Uma vez mais foi, indubitavelmente, derrotado.

Veio a ficar desempregado, vivendo de suporte do Estado. Gastou não apenas todas as pensões, como também suas economias, em jogatina, cassinos, mulheres, bebidas. Brutalmente violento, aliviava seu destempero nos filhos, especialmente em Enrico, que veio a nascer nesse período conturbado. Talvez o responsabilizasse intimamente por não ter tomado o lugar de Alberto Filho, o primogênito, em sua morte. Ou por personificar a derrota na guerra ante os aliados. Muitas vezes parecia que Alberto nem mesmo aceitava Enrico como genuíno. Ao menos, não o tratava como tal. Seria ele o verdadeiro bastardo?

A tradição católica ensinada nos colégios italianos do começo do século XX foi de inegável influência nas escolhas, trajetórias, sucessos e insucessos de diferentes gerações dos Valeriano. Dom Alberto era rigoroso com sua religião, assim como com a educação de seus filhos. Não havia virtude fora dos costumes católicos (mesmo que ele próprio viesse a se desviar de muitos deles). Entre seu vasto arsenal de exemplos de vida, fossem do Antigo ou Novo Testamento, os quais dom Alberto conhecia (fora obrigado a conhecer) muito bem, havia nos ensinamentos do catolicismo aqueles que mais tinham sintonia com sua maneira de ver o mundo, e que, curiosamente, sustentavam — até mesmo justificavam — seu sentimento de desamor direcionado a Enrico.

A história de Esaú e Jacó era um desses ensinamentos. Gêmeos, vieram ao mundo já em batalha, um agarrado à perna do outro dentro do ventre de sua mãe, como dissemos no *prólongo*, para ver quem nasceria primeiro, assegurando, assim, a bênção do primogênito reservada divinamente a Abraão e a todos os seus primeiros descendentes. Importante alicerce da crença hebraica, e posteriormente cristã e islâmica, a bênção paterna reafirmava às demais gerações a aliança feita entre Javé e Seu povo escolhido. Era o maior desejo, e a maior honra, de qualquer filho. Por isso, Esaú e Jacó já sabiam que teriam de lutar antes mesmo de nascer, vejam só!

Moldados para o confronto, os gêmeos passaram o restante de suas vidas buscando a aprovação paterna. Esaú, o vermelho, o peludo, foi o primeiro filho e recebia especial afeto do pai, que via em seus dotes de mordaz caçador as qualidades necessárias para liderar as próximas gerações de abençoados por Deus. Jacó, mais afeito à mãe, Rebeca, destacara-se como bom anfitrião, cuidando da casa e com leveza de espírito. Um dia Esaú voltou faminto, esgotado de uma de suas caçadas. Jacó, astuto, comprou-lhe o direito à primogenitura em troca de comida.

— Meu Deus, estou faminto. O que comes aí, Jacó?

— Um saboroso guisado. — Conspirou o gêmeo mais novo.

— Podes me dar de comer?

— Vende-me tua primogenitura primeiro — devolveu Jacó.

— Lógico! Estou quase morrendo de fome, para que me serve ser o primogênito? — ignorou Esaú.

Já mais velhos, quando Isaque estava prestes a morrer, chamou seu filho Esaú para que fosse caçar um cabrito e com ele lhe preparasse um guisado, a fim de poder abençoá-lo. Isaque, além de idoso e debilitado, também havia ficado cego. Rebeca, ardilosa (e um pouco desencantada com seu filho mais velho Esaú, pois este se casara com alguém que ela não aprovava — semelhante sogra, não?), teve uma ideia maldosa: convenceu Jacó a se disfarçar do irmão, ela mesma prepararia o guisado, afinal já tinha um cabrito em sua posse, e Jacó poderia receber a cobiçada bênção antes de Esaú.

Jacó entrou na cabana de Isaque, enquanto Esaú ainda caçava, carregando o guisado e disfarçado dele (de Esaú, não do guisado!), com peles e pelos de animais cobrindo seu corpo, bem como outros detalhes que chegavam a ser risíveis (até o mesmo perfume de Esaú — o aroma de um campo que o Senhor abençoou — ele teria conseguido aplicar em seu corpo). Isaque não deixou de se surpreender com a rapidez do filho em cumprir sua solicitação. Comeu dedicadamente o guisado, impressionado com o sabor e contente pela obediência do filho. Já satisfeito, indagou:

— Tu és de fato meu filho Esaú?

— Claro que sou eu, pai. Eu sei que não me vês, mas sentes meu cheiro. Toca aqui nos meus pelos. Nunca estive tão peludo. Cacei o cabrito como o senhor me pediste, preparei o guisado tal qual o senhor gostas — respondeu Jacó. — Gostaste, meu pai?

— Amei, meu filho. Agora posso abençoar-te antes que eu morra. Vem cá, Esaú, aproxima-te de teu pai.

Jacó recebeu, então, a bênção reservada ao primogênito, transformando-se no terceiro patriarca, venerado por milênios, admirado por milhares; seus bens multiplicados e sua história repetida, conhecida e destacada com louvor. Pouco se falou, no entanto, sobre o desgosto de Isaque quando soube que foi enganado. "Profundamente perturbado" é tudo que se disse. Duas palavras, apenas, que foram mais do que suficientes para que o sentimento de dom Alberto pudesse ser justificado pelo sentimento de Isaque: como Jacó, Enrico roubou a bênção reservada para Alberto Filho. Profundamente perturbador.

Outra história de desgosto paterno é a de Adão e seus filhos Caim e Abel. Caim nasceu primeiro, foi agricultor. Abel veio depois, virou pastor. Ambos quiseram agradar ao Pai (Javé, no caso, e não Adão, que nem sequer é mencionado, curiosamente): Abel ofertou cordeirinhos e gordura de ovelhas; Caim, frutos da terra. Javé provavelmente era um baita de um carnívoro, pois adorou a oferta de Abel e mal se atentou à de Caim. Resultado: Caim ficou com ódio e matou seu irmão.

Adão não deve ter gostado nem um pouco disso, mas nada é dito a respeito. Javé tampouco gostou, tanto que expulsou Caim daquele solo, embora em momento algum tivesse dado sinais de reconhecer Sua dose, ainda que pequena, de contribuição para o atentado. Por que Ele não deu atenção também à oferta de Caim? Custava? Não era Ele Pai bondoso, misericordioso? Que pai, nos nossos dias, ao receber um presente de seus filhos, comete a crueldade de nem sequer reconhecer o que recebe daquele que não é seu preferido? Um pai assim certamente seria reprendido. Mas não este Pai. Quem teria a audácia de reprender ao Altíssimo? Nem Hades se atreveria. Era mais prudente aceitar morar no inferno com um bicho de não sei quantas cabeças a dizer qualquer coisa contrária a Sua vontade suprema.

Assim, aos olhos de dom Alberto, Enrico era como Caim: evasivo às perguntas retóricas de Javé sobre quem causara a morte de seu irmão Abel no jardim do Éden (quando as respostas já eram mais do que sabidas), a continuidade da vida de Enrico usurpara a de Alberto Filho.

Bruce Springsteen, voz máxima da busca por redenção norte-americana na conturbada década de 1970, e mais um filho bastardo de uma forma semelhante de tradição católica possivelmente estéril, contou a mesma história, com maior alegoria, em sua canção "Adam Raised a Cain":

> *In the Bible Cain slew Abel*
> *And East of Eden mama he was cast*
> *You're born into this life paying*
> *For the sins of somebody else's past*
>
> *Well Daddy worked his whole life for nothing but the pain*
> *Now he walks these empty rooms looking for something to blame*
> *You inherit the sins, you inherit the flames*

    O pecado e as chamas a que somos arremessados por erros das gerações passadas são marcas categóricas de nossa herança milenar. Quem sabe justifiquem os nossos próprios erros. A não ser que nada façamos. Aparentemente Adão nada fez, além de ser *ludibriado* pela *pérfida* Eva. Mas a ele coube criar Caim. Qual foi seu pecado? Qual é o nosso?

    Para dom Alberto, Enrico carregava a insolência de Caim, fratricida, com a intencionalidade furtiva de Jacó, ladrão de bênçãos. Tal reflexão provavelmente não passou por sua cabeça. Simplesmente se manifestava, latente, em toda e qualquer sua interação com seu filho Enrico, desferida em atos violentos, inconcebíveis já àqueles tempos, quanto mais aos atuais.

    Tais atos se concretizavam na forma de tapas e investidas fulminantes com o punho em seu rosto, em seu braço, mesmo sem motivo aparente. Dom Alberto investia com as mãos, com pedaços de pau, cintas ou com o que houvesse de instrumento (e argumento) à disposição. Revivia o horror da guerra, movido pela adrenalina do combate, justificado pelos mitos que entendia como verdade severa. A sua frente, entretanto, não havia soldados; o inimigo era um menino franzino, que além disso tinha o atrevimento de colocar a outra face em oferta. *Bastardo.*

Não obstante, Enrico o amava, não sem questionamento, mas com humilde resignação. Como consequência, sua expressão de afeto foi para sempre talhada em uma pedra de tristeza. Tais sentimentos eram inseparáveis: como a dor do parto, conceber algum afeto pelo pai era, ao mesmo tempo, dádiva e tortura, acolhimento e afronta, terror e admiração. Como o próprio Eros, a desejar no castigo, morrendo brevemente para então viver, tal código foi seminal para a formação do caráter de Enrico e sua maneira de amar. Pelos seus próprios filhos teria o mesmo tipo de afeto e dissabor, e deles exigiria forma semelhante de dedicação incondicional, como teve para com seu pai, como teve para com a sociedade que o sobrepujara em sua infância, e a quem mesmo assim jurara devota fidelidade, na forma de vingança atenuada: ei-lo, depois de tanto tempo, vitorioso, apesar de todos eles e a despeito de tudo que lhe fizeram. Nada causa mais dor a um torturador do que ver o objeto de sua tortura livre dela. Há vingança melhor? Precisaria voltar a Acerra para conquistá-la, como já vimos, pois não bastava ter sucesso em outras terras.

Ainda menino, sofrera, além do martírio imposto por dom Alberto, experiência semelhante de humilhações e violências à qual seus filhos seriam submetidos tempos depois: era excluído socialmente, pela sua relativa pobreza, pelas suas roupas simples, seu aspecto frágil, sua personalidade excêntrica ou mesmo por qualquer outra razão sem muita explicação, afinal excluir era uma forma de amar, ao menos para aqueles que apenas entendiam amor como projeções de sombras em uma caverna.

Acorrentado dentro de tal caverna, Enrico era amado/excluído. A dor da corrente apertando seus tornozelos justificava a beleza de sombras que dançavam, incapturáveis, na parede a sua frente. Quanta beleza neste mundo! As outras crianças tinham brinquedos, presentes, roupas, posses muitas. Quanta fartura. Se apenas pudesse tocá-la. Em meio à sensação de tormento e calma, à expectativa e ao descompasso, iluminado por sombras que se faziam passar por luz — e magoado —, buscava, ou melhor, *lutava* por um espaço de reconhecimento, coberto por suspeitas teias de argumentos que se embrenhavam visceralmente umas às outras, e cuja existência apenas residia na intenção de perpetuar a indecifrabilidade de um enigma, para dessa forma desenhar qualquer coisa que vagamente ilustrasse sua (tentativa de) compreensão de amor.

O que era o amor? Por que era necessário sangrar para ser amado? Jesus sangrou na cruz, essa história ele conhecia bem. Todos os pecados da humanidade foram perdoados e então Jesus, o Cordeiro de Deus, passou a ser irremediavelmente adorado. Através dele o espírito dos homens logrou tocar o Espírito Divino, a chama d'Aquele que veio antes, o Verbo que ainda não se havia feito carne. Por meio de Jesus, fomos todos redimidos. Por meio de Jesus, e de um brutal, vergonhoso, áspero, atroz, insuportável e colossal sofrimento, fomos todos salvos. Assim aprendera.

Então era preciso sofrer para ser amado. Martirizar-se, deixar-se arremessar com inquestionável ímpeto aos leões e, com um látego, antes mesmo de ser despedaçado de maneira vexaminosa na arena, autoflagelar-se e açoitar toda e qualquer sua virtude, até que ela se derramasse completamente ao chão, desperdiçada. Só então poderia se reconhecer casto, como os talentos de um senhor entregues a seus servos, alguns secretamente guardados; outros, multiplicados; outros, ainda, despejados como sementes em terras áridas, espinhosas, em pedregais inférteis. Por mais que tal consequência fosse conhecida, de igual maneira esses talentos — prodigiosas sementes, meras porções de amor, ínfimas — continuavam a ser lançados aos ventos, cobrindo em vão vastos desertos solitários.

O inferno, deserto da alma, é feito de intenções sem vontade de germinar.

Era preciso semear amor derrotado na própria derrota. Para dela ressurgir, como a divindade Sol Invicto dos romanos, resplandecendo no horizonte antes coberto pelas trevas do deus Plutão. Como Fênix reanimada das cinzas, era preciso operar voo milagroso sobre os escombros de Atenas em chamas. Como Cristo ressuscitado, em remissão de duras penas — penas outras que não as suas, segundo se propõe; penas impostas por crimes contra o Estado, segundo se conhece —, era preciso renascer da carne. Como o próprio amor que emerge da espuma do mar — depois do tormento e açoite mortal à inspiração, ao mundo celestial das ideias, perpetrado pelas garras cruéis do tempo, sempre ávido por mais poder, e dele temeroso —, era preciso afeiçoar-se a sentimento renovado pelo luto, sem o qual, simplesmente, não haveria amor.

O desejo é a origem de todo sofrimento, dizia Sidarta Gautama. O sofrimento é a origem de todo amor, diria Enrico. Para amar, é preciso sofrer; para sofrer, é preciso desejar. De tal forma que Enrico se permitia *desejar sofrer* (tal qual seus filhos depois), para que assim lhe fosse facultado o exercício do amor, já que o sofrimento transforma, eleva e até mesmo enobrece aqueles que permitem fazer de sua alma um manifesto de sua obra.

Plínio, o Jovem, assim descreveu, em carta ao imperador Trajano, no primeiro registro independente do cristianismo de que sem tem conhecimento, o comportamento de cristãos que — ao não aceitarem a autoridade dos deuses pagãos, ou mesmo do imperador — terminaram fatalmente condenados ao martírio: "Parece que eles têm prazer em sofrer".

Como se a possibilidade de se assemelhar a Cristo, em comunhão com seu sofrimento, pudesse ser um ato de amor.

Para Enrico, mais do que sofrer e ter prazer no sofrimento, era preciso ser odiado, e odiar, para ser amado e poder amar.

"Não odeio eu, ó Senhor, aqueles que te odeiam, e não me irrito contra aqueles que se levantam contra ti? Eu os odeio com ódio perfeito; tenho-os por inimigos." (Salmos 139:21–22)

A própria Bíblia, afinal, ensinava que era importante odiar um ódio perfeito. Não há espaço para pecadores. Se não há espaço para pecadores, não há espaço para nenhum de nós. Enrico seria então odiado. Talvez assim pudesse aceitar, com maior resignação, sua sorte. Não o convidavam para as festinhas de aniversário. Era tão malcriado que uma mãe de um amiguinho intencionalmente o deixava de fora da lista de convidados? Ou ela propositalmente o excluía para que ele não passasse vergonha com suas roupas feias e pobres? Era preciso ser excluído para poder ser amado?

A mesma exclusão que ocorria nas viagens das festas de final de ano, em que dom Alberto ia com a família visitar alguns de seus irmãos — eram oito no total, espalhados pela Itália —, dirigindo seu Ford-T 1927 (provável candidato a ser destruído mais de meio século depois), pelos quase seiscentos quilômetros que separam Acerra de Bologna, onde dom Alberto havia nascido, e no caminho mesmo, uma das estradas mais lindas já vistas, anunciava para dona Francesca, como sempre fazia:

— Todos nós ficaremos hospedados na chácara de meu irmão Pepe, como sempre fazemos. — As crianças urravam em comemoração, afinal amavam o tio Pepe. — Mas deixaremos Enrico em minha irmã Mafalda — continuava, inabalável, Dom Alberto: — Lá ele se comportará melhor, não corremos o risco de que quebre as taças de meu irmão ou destrua alguma coisa da casa como fez da outra vez. Já somos muitos na casa de Pepe.

Enrico apenas consentia. Então as festas de final de ano, supostamente as mais importantes para o convívio de uma família, ainda mais na casa do amado tio Pepe, eram motivo para excluir um filho, só pelo risco de vê-lo se comportar mal na frente de outros? Haveria razão suficiente para afastar um irmão de seus outros irmãos e fazê-lo renunciar a momentos de celebração, por sinal tão mais escassos à época, e por isso mais esperados, já que viviam as dores de um difícil pós-guerra? Era preciso ser excluído para poder ser amado!

Enrico descia do Ford-T conformado, com sua maletinha de camurça e algumas trocas de roupas, simples, para ser recebido por tia Mafalda. Ela sorria de maneira matrona e apertava suas bochechas, mas, em seguida, enquanto dom Alberto se despedia, puxava-o a seu lado com força, apertando seu ombro a sua cintura e balbuciando:

— Você se comporte aqui, hein, Enrico! Não quero travessuras! Dou-lhe uma surra.

Mariette e Giuseppe observavam, tristonhos, mas nada podiam fazer pelo irmão. E dona Francesca? Por que nada dizia? Por que não se opunha? Seria o silêncio de uma esposa, sobre o qual o apóstolo Paulo falou em suas cartas (ou pela voz de alguém imbuído da missão de preservar seu legado), também uma nobre forma de amor? Silenciar para poder amar.

"As mulheres casadas sejam submissas aos maridos como ao Senhor." (Efésios 5:22)

"Mulheres, sede submissas a vossos maridos, porque assim convém no Senhor." (Colossenses 3:18)

"As mulheres fiquem caladas nas assembleias, elas não devem falar, mas viver submissas, como diz a lei." (1 Coríntios 14:34)

Dona Francesca não se atrevia a tomar a palavra em uma divina assembleia presidida por homens, nem mesmo por cavalos, como aqueles de Henry Ford que equipavam o carro de seu marido, e só com ele conversavam, no monólogo silencioso que todo motorista dirige, solitariamente, à estrada a sua frente, após ouvir o ronco dos motores. Depois que Enrico desceu do carro, dom Alberto simplesmente voltou a dirigir, sem mais, sem menos, deixando seu filho com tia Mafalda, cônscio de que a ausência de objeções a sua ordem não passava de natural consentimento, na forma de uma firme obediência, fiel aos costumes religiosos.

Quem, afinal, se atreveria a contrariar os fundamentos estabelecidos no Gênesis, verdade de todas as verdades? Se ninguém, que dirá uma *mulher*! Se o Pai Altíssimo, o próprio Criador de todas as coisas, o mesmíssimo Criador de Eva, a ela, produto de *Sua* criação, disse: "Multiplicarei os sofrimentos de tua gravidez. Entre dores darás à luz os filhos. A paixão te arrastará para o teu marido, e ele te dominará" (Gênesis 3:16). Que assim seja, diriam alguns.

E infelizmente assim foi, diriam outros, mais sensatos. Por que — e para que — um Deus onipotente, onisciente e de inquestionável bondade criaria, com Suas próprias mãos, um ser pecaminoso, gerador de todo o mal e do qual Ele mesmo se envergonharia? Como pode ser perfeito um criador se o que ele cria é imperfeito? Tal questionamento seria debatido exaustivamente por Giovanni e Alessandro. Mas, para dona Francesca, era verdade tácita. Nunca se manifestaria, nem mesmo em sua dor grandemente multiplicada, dominada pelo marido e sem outra intenção que não a de respeitá-lo. Nem mesmo cultivaria a secreta esperança de um anjo lhe prover outro cordeiro para o holocausto e dessa forma não ter de sacrificar seu próprio filho como prova de lealdade, como fora solicitado pelo Senhor para que Abrão fizesse com seu filho Isaque. Porque a vontade do Senhor (e do senhor de dona Francesca, dom Alberto) deveria ser cumprida. E amar a Deus sobre todas as coisas era inegociável. Dona Francesca também aprendera a amar na dor. Pobre mulher. Pobres mulheres.

Todos seguiam, então, viagem rumo ao paraíso na Terra, a chácara do tio Pepe. Todos os escolhidos, convenhamos, menos Enrico, excomungado e, como cordeiro, entregue ao holocausto. Como herege, Enrico ficava restrito a uma seita, em cuja ceia nem todos seriam os convidados para o banquete celestial. Tia Mafalda era também muito brava — nessa família, a ira percorreria gerações, impávida, tal qual Marte, vermelho, árido e implacável em sua fulminante volta ao redor do Sol, sem que nunca conseguissem renunciar a ela. Não importando o quanto desejássemos alterar o curso natural, Marte sempre voltaria a surgir no horizonte. Assim, a ira jamais poderia ser vencida, pois vencê-la seria renunciar à própria essência, aquela identidade maior que definia os Valeriano. Tia Mafalda, perfeita representante da fúria Valeriana, alertava — com braveza indômita — enquanto servia o jantar:

— Você coma a berinjela; eu queimei minha mão na cozinha preparando isto aqui por horas, Enrico! Não se atreva a não comer! Te bato com esta mesma espátula.

Qual era a necessidade de transformar uma ceia em tortura? Aquela não seria a última, afinal, nem muito menos a primeira, para que pão tivesse de ser transformado em carne entregue pelas nossas dívidas e vinho em sangue derramado para a remissão de nossos pecados. Para que aquilo?

— Tia Mafalda, eu não gosto de berinjela — lamentava-se Enrico.

— Enfie na goela! — E, como um rolo compressor, tia Mafalda apertava as bochechas de Enrico, com a mesma mão supostamente queimada por horas na cozinha, e com a outra enfiava, na goela do menino, a berinjela. — Engula imediatamente!

Quantas berinjelas Enrico não teria sido obrigado a engolir em sua infância (ainda que esta em particular ele habilmente conseguira esconder em sua boca para então cuspir na privada depois)?

"Enfie a berinjela no seu rabo", pensou Enrico.

E é mesmo possível que não só tenha pensado, mas falado, pois nesse dia, como em tantos outros, apanhou terrivelmente da própria tia Mafalda, assombrada com a petulância de seu sobrinho, em seguida sentenciando Enrico a um jejum categórico:

— Se você não comer a berinjela, não comerá nada! — Pegou um pesado livro da estante, o primeiro que viu, e arremessou-o nas costas de Enrico. — Vá para o quarto e de lá não saia, seu moleque insolente!

Curiosamente o livro era *Odisseia*, de Homero, e na página que se abriu, depois de atingir o corpo de Enrico e se espatifar no chão, lia-se:

Vi Tântalo a sofrer grandes tormentos,
Em pé num lago: a água chegava-lhe ao queixo.
Estava cheio de sede, mas não tinha maneira de beber:
Cada vez que o ancião se baixava para beber,
A água desaparecia, sugada, e em volta dos seus pés tudo secava

Havia árvores altas e frondosas que deixavam pender seus frutos,
Pêras, romãs e macieiras de frutos resplandecentes;
Doces figos e azeitonas luxuriantes

Mas quando o ancião estendia as mãos para os frutos,
Arrebatava-os o vento para as nuvens sombrias.

Como Tântalo, Enrico fora condenado a desejar sem nunca poder ter. Dom Alberto logo voltaria, puto da vida, ao saber das malcriações de seu filho. Invariavelmente o encheria de porrada.

Da Bolonha do tio Pepe e das berinjelas e do Tântalo de tia Mafalda viajariam, todos, a Milão, futura cidade preferida de Enrico, onde passariam, principalmente, as férias de verão. Bem perto de Milão, quase às margens do rio Ticino, que separa a região da Lombardia de Piemonte, está o pequenino vilarejo de Nosate, pequeno até hoje, de onde se chega à ainda menor vila Cascina del Ponte di Castano, desde sempre o lugar favorito de dom Alberto e que também seria, para seus descendentes, principal referência de gerações, paixões, histórias e tempos que se cruzam em um só lugar.

Cascina del Ponte di Castano tinha sutileza em seus traços. Conservava o aspecto rupestre e bucólico do mato, dos rios que entrecortam verdes planícies que apenas deixam de ser vistas como tal, posto que são rodeadas de pedras, vindas, através dos milênios, das serras dos Alpes mais ao norte, cujas cores se misturam ao tom de cinza marcante, mas indefinido, das poucas e frágeis construções artesanais do vilarejo. No horizonte próximo, ainda que indecifrável aos olhos, via-se, ou ouvia-se, um eco nada estrondoso, mas solene, da cidade grande: Milão estava por ali, a meros 40 quilômetros, com suas fábricas, seus carros, seu potencial de inovação, seus personagens famosos e suas vidas admiráveis, encoberta por nuvens, pela fumaça do progresso, pela presunção da alta sociedade, pela névoa de uma grande cidade que se alastra sobre tudo a sua volta, como submetendo — em verdadeira relação de vassalagem feudal — qualquer outra cidade que porventura estivesse nas redondezas, vã candidata a reinar sobre ela. Nosate e o minúsculo vilarejo de Cascina del Ponte di Castano eram como tais vassalos. Humilhavam-se, obedientes, ante a imponência de Milão, mas reinavam absolutos em seus mundos particulares, constritos a poucos metros de extensão, nada mais distante do que os olhos alcançam.

Contemplar a paisagem finita de Cascina del Ponte di Castano era apreciar um universo inteiro em si mesmo. Era esquecer-se das obrigações do trabalho e urgências sociais, tão ou menos urgentes do que periódicas visitas a familiares. Era misturar-se ao nada que sobrava, completo e pleno, dos resquícios de um todo, opressor e sufocante. Ali, dom Alberto não era mais sargento condecorado do Regio Esercito Italiano nem soldado derrotado da Segunda Guerra Mundial. Não era alcoólatra desprovido de sonhos e munido de pesadelos; tampouco jogador de casinos sem perspectiva ou sorte, vivendo apenas de aportes do Estado. Como Epicuro, poderia recitar, sem medo de ser julgado por apropriação indevida, sua célebre frase:

— Eu não era, fui; não sou mais; não me importo.

Ou pelo menos assim seria se a frase fosse do conhecimento de dom Alberto. Mas ele detestava o mundo pagão. Então, despido de qualquer propósito, simplesmente deixava de *ser* para se deixar *estar*. Passava horas a fio, assim, sem pestanejar, sem se abalar, apenas sentado em uma cadeira dobrável de pano costurado, que retirava do porta-malas de seu Ford-T e colocava no chão, ao lado da fogueira e a poucos metros da recepção da Casa di Turismo, única e simples opção para quem desejava se hospedar na região (e que seria destruída nas revoltas da década de 1960). Absorto, calado e imune, dom Alberto tão somente *observava*, de maneira intransitiva, sem necessidade de complemento. De vez em quando, deixava seu olhar capturar os movimentos de um pequeno riacho a sua frente, afluente do rio Ticino.

Ah, o rio Ticino, com suas águas ainda frias de inverno e seu percurso insistente, adentrando a região e dela tomando conta com seus alegres braços, com cachoeiras em miniatura, que trazem consigo o evangelho do verão, reafirmado a cada segundo: quanto mais as águas que drenam a bacia dos lagos Maggiore, Lugano e Orta entram em degelo, mais volume se acumula, maior seu caudal, mais esplêndidas suas cachoeiras em miniatura e mais belo seu humilde espetáculo natural.

A única vez em que dom Alberto acordou de sua introspecção, por algum motivo que não a sua vontade própria, foi quando Enrico, em uma das férias de verão da família, ao decidir nadar no afluente do rio Ticino — bem perto da Ponte di Castano, que sobrevivia intacta desde 1764 e era seu cartão-postal preferido —, colocou sua vida em risco. Não que nadar ali fosse perigoso: em verdade, era o contrário, pois as águas ainda virgens mal passavam dos joelhos. O problema surgia quando um eventual degelo se acumulava como um minitsunâmi, volumosas ondas traziam consigo, das águas acima, impressionante crescente do riacho, para transformá-lo, em questão de segundos, em ágil rio de águas agressivas. Em uma desses crescentes, Enrico foi pego de surpresa. A água o arrastou como pena, levando-o às profundezas, que agora, sim, se faziam perigosas. Ele gritou por socorro, assustado, sem poder lutar contra a correnteza. Dom Alberto levantou-se feito projétil e, como se tivesse sido disparado por um de seus rifles, correu em velocidade abismal até o rio crescente. Mergulhou — águas já cobrindo sua própria altura — e saiu em nado determinado, com braçadas precisas (sabe-se bem que recebera todo tipo de treinamento físico como soldado). Finalmente alcançou Enrico, que já se afogava, debatendo-se inutilmente contra a violência das águas, e o puxou até a margem segura do rio, não sem antes repreendê-lo de maneira notoriamente incisiva por ter se exposto ao perigo como perfeito tolo. Enrico, já recomposto, ainda ofegante, para sempre se lembraria de seu resgate como ato de amor de seu pai, mesmo que não declarado. Seria um dos poucos exemplos que colecionaria, secreta e especialmente, em seu âmago.

"Meu pai me salvou. Ele me ama!"

Seu alívio, no entanto, foi de pouco efeito, momentâneo como frágil certeza: em instantes seria repreendido barbaramente por qualquer outra besteira que fizesse, e ao prazer expiável do amor se somaria o amargor duradouro da dor. Novamente seu código seria talhado pelas forças opostas de dois sentimentos incompatíveis — até mesmo antítese um do outro — e moldaria uma insólita maneira de sentir, na forma de uma nova palavra composta e inexistente em qualquer vocabulário: passaria a ser exclusivamente seu um sentimento de *amor-dor*. Sentimento suavizado pelo apreço, reafirmado pela tristeza.

A verdade é que, mesmo em meio a tanta opressão, ou ausência de amor, Enrico fazia de tudo para agradar ao pai, ou ao menos chamar sua atenção. Já de volta à vida cotidiana em Acerra, passaria seus dias intercalando notas espetaculares na escola com não menos espetaculares atos de rebeldia. Nas provas em que ninguém nem sequer tirava a nota mínima, Enrico recebia um dez, tendo finalizado o exame quase meia hora antes dos colegas.

— Alunos, sejam como o senhor Valeriano, perfeito discípulo! O único a tirar dez em trigonometria. Que estudante!

Da mesma maneira que era elogiado, Enrico, ou senhor Valeriano — na escola italiana dos anos 1950, era comum convocar os alunos pelos seus sobrenomes precedidos pelo vocativo "senhor" —, provocava reações terríveis dos padres e orientadores do seu colégio: destruiu materiais de ensino, colocou fogo nos cartazes da Feira Anual de Acerra. Houve um dia em que, entediado com a matéria que o professor ensinava, pois já a sabia inteira, elaborou um extraordinário plano a ser posto em prática durante o intervalo seguinte. Ao ouvir os sinos e ver os colegas saírem correndo em direção ao pátio, Enrico deliciou-se em sua peraltice: amarrou, com um fio de barbante, o quadro de Giuseppe Garibaldi — dependurado no fundo da classe, bem ao centro da parede, iluminado em destaque pelo lustre central — a cada escrivaninha, uma a uma, da última fila até a primeira. Da primeira também resolveu esticar o barbante, atando-o à cadeira do professor. Para coroar seu projeto, puxou ainda outro barbante do quadro de Garibaldi e o deixou estirado, até que ficasse preso ao lustre central. O quadro, diga-se de passagem, era bastante pesado, feito de madeira maciça e não menos enfeitado por adereços de metal. E saiu para o intervalo.

No retorno, quase ninguém percebeu a artimanha. Os barbantes estavam perfeitamente rentes ao chão. O primeiro fio da sala, atado ao assento do professor, só poderia ser visto por quem o puxasse; já o último, prendendo Garibaldi ao lustre, era bastante visível, mas, como ninguém se interessava muito por um ou outro, não ganharam a atenção nem mesmo os olhares dos alunos. Somente quando o mestre de matemática, professor Nicodemos, entrou é que a estratégia foi a cabo.

— Bom dia, professor Nicodemos — disseram todos os alunos, levantando-se de suas carteiras em uníssono.

— Bom dia, alunos do nono ano, podem se sentar — respondeu o professor Nicodemos.

Ao puxar sua cadeira, ele ativou o mecanismo engenhosamente elaborado por Enrico. O barbante esticou, puxando as escrivaninhas. Uma a uma, da primeira fila à última, elas foram derrubadas.

Tum! Tum! Tum! Tum!

Os alunos observavam pasmos, em pé. O professor Nicodemos ainda segurava seu assento, perplexo, sentindo em suas mãos o tremor das escrivaninhas arremessadas ao chão, transmitido pelo barbante.

Tum! Tum! Tum!

Quando a última caiu, arrastou com ela o glorioso quadro pesado de Garibaldi, que, com alarmante estampido, espatifou-se no chão, partindo-se ao meio. Como a ele se atava o lustre central, a grave tensão do barbante, puxado pelo peso formidável do quadro, desestabilizou os parafusos que o prendiam ao teto, e o lustre enfim despencou dos seus três metros de altura e se estraçalhou no meio da sala. Vidros, parafusos e metais espalharam-se para todo lado.

Silêncio insólito. Até que o professor Nicodemos, quase sem palavras, anunciou:

— Senhor Valeriano, vá *imediatamente* à diretoria!

Quem mais teria o desaforo de fazer isso? Não eram necessárias provas. Para lá se foi, nem mesmo resignado, nem mesmo contrariado: Enrico sentia amor-dor. Era o prazer do plano cumprido. Orgulho pela sua engenhosidade. Era o medo do castigo e a ansiedade pelo que estava por vir. Foi suspenso por uma semana. As contas necessárias para os reparos foram todas direcionadas a dom Alberto. E o castigo, físico e psicológico, a que Enrico foi submetido pelo seu pai superou qualquer um de seus outros castigos. À exceção de um único, que aqui também traduzimos para o papel.

Era hora do almoço de domingo — em que dom Alberto recebia parte da família que residia em Acerra, seus irmãos e sobrinhos, mesmo em meio à simplicidade, para poder mostrar que estava a seu alcance agradar a seus parentes. Enrico ficava invariavelmente encarregado de arrumar a ceia, acender o fogão à lenha, cortar os tomates um a um e picar as cebolas, deixando tudo separado ao lado da mistura de farinha, ovos e manteiga para que dom Alberto, como general a assumir um campo de batalha prévia e habilmente trabalhado por seus soldados com o objetivo de permitir sua incontestável vitória, simplesmente transformasse isolados ingredientes em magistral macarronada. Enrico nunca falhara. Todo domingo, logo após a missa e suas animadas conversas com dom Teodoro, pároco da Diocesi di Acerra, Enrico saía correndo em direção a sua casa. No caminho, passava pela taverna La Tregua, quase na esquina da Via Piave com a Via Calabria, cujo proprietário, Manollo di Migliore, grande amigo de dom Alberto, já separara os melhores tomates, cebolas, farinha, ovos e manteiga — a Enrico apenas cabia pegá-los, alegre e justificado pelo trâmite, a pedido de seu pai. E, realizado, afinal sua utilidade lhe conferia valor:

— *Come va, Enrico?*
— *Va bene, signiore Migliore, va bene!*

Enrico adorava Migliore. Apesar do nome de origem italiana, Migliore era imigrante, viera da Grécia, no início dos anos de 1920, fugindo da instabilidade política deixada pela Guerra Greco-Turca. Em Acerra encontrou uma trégua, ou um respiro para tanta guerra (ainda que a Segunda estivesse logo ali na esquina), e fez da cidade sua casa definitiva. Com esforço e candura, tão peculiares a sua personalidade dócil, montou sua taverna apropriadamente chamada de La Tregua, na Via Piave, 44 — a menos de uma quadra da casa de dom Alberto, um dos pequeninos apartamentos na Via Calabria, 14 — inicialmente comercializando produtos de mercearia que havia trazido consigo de Atenas, tais como: azeite de oliva extravirgem, vinho, suco de uva, iogurte e queijo de cabra, além de frutos secos como nozes, amêndoas, pistache e figos. Enrico amava os figos! Sempre prestativo, Migliore conquistou a simpatia de toda a vizinhança e em pouco tempo já vendia mais produtos fabricados na Itália do que na própria Grécia.

Enrico juntava as sacolas de compras e saía novamente a correr, às pressas, para assim ter mais tempo de deixar tudo pronto. Pontualmente, às dez da manhã, chegava em sua casa com os ingredientes, depois de ter saído da missa que terminava às nove e meia. Adorava fazer isso! E, mesmo com tanto afinco, capricho e presteza, sem nunca ter falhado, nunca tinha recebido sequer um obrigado de dom Alberto. Sequer um olhar de aprovação. Não era mais do que sua obrigação. Talvez não ser reprimido fosse uma forma de amor? Porque seria, sim, reprimido, ante o menor dos erros, pouco relevante na prática, mas fatal na percepção de dom Alberto:

— Você deixou a manteiga derreter! Burro! — E quem pediu para deixar a manteiga descansando ali havia sido o próprio dom Alberto. — Você cortou três tomates e meio. Eu queria quatro! Quatro! Burro! — Esta última metade havia sido atirada ao lixo, Enrico percebera que estava estragada e equivocadamente pensou que estaria agradando ao seu pai ao se desfazer dela. — Esta cebola não tem bom aroma, como não percebeu? Burro! Volte imediatamente ao Migliore e traga-me uma boa cebola!

Enrico voltou, sem trégua, ao La Tregua, enquanto se esforçava para cheirar a cebola, sem nada poder diferenciar. Migliore tampouco. Ambos então se uniam na empreitada de encontrar a tal cebola cujo aroma seria agradável. Migliore não conhecia uma cebola de aroma ruim, mas sabia do caráter difícil de dom Alberto e se compadecia da aflição de Enrico. Em outras situações, já vira o menino tão chateado com o pai, que precisou intervir, como no dia em que Enrico não ganhou presente de aniversário, nem mesmo um abraço de seu pai: dom Alberto simplesmente ignorara a data.

— Não fique triste, meu querido menino. Aqui está, tome! Fiz para você. — Delicado, detalhista e caprichoso, Migliore havia construído um lindo carrinho de madeira para Enrico.

— Obrigado, Migliore! — Emocionou-se.

Era como um pai para ele. Mas a emoção durou pouco. Em menos de três dias, dom Alberto quebrou o carrinho na cabeça de Enrico, depois de alguma travessura.

Os questionamentos não paravam por aí:

— Que faca é esta? Não me serve. Traga a faca correta, de dupla lâmina, com aço importado, que está na despensa ao lado das tábuas de envelhecer molhos!

Enrico saiu em disparada atrás da tal faca. Qual seria? O que seria dupla lâmina? E onde estariam as tais tábuas de envelhecer molhos? Nada disso havia na despensa, a não ser uma infinidade de outras facas, todas elas suspeitas e possíveis candidatas a uma pretensa faca de dupla lâmina.

— Rápido! Por que a demora? Traga a maldita faca! — berrava o velho lá da cozinha.

Enrico se desesperou. Qual seria? E, se perguntasse, seria ainda pior:

— Burro! Como não sabe qual faca tem dupla lâmina?

Enrico ainda demorou preciosos segundos adicionais.

— A faca! A faca! A faca! — Os gritos intensos, repetitivos e sempre crescentes de dom Alberto pareciam querer pregar na mente de Enrico seu atestado de burrice como verdade em cruz e, ao mesmo tempo, fazer com que a faca magicamente aparecesse a seu lado, apenas por clamar seu nome, intolerante com a frustração de seu pedido.

Enrico atirou a mão ao acaso e pegou qualquer uma, a primeira, fosse qual fosse, que vagamente remeteu à porcaria de uma faca de duas lâminas. Praticamente cortando seus dedos no ato, voltou desesperado à cozinha, correndo e trombando em tudo, paredes, móveis, cadeiras, para chegar logo e assim ganhar reconhecimento de dom Alberto — ou atenuar a reprimenda:

— Mas que reverendo caralho! Demorou um monte e ainda por cima não é essa a porcaria da faca! Dê-me aqui essa mesmo! — E arrancou a faca que não tinha duas lâminas da mão de Enrico. — Burro!

Tudo isso, entretanto, era relativamente normal. Se conseguisse não errar, e dessa forma não ser repreendido, seria uma bem-vinda exceção e o melhor exemplo de ato de amor que poderia receber de seu pai. Então, ao não tomar bronca, sentia-se inevitavelmente amado.

Que milagre era esse que se perpetuava em sua alma, e que, na ausência de qualquer centelha de carinho, mas estando este desacompanhado de algum resquício de ira, já era suficiente para que sentisse amor? Que milagre era esse que o fazia perceber amor, mesmo que ele não se fizesse presente? Então o amor não existe! Que maneira de amar curiosa e insólita! Assim se sentia desamado Enrico por seu pai dom Alberto.

No entanto, fatalmente chegaria o dia em que uma manteiga derretida, um meio tomate não cortado, uma cebola sem aroma ideal ou uma inencontrável faca de duas lâminas não seriam páreos para aquilo que dispararia a verdadeira ira de dom Alberto, e que começamos a relatar alguns parágrafos atrás, perdendo-nos a uma ou outra digressão: perdoe-me a leitora! O fato é que, nesse dia em questão, Enrico simplesmente *não apareceu* com os ingredientes da macarronada.

Não, não tinha fugido de casa, como já se permitiu imaginar dezenas de vezes depois de apanhar impetuosamente e, quase sempre, sem explicação de seu pai. Apenas aconteceu de se perder em conversas, na Diocesi di Acerra, com dom Teodoro, que, cândido, uma vez terminada a missa, na qual Enrico fazia alegre o papel semanal de coroinha, lhe pediu ajuda para guardar o vinho na sacristia, bem como organizar os panfletos da liturgia da próxima missa em cada um dos assentos da igreja. Enrico olhava aflito o relógio dependurado na parede. Nove e quarenta.

Nove e quarenta e cinco. Já teria chegado ao La Tregua e encontrado Migliore. Dom Teodoro seguia conversando e apontando cada lugar em que os panfletos deveriam ser devidamente distribuídos. Dez. Já estaria em casa. Enrico pôs se a distribuir um a um todos os panfletos até que concluiu sua tarefa.

— Enrico, me esqueci! Estes panfletos referem-se à missa do domingo anterior, não da próxima! Que coisa de maluco! Precisamos trocar todos. Me ajude, meu filho.

Enrico ficou ainda mais tenso, mas não renunciaria a seu dever cívico e religioso. Nunca deixaria de fazer o certo, qualquer que fosse a consequência. Engoliu em seco, recolheu um a um os panfletos equivocadamente distribuídos, juntou todos e os colocou na sacristia, de onde disse a dom Teodoro:

— Não se preocupe, padre. Vá descansar, terminarei de colocar os panfletos corretos.

Dom Teodoro aceitou, agradecido ao gentil menino. Com essa manobra, Enrico não apenas se mostrava de honorável generosidade, como também se permitia correr, na ausência do padre, em meio à igreja (coisa que dom Teodoro talvez não apreciasse). Saiu em disparada, colocando cinco panfletos na mesma quantidade de tempo que levara para colocar apenas um, quando estava sob o olhar conversador e conservador de dom Teodoro.

Dez e meia.

"Meu pai deve estar furioso", pensava.

Terminou de colocar o último panfleto quando ouviu um grito, quase gutural, vindo de fora da Diocesi di Acerra:

— Enrico! Moleque de merda, onde você está?

Um frio lhe percorreu o corpo inteiro. Apanharia ali mesmo, na igreja que frequentava com assiduidade todos os domingos? O padre ouviria? A cidade inteira saberia? Já sabiam que dom Alberto era violento, mas uma coisa era apanhar em casa, outra completamente diferente era ser castigado *dentro* da igreja. Como cristão vivendo em um mundo pagão, seria atirado aos leões, levado a extremo e injustificado martírio! "Enrico, mártir da cristandade." Não! Não passaria por tamanha humilhação. Ao ouvir os passos do seu pai se aproximando, subindo as escadarias da igreja como verdugo sedento por selvageria, saiu em disparada e se escondeu na sacristia.

— Enrico! Insolente, onde você se escondeu? O que está aprontando? Apareça antes que rompa esta estátua na sua cabeça!

E apontava a estátua de São José; este, sem nada entender de tamanha confusão e certamente não desejando ser partido em pedaços contra a cabeça de ninguém. Enrico seguia escondido. Dar-se a saber era atirar-se aos leões. Sair a correr era permitir que o perseguissem de maneira ainda mais aterrorizadora. O que fazer?

— Enrico, moleque dos infernos! Apareça!

"Pior martírio é aquele que é imediato", pensou.

Como a tentar evitar o sofrimento (potencialmente o prolongando), saiu a correr aos gritos, subindo as escadarias da torre:

— Aaaaaaaaaaaaaaaaaaaaaa!

Dom Alberto o viu e, subitamente tomado de susto semelhante ao de um soldado que avista o alvo em retirada, disparou em sua perseguição.

— Volte, moleque, você não sabe o que o espera!

Como quem não sabia o que o esperava, Enrico chegou ao fim dos dois lances de escada e se viu sem saída. Apenas uma janela para o mundo exterior, a bons cinco ou seis metros de altura do chão. Atrás dele, a escada e o pai subindo em ira delirante, bufando feito lobo. Olhou o abismo para fora da janela e, incrédulo ante a perspectiva, atirou-se, segurando o quanto pôde seu corpo junto ao parapeito, para tentar atenuar o impacto. Os segundos entre ele e o chão foram vencidos em êxtase. Machucou seu tornozelo na queda, mas não tanto como se tivesse ficado parado a esperar por seu algoz. Ergueu-se em disparada novamente, enquanto o pai xingava lá de cima da janela, ainda mais perplexo frente à ousadia com que seu filho se atrevera a pular. Desceu as escadarias com poucos e apressados passos, aos gritos de "te matarei!". Enrico ouvia, ainda que tivesse já atravessado a rua e vencido a primeira esquina, a poucos metros da tenda de Migliore.

— Migliore, por favor, me ajude, meu pai vai me matar! — E seguiu correndo em direção a sua casa na mesma velocidade em que passou por ele.

— Corra, Enrico, corra! — A Migliore restava torcer.

Um ou outro curioso se juntava para acompanhar a perseguição. Dom Alberto já estava mais velho, mas era ainda rápido:

— Ooooooooo — gritava enquanto corria, não se sabe se a instigar medo, exaurir sua ira ou simplesmente exaltado pela perseguição. Talvez ele fosse a primeira das bolas assustadoras que vêm lá do outro lado a toda velocidade e te esmagam.

— Oooooooooooo!

Mal deu tempo de Enrico ganhar sua casa, aos berros, pedindo que dona Francesca o protegesse; mas ela própria, napolitana brava que era, estava enfurecida com seu sumiço. Pegou-o pela orelha e o segurou até que chegasse dom Alberto, segundos depois, ultrajado pela derrota ante seu filho — na imaginada competição para descobrir quem seria o mais rápido —, o que lhe deixou com raiva ainda maior. Dom Alberto desferiu golpes indescritíveis no menino, que caiu ao chão, sangue correndo pelo seu rosto. Enrico olhou estarrecido para a mãe, que nada fez. Mães da década de 1940 foram criadas por pais (e mães) de mãos tão ou mais pesadas. Para elas, não havia nada de anormal em ser castigado pela força. Dom Alberto, já completamente tomado pelo ódio, pegou uma pá de ferro que estava encostada na parede e, sem nem pensar, atirou em Enrico, como um aborígene a caçar um veado. Enrico se abaixou, provavelmente admirado, ele mesmo, com a sua repentina astúcia. A pá de ferro certamente o teria matado se o atingisse. Outrossim, passou por sua cabeça como uma flecha, chocando-se com a vidraça do fundo da casa, que veio abaixo.

O rosto de dom Alberto ficou desfigurado, como se estivesse possuído pelo mais asqueroso e inexorcizável dos demônios. A vidraça derrubada lhe causou tanta ou mais indignação, que se lançou em nova perseguição atrás de Enrico, disposto agora, sim, a matá-lo. Enrico reconheceu a iminência da morte nos olhos de seu pai, que se vestiam de uma fúria assassina, e voltou a correr, desta vez para fugir em definitivo.

Fugiu, mas em poucos dias voltou. Desiludido. Primeiro se escondeu na tenda de Migliore, que logo o convenceu a retornar para casa. Não é necessário dizer que o castigo foi ainda mais severo. Indescritível. A Enrico restou carregar as marcas de uma infância infeliz para sempre, não obstante os esforços diários e imensuráveis para amenizá-la quando adulto, como a tentar apaziguar incontáveis demônios que, vez ou outra, voltavam para cobrar por tanta hostilidade e solidão experimentadas enquanto criança. É possível se vingar de um pai desumano e ausente? É possível impedir a continuidade de tamanha cólera em seus próprios filhos? Quanta expiação reprimida na alma de Enrico!

O que nos faz pensar — analisando o confronto entre Enrico e dom Alberto e aquele entre Giovanni e Alessandro à luz de outros mais célebres, citados em nosso *prólongo*, como o entre Caim e Abel, Esaú e Jacó e os filhos deste, José e seus onze irmãos — se o poço no qual um se atira/é atirado não é o mesmo poço que começou a ser cavado por nós mesmos, bem como por aqueles (ou para aqueles) que nos precederam.

O poço no qual foi atirado José teria sido inicialmente cavado por ele próprio, despertando a inveja dos irmãos com seus belos discursos e não menos elaboradas interpretações de sonhos, bem como por seu pai, Jacó, que o amou mais que a seus outros filhos. E não foi o próprio Jacó que roubou injusta e astutamente a bênção reservada a seu irmão gêmeo, Esaú, aquele que era preferido por seu pai, Isaque? E não foi o próprio Jacó que amou mais a Raquel que a sua irmã Lia? Depois de tê-la conhecido e se apaixonado em que lugar? Ao lado de um poço! Cuja boca era tampada por uma pedra: removê-la era saciar a sede dos que amam. Esse era o poço de Jacó, tão memorável quanto o de seu filho José.

Mas, se a imersão em nossa herança milenar nunca atinge o fundo da fossa, devemos insistir e nos perguntar se o poço de Jacó não teria sido cavado por seu pai, Isaque, perturbado ao ser enganado pelo seu filho. "Profundamente perturbado", para ser mais exato.

E o poço de Isaque? Se quase foi sacrificado pelo seu próprio pai, Abraão, a este lhe caberia? E assim por diante (ou para trás), por gerações e gerações, até chegar a Caim, assassino de Abel, e destes a Adão, o primeiro filho de Deus, o primeiro homem da cultura judaico-cristã, também atirado a um poço, não por um irmão, nem por um pai, muito menos por ele mesmo, mas por uma *mulher*.

— Sem fundo é o poço do passado.

José também teria tido tal pensamento logo após ser atirado à cisterna pelos seus irmãos. Saberia reconhecer o buraco em que se encontrava como personagem com inegável protagonismo em sua história. Não por acaso, escritores e pensadores de diferentes eras se dedicaram a esmiuçar seu relato. "Esta é uma narrativa natural das mais encantadoras, e o seu único defeito é ser demasiado breve, de sorte que nos sentimos inclinados a escrevê-la pormenorizadamente" escreveu Goethe. Mas, mesmo breve, aparenta não ter fim. Ou começo.

Justamente para colher a essência de tão bela história, Thomas Mann pormenorizou cada detalhe, explícito ou tácito, procurando, através de uma lente psicanalítica, verdades muito além das conhecidas verdades manifestas em sua obra, que já mencionamos, *José e seus irmãos*.

— Há verdades além das verdades — não disse Mann, mas, para atender ao propósito de nosso relato, faremos parecer que o fez.

Sabíamos que José foi atirado ao poço. Sabíamos por que foi atirado: mais belo do que os outros, mais amado pelo pai, José não pôde impedir que seus irmãos tivessem inveja.

Sabíamos também que ele saiu do poço e foi vendido a traficantes como escravo, pelos próprios irmãos que lá o atiraram. Depois de se mostrar extremamente útil aos traficantes — em franca jornada aos infernos, antecipando aquela de Jesus Cristo e repetindo a de Inana, Set e Hades —, desceu da Terra Prometida ao Egito, como quem "desce" no mapa, e foi vendido novamente como escravo de Potifar, ministro do Faraó. Lá ascendeu, devido a sua inteligência e lealdade, ao cargo de mordomo, o preferido do amo, até que a esposa de Potifar, bela, irresistivelmente sedutora, tentou concretizar sua vontade, em confesso desejo de possuir José, e — rejeitada pela pureza da índole do rapaz — inverteu os papéis, acusando-o de tentar corrompê-la, com isso fazendo com que o atirassem novamente ao poço. Mais astuta que Eva, a esposa de Potifar livrou-se de qualquer acusação e jogou-a toda ao rapaz:

— Ele tentou tirar vantagem de mim!

Assim, sabíamos também *por que* ele foi atirado novamente ao poço. Mas fica uma pergunta: *para quê?*

Alguém poderia dizer que o propósito estaria na redenção: José retornaria aos infernos, poço do passado, e ali ficaria, até ascender uma vez mais, interpretando sonhos (memórias?) do Faraó e virando autoridade máxima no Egito. Já absolutamente poderoso, após um longo trajeto de superação, recebeu seus irmãos, em clara inversão da relação de poder. Movido por orgulho ou dor, não se fez conhecer, até que os humilhasse e tivesse a certeza de que eles haviam se arrependido por havê-lo atirado ao poço e vendido como escravo. E não só isso! O arrependimento deveria ser também pela mentira que forjaram para seu pai, Jacó: a de que José havia morrido. Imperdoável! Justificaria a arrogância de José ante os irmãos, ainda que eles já estivessem suficientemente humilhados. E então o perdão derradeiro, o reencontro entre irmãos e irmão, pai e filho.

Que história emocionante!

A redenção estaria em conhecer o fim ou em reconstruir sob outro olhar, muito além dos fatos e acontecimentos? Estaria em encontrar uma outra verdade, ou bastaria a procura? Estaria em escapar do poço, se atirar, ou ser atirado?

Em quantos poços teria se atirado Giovanni antes deste último, fatal? E, para Alessandro, que fim lhe coube, ele próprio mergulhado em seu inferno de culpa, se foi ele quem atirou seu irmão ao poço, ao não lhe deixar outra saída a não ser uma janela? Ou foi Giovanni quem atirou seu irmão Alessandro ao poço, ao condená-lo impunemente por tê-lo trancado no quarto, tirando sua própria vida?

— Você me trancou, Alessandro! Agora pagará por isso. Com minha vida. Assassino!

Já que é válido supor que não tenhamos, ao menos por ora, respostas para nenhuma dessas perguntas, precisamos partir de algum ponto.

Porque toda partida leva consigo algo de nós.

Toda partida reserva, também, algo para nós.

Como o espinho, que leva consigo a dor quando é retirado, mas deixa outra em seu lugar, a ponto de nos fazer desejá-lo de volta. Como as palavras, que, uma vez ditas, irrompem a inércia e confessam a tímida vontade, deixando o silêncio sem o seu papel. Como a verdade, que apresenta duas faces para o mesmo tapa. Como o amor-dor, que, em sua sucessão de sentimentos, na ausência de um e presença de outro, na partida de um e chegada de outro, é materializado na forma de impenetrável incompreensão. Como em um poço, no qual mergulhamos ressentidos, do qual desejamos ascender em redenção, e do qual sobra, em seu lugar, tão somente a memória. Como se não tivesse existido. Sim, como um mundo inteiro que não existe.

Ao menos isto é sabido: Giovanni partiu da janela de seu quarto, atirando-se em um poço, depois de ter sido trancado por seu irmão. Com ele, Alessandro igualmente partiu, em franca jornada de descida aos infernos, também em um poço.

Se nos foi necessário entrar nele para buscar compreensão, vejamos o que ficou fora.

CAPÍTULO

IV

O QUARTO

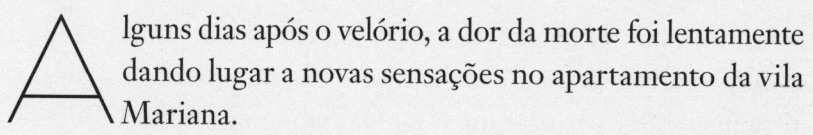

Alguns dias após o velório, a dor da morte foi lentamente dando lugar a novas sensações no apartamento da vila Mariana.

Por sorte, como dissemos, dona Gilda não esteve presente naquele nefasto dia. Dessa forma, nenhuma imagem da tragédia tomou conta de seus pensamentos.

Além disso, a lembrança dos incontáveis episódios de sofrimento vividos entre ela e Giovanni, na eterna tentativa, infrutífera, de frear sua já esperada escalada rumo ao triste destino que tomou, foi aos poucos se esvaziando em prol de uma paz serena. O medo e a expectativa ante cada sumiço de seu filho, religiosamente semanal, também foram perdendo seu efeito perturbador, abrindo espaço para um novo sentimento, constrito, embora saudável, na forma de uma resignação, ainda que tacitamente aceita, e acolhida por uma suave impressão de sossego, amparada pela saudade. Sossego era algo que dona Gilda raramente pôde experimentar em sua vida. Não era uma sensação conhecida.

A frase "ele está em paz agora" passou a ser repetida como um mantra por ela, em suas conversas com parentes e amigos próximos, em suas dedicadas orações e pensamentos solitários, e se fazia eco no cenário nostálgico representado pelas roupas de Giovanni, ainda penduradas no armário de seu quarto. Lá estavam seus cadernos, canetas e ferramentas meticulosamente arranjados, assim como sua coleção de discos de vinil, preservada como se houvesse sido adquirida há poucos dias. Lá estavam seus coturnos de couro preto, enormes, ameaçadores, dispostos um a um, sob a sombra de camisas de flanela enfileiradas em harmonia. Lá estavam suas facas profissionais de cozinheiro, pelas quais ele tinha tanto apreço, de aço importado e lâmina dupla, embaladas no compartimento especialmente projetado para elas, à exceção de uma única, fatídica, que ele usara para rasgar as redes de proteção da janela e fora levada para a cozinha, para não repetir conclusões desnecessárias.

Sua cama permanecia encostada junto aos dois cantos da parede e em frente ao armário, dificultando a arrumação dos lençóis — algo de bastante importância para dona Gilda —, posto que o colchão era relativamente grande e impedia o acesso a suas laterais junto à parede. Independentemente do tamanho e da disposição da cama, arrumar o quarto ainda era uma tarefa complexa, porque, enquanto estava vivo, Giovanni muitas vezes simplesmente não saía dele. Alternava períodos longos em que perambulava por dias seguidos na rua, virando noites, vagando, sem dar o ar de sua graça ao lar; com outros tão extensos quanto, em que passava imerso em sua cama, submetido a uma tristeza irreparável e uma inércia avassaladora. Gostava de cantar uma música do AC/DC:

> *I'm your night prowler, asleep in the day*
> *Night prowler, get out of my way*
> *Yeah, I'm the night prowler, watch out tonight*
> *Yes, I'm the night prowler when you turn out the light*

Peregrino noturno, Giovanni vivia quase como vampiro, sugando sua própria energia e com ela exaurindo a de sua mãe. Esse foi, nos últimos compassos de sua vida, o ciclo que marcou de maneira rítmica os altos e baixos de sua relação com o álcool, as drogas e, essencialmente, os demônios de outrora, de tal forma que estes foram se tornando protagonistas, donos de sua inteira intenção, assumindo formas tenebrosas, como aquele conhecido (e até familiar) mal-estar, impunemente a tomar posse de toda e qualquer vontade, e com tamanha intensidade, que já chegara um momento em que era impossível discernir o que era mal-estar e o que era um "estar normal", uma vez que tudo se confundia sob uma névoa escura e carregada de sofreguidão.

Sobre a cama e presa ao teto, via-se uma televisão de tubo, que Alessandro lhe emprestou e ele vendeu sem cerimônia, mediante anúncio no Facebook:

— Vendo TV em perfeito estado.

— Mas ela é minha — comentou Alessandro.

— Só se você comprar de mim!

Alessandro comprou. Giovanni pediu-a emprestada de novo.

Depois deixava seu olhar triste se fixar na TV, mesmo não assistindo a nenhum programa. Talvez evitasse olhar para si mesmo. Talvez não conseguisse enfrentar aquilo que suas escolhas, ou as consequências de não conseguir escolher melhor, lhe reservavam. Fechava-se em seu quarto, deprimido. Morrendo um pouco, sem nunca morrer de verdade.

Acima de sua cama, bem ao centro, e preso à parede com um prego que ele mesmo pregou, um crucifixo: bastante tradicional, daqueles feitos de madeira entrelaçada e pintado a guache, com uma mistura de tinta verde, que Giovanni guardara como recordação de seu avô Alberto. Era um dos poucos objetos de que se tem conhecimento que permaneceram com dona Francesca após o desaparecimento de dom Alberto — e por ele Giovanni tinha peculiar apreço.

Do avô, Giovanni preservava também algumas outras relíquias: uma foto três por quatro de perfil, utilizada para registro no exército italiano; outra foto, do casamento com dona Francesca, amarelada pelo tempo ou pelo olvido; como também, e principalmente, o curioso hábito herdado de dom Alberto de organizar metodicamente tudo em seu quarto: alinhava suas canetas exatamente à mesma altura dentro do estojo cinza-militar; dobrava as camisetas uma a uma à perfeição, organizadas por cores, estilos e temas; juntava artefatos ultrapassados e antiguidades questionáveis pelo puro prazer de arquivar — adaptadores de tomada sem utilidade, um controle de videocassete Betamax, três transformadores de energia de 110 para 220 volts, um par de lixas e seis ou sete frascos de desinfetante Lysoform. Giovanni adorava seus frascos de

Lysoform — tamanho era seu desejo de purificar tudo em seu quarto. E os deixava organizados à precisão.

Seus medicamentos (muitos, quase incontáveis) exibiam-se na prateleira superior do armário com inequívoca simetria, de tal forma a dar inveja a qualquer farmácia que se preze. Cada caixa alinhava-se numa fila horizontal, e à frente delas uma única tira com cada remédio. Não é preciso dizer que estavam ordenados por dia da semana e, entre os mesmos dias, por especialidade. Era uma organização primorosa, de dar brilho aos olhos. E assim ficaram dispostos os remédios, na prateleira superior do seu armário, mesmo depois de sua partida.

Seu quarto tinha cada traço de sua personalidade perfeitamente desenhado em todos os detalhes, no arranjo dos móveis, na escolha das cores, nos quadros e fotos pendurados, nos riscos na parede de cadeiras arremessadas.

Impecável santuário de memórias, o quarto ainda ficou um tempo da mesma forma que Giovanni o deixou, posto que mexer em qualquer coisa ali era como mexer no princípio de sua própria existência. Como se aos poucos sua lembrança fosse se esvanecendo e a única maneira de preservá-la fosse por meio do apego a seus objetos pessoais. Essa é, sem dúvida, uma das mais difíceis tarefas para pais que enterram seus filhos. Sufocados, desejam enterrar-se igualmente, cobertos por infinitas quantidades de terra, em um lugar impenetrável de tal forma que a dor não os atinja, nem mesmo em doses mínimas.

Mas a dor e a perda se confundem. Porque perdemos, com ela, nossa essência: a menor tentativa de se manter à superfície é mero instinto de sobrevivência. Dessa forma, nós nos agarramos a qualquer objeto para evitar afundar na própria dor. Acaso não dizemos que morremos junto? Por isso é tão difícil se desprender. Por isso é tão difícil desapegar. Fazemos isso para que a dor não nos aprisione. E assim viramos prisioneiros dela, enterrados a sete palmos do chão.

O caminho para se libertar da dor é semelhante ao caminho que a alma se propõe a percorrer quando deseja se libertar da prisão do corpo. No Evangelho de Judas, encontrado junto aos manuscritos de Nag Hammadi, em 1945 (e condenado por quase dois milênios por ter sido considerado herege pela ortodoxia), Jesus faz uma súplica a seu discípulo "mais amado" — Judas, segundo esse texto; não João — para que o entregasse às autoridades e assim pudesse se libertar do corpo que o aprisionava. Esse Evangelho ensina que a mensagem messiânica de redenção dos pecados não se materializa na cruz, mediante o sofrimento de Cristo (como a que Paulo propôs e marcou o debate vitorioso do cristianismo, universal, católico e ortodoxo, pelos séculos seguintes), mas sim na própria vida terrena, origem de todo sofrimento. Curiosamente, essa lição guarda semelhanças notáveis com a filosofia oriental, afinal era esse o sofrimento que Buda desejara evitar. Tanto desejou *não desejar*, que encontrou nesse próprio desejo incontido a raiz de toda dor. A exata dor que os poetas chamaram de sentimento fingido, e tão intimamente, que fingimento e dor se confundiram em um só, como Fernando Pessoa sentiu/fingiu sentir:

> *o poeta é um fingidor*
> *finge tão intensamente*
> *que chega a fingir que é dor*
> *a dor que deveras sente.*

Assim como Sidarta Gautama, e provavelmente sem saber de sua existência, Platão já pensara que seus pensamentos não cabiam nele, tamanho era seu desejo — dos pensamentos — de voltar a sua origem. E assim desejou/pensou no amor, aquele que só acontece nas ideias. Algo que está fora de nós e ao mesmo tempo vem de nós.

— Para se libertar da dor, é preciso libertar a alma — suspeitou dona Gilda, em consorte com Judas, Buda, Fernando Pessoa e Platão.

É preciso voltar ao essencial, ao simples, e se permitir levar, sem horizonte ou fim, como as águas de um rio que correm através da terra, guiadas por Tlaloc, deus Tolteca, não da água, nem da chuva — *mas da água da chuva que se mistura ao caos* —, para criar o belo. Como as águas de um rio, é preciso se deixar estar, enquanto ele segue, devagar e inevitavelmente, para o mar, em percurso contínuo pelo Samsara das almas. Então as águas se encontram consigo mesmas, como as almas se encontram em seu seio comum, confundindo-se em um oceano infinito de minúsculas gotas interconectadas, cada uma com seu universo particular, de elétrons, prótons, átomos e moléculas; de amores, paixões, desejos e pensamentos; todas juntas formando uma coexistência preciosa, em um nirvana de plenitude pacífica e, ao mesmo tempo, de absoluta ausência de tudo.

Como disse José Luis Borges, é preciso saber que "nos perdemos como o rio". Poesia e alma, em constante metamorfose, são apenas um meio, nunca uma coisa em si mesma, cuja existência reside em um fim comum.

Dona Gilda parecia fazer essa reflexão com sabedoria admirável e um toque de elegância que lhe era bastante peculiar. Tendo estudado por toda a sua juventude em um colégio só para meninas que se orgulhava de moldar moças finas, ela cresceu sob o signo da contenção, e assim eram seus gestos todos, de afeto, de tristeza ou de júbilo — infalivelmente temperados por elegante e diminuta manifestação, quase como se ela não se manifestasse. Seus não sorrisos e não lágrimas certamente construíram o código sentimental de seu filho Alessandro, da mesma forma que o ímpeto desbravador e alegre paixão de Enrico construíram o de Giovanni.

Sim, dona Gilda parecia saber sentir dor. Poderíamos até dizer que ela *sabia* dor. Além da fé que sua tradição católica ensinou, além dos livros de espiritualidade que ela leu, além da certeza indefectível de que não estamos aqui por acaso, ela *sabia*, de cor e, principalmente, em seu âmago, que hoje é apenas mais um dia, que em breve veremos todos face a face. Porque, para ela, não existiria amor na Terra se não houvesse antes um amor maior a nos guiar. O fato de sentirmos esse amor é a maior prova de que não estamos aqui por acaso.

"O que nos impede de fazer algum mal, qualquer que seja ele?" Para ela, Deus e bondade eram conceitos indissociáveis — à conclusão semelhante chegou Dostoievski quando afirmou tudo ser permitido ante a possibilidade de não existir Deus.

Mas tudo nos é permitido, se olharmos sob outra perspectiva. Afinal, não é a nós *permitida* a dor? Não é a nós *permitido* perder um filho? E os desastres naturais, acidentes, guerras e pandemias... não nos são, todos eles, permitidos? Talvez só não nos permitamos aceitar que deva ser assim. E essa é a provável crença central de quem se diz materialista: acreditar que tudo ocorre por casualidade, sem causalidade. A *crença* de que não existe um amor maior a nos guiar, que bastaria o compasso moral de cada um.

Olhar ao nosso redor permite uma delicada apreciação sobre o tema. Porque, independentemente de nossa vontade, as folhas vão continuar a cair (ainda que Giovanni e Alessandro se apressassem para provar o contrário, já que foram traídos tantas vezes por seus desejos, conquistando o efeito oposto cada vez que os manifestavam, gritando aos quatro ventos o que queriam). As folhas voltarão a cair, porque o outono voltará a ser convocado, em seu fiel tempo, para acariciar as planícies, os planaltos, os vales, os montes e as águas das chuvas que se misturam ao caos, com seu enlace acolhedor. Sem casualidade alguma.

É este seu mais sincero propósito: o outono volta, logo após o verão, como a preparar o mundo para um longo inverno, mas sem sobreaviso, e com especial beleza. Suas são as cores mais bonitas, indecifráveis em seu ocre da sorte de um delicado castanho só encontrado na sombra fresca das montanhas de paisagens solitárias. Seus são os aromas inesquecíveis, como a própria sugestão de sabor do café recém-preparado, que faz o sentido do paladar se desenhar de maneira ainda mais sedutora que o próprio olfato. É um aroma que se mistura com o da terra fecunda, quando ela apenas recebe as primeiras gotas de chuva que rompem a madrugada em anúncio à aurora, regada por folhas secas que se acumulam umas sobre as outras, como em um harmonioso balé orquestrado pelo orvalho e as temperaturas amenas que, com ele, se fazem presentes.

Seu é o espetáculo mais formoso e inigualável da Terra: não são as pétalas das flores da primavera que, ao nascer, inspiram e enfeitam as noivas; não são os flocos de inverno que lentamente caem e se enlaçam ao abraço apaixonado dos namorados ou ao canto natalino de crianças de grande parte do hemisfério norte; tampouco são os raios coloridos de um alegre amarelo do verão que aquecem o entorno e o coração de quem já se havia cansado do frio.

São as folhas de outono, em seu introvertido e calmo movimento de simplesmente se deixar cair, que dão à alma o aconchego só encontrado por meio do amor. Sim, o outono é o verdadeiro prenúncio do amor. E, se a morte é o inverno da alma, não deixa de ser curioso perceber que o outono vem antes dela, como se a vida nos dissesse, em poucos e preciosos símbolos, que é preciso amar antes de morrer.

Por isso não há vontade que se sobreponha à ordem natural. Não há como alterar a ordem das estações, pois elas existem em sua própria sazonalidade, sem a qual deixariam de ser o que são. Uma e outra estação se alternam, e muitas vezes quando mais se fizeram presentes. Talvez nesse simples e pequeno conceito esteja contida (e explicada) a ideia que procuramos fazer sobre Divina Providência. Porque, se tudo se alterna, e sempre, então não há por que não acreditar em alguma forma de redenção. Sim, redenção, que não escolhe, tampouco prefere, apenas permite. Ao contrário daquela que pregava Santo Agostinho, e algo mais próximo do que dizia Pelágio, monge cristão britânico do século IV, quem Agostinho condenou ao ostracismo. Orígenes, bispo de Alexandria e um dos mais importantes Pais da Igreja, também acreditava em redenção universal, e por isso foi excomungado, apesar de seu brilhantismo e incontáveis contribuições à filosofia cristã. Na opinião de Orígenes e Pelágio, bandidos, marginais e vilões; crianças, heróis e mártires, todos teriam seu momento oportuno de redenção, tão certo quanto a alternância das estações, tão certo quanto as folhas de outono devem cair. Estaríamos predestinados a ser redimidos.

É essa centelha de redenção, esse pequeno e intocável resquício de bondade, que permite apaziguar, senão consolar, a dor de quem perde um filho. É o mais perto que chegaremos de sublimar nossa alma durante esta existência, além das paixões terrenas, além dos conflitos, dos desejos, das dívidas e das condenações. É o que permite que mães, como dona Gilda, possam viver seus demais dias na Terra de maneira minimamente tolerável: entregando sua dor à misericórdia e ao acolhimento — de Deus, de alguma Divina Providência ou de uma simples ordem natural —, para assim libertar a alma.

E até na dor, pode-se dizer, dona Gilda permanecia elegante. Foi assim durante o velório de seu filho, foi assim nos dias que se sucederam a ele, foi assim por toda a sua vida. Perdeu seus pais precocemente, sendo obrigada, ainda muito jovem, a caminhar com o pesar de quem tem um rumo solitário pela frente, não mais iluminado por aqueles que vieram antes de nós.

Filha de um imigrante alemão e uma imigrante portuguesa, mal se ouviu sua voz quando nasceu, em 1955, num hospital da vila Mariana, a poucas quadras de seu atual apartamento. Logo que a pegou em seus braços, a parteira ficou meio ressabiada.

— Mas essa menina não chora?

A menina Gilda não chorou, e seriam pouquíssimas as situações em que se permitiria chorar. Cresceu mediante a educação disciplinadora dos costumes alemães de seu pai, embora sutilmente abrandados pela doçura portuguesa de sua mãe. Dessa dualidade construiu seu íntimo, de caráter sempre gentil, discreto e ao mesmo tempo introvertido por um senso cívico de contenção.

Como quem vem ao mundo para se sacrificar, esse foi o propósito sacramentado para dona Gilda. Saíra de uma infância difícil, deixando a casa dos pais ainda adolescente após episódios violentos com seu pai, para viver sozinha, com uma prima ou uma irmã. Em seguida, fez parte de um casamento, com sua dose de complexidade, por mais de duas décadas. Por fim, teve de sobreviver por mais uma década, no esforço incessante de não sucumbir junto ao filho doente. Ela tinha cinquenta e quatro anos quando Giovanni morreu. Passou a maior parte de sua vida suportando diferentes dores em um quase silêncio. Se isso não gera um câncer nas cordas vocais, nada mais consegue.

Seu pai, Johannes, veio ao Brasil com a terceira leva de imigrantes da Alemanha, na crise do pós-guerra, composta por intelectuais de diferentes segmentos sociais: doutores, químicos, professores, advogados, oficiais do exército imperial e comerciantes, como o próprio Johannes — hábil vendedor, mais inventor que engenheiro, mais sonhador que empreiteiro, mal chegou ao porto do Rio de Janeiro e já se fez conhecido pelos arredores oferecendo mercadorias, das mais variadas, algumas com utilidade questionável e outras sem nenhuma, que trouxera consigo de seu país de origem, estabelecendo, em uma pequena loja no centro do Rio, as primeiras bases do que seriam suas futuras investidas em diferentes negócios de oportunidade, bem como sua quase obstinada perseguição a potenciais ideias inovadoras, suas ou de colegas, que o levariam a fincar raízes ao sabor dos ventos, levando com eles sua família.

Foi na materialização de uma dessas suas ideias mirabolantes, quando resolveu inventar um purificador de ar movido a eletricidade com o intuito de vendê-lo nos casarões de famílias abastadas nas serras fluminenses, que conheceu dona Fátima, mãe de dona Gilda e avó materna de Giovanni e Alessandro.

Dona Fátima havia nascido em Coimbra e de lá veio ainda pequena com seus irmãos e pais, após uma disputa de terras que fora decidida favoravelmente em nome deles. Em função disso, acabaram herdando uma pequena fazenda a sudoeste da cidade do Rio, na Serrinha do Alambari, perto de Resende. Tal propriedade foi uma das que Johannes visitou para oferecer sua invenção e terminaria sendo o cenário para celebrar seu casamento com dona Fátima, à luz do dia e mediante bucólica paisagem, precisamente onde a viu pela primeira vez.

Professora de uma escola estadual em Resende, Fatiminha, como era conhecida, viajava de trem pelas cidades da região para levar o ensino de idiomas. Além de português, Fatiminha declamava belas poesias em francês e lia todos os grandes ingleses, com especial apreço pelos poemas de Byron, entre outros autores de origem não tão conhecida:

Mother, dear, can you tell
where the angels and spirits dwell?
It is very, very high
up, above
the moon and the skies

O mesmo poema era recitado por Giovanni e Alessandro durante sua infância em São Paulo, alegres na companhia da avó — dona Fátima passara a residir com os Valeriano e lá ficou até seus últimos dias, já que Johannes, em comunhão com seu espírito incansavelmente empreendedor, não fincou pé em lugar algum, vindo a perder todas as suas posses. Aparecia na casa da família de quando em nunca, trazendo chocolates para os netos, sempre muito gentil, e carinhos para sua esposa Fatiminha, que já se acostumara a dormir no quarto dos fundos daquele mesmo apartamento na vila Mariana.

Johannes chegou a ter propriedades, muitas, em diferentes cidades, até mesmo estados. Uma chácara em Resende, perto da pequena fazenda da Serra do Alambari, que numa disputa entre os irmãos fora perdida; duas casas em Vinhedo, no interior de São Paulo, e um barracão em Itanhaém. Em São Paulo, morou sempre de aluguel, pingando de bairro em bairro. A cada novo sonho que perseguia, levava com ele sua família: dona Fátima e seus cinco filhos: Marilda, Bernarda, Gustavo, José e a caçula Gilda. Não precisava de raízes, ele dizia. Ou as tinha no céu. Seus sonhos pouco se materializavam. Quando estava prestes a realmente conquistá-los, Johannes se entediava, como se tudo até ali tivesse sido em vão.

Como quando foi convidado pelo príncipe de Orleans para fabricar banana em pó, ideia que ele próprio havia submetido ao nobre príncipe. Mudou-se, novamente com todos os seus, para Parati, no litoral do Rio de Janeiro. Coroado pelo entusiasmo que só alguém de sangue real pode nos dar, pôs-se a fabricar a tal banana em pó, com presteza. Alguns meses se passaram e a iniciativa já mostrava algum progresso, o próprio príncipe elogiava:

— Johannes, temos aqui uma tremenda oportunidade. Você é realmente um desbravador! Essa banana em pó vai conquistar o mundo.

Mas Johannes tanto desejava desbravar que a própria perspectiva de ver sua iniciativa concretizada parecia repeli-lo. Era melhor perseguir do que encontrar. Sem conseguir esperar o tempo necessário para seus muitos projetos germinarem, abandonava-os; como quem planta uma semente, rega por uns dias e depois se esquece de que ela existiu, ou a desenterra antes da hora, para ver se já cresceu, e, com a ansiedade, acaba precocemente a matando.

Assim Johannes matava seus sonhos. E com eles extirpava as frágeis raízes que sua família formava. De súbito, partiam para outra cidade. De cidade em cidade, de casa em casa, de sonho em sonho, Johannes ficou sem nada, a não ser a vontade de continuar a persegui-los. Talvez essa obstinação por algo que nunca chegava a acontecer fizesse dele um homem mais duro do que lhe cabia tendo em vista seu alegre caráter explorador. Nervoso, batia em seus filhos. Não como dom Alberto, para quem abster-se de violência era (bem-vinda) exceção. Tampouco com frequência, mas frequentemente sem aviso. Certo dia, José e Gilda brincavam no quintal da casa de Parati jogando bola. José chutou um pouco forte a bola, que entrou pela cozinha e derrubou um prato. Johannes estava lá e não gostou nada disso. Gritou:

— Desse jeito não dá, não dá, não dáááááááááááááááá!

Saiu da cozinha em direção ao pátio e, sem falar outra palavra, nem mesmo explicar a bronca, deu um soco no estômago de José. Gilda observou, assustada. Johannes voltou à cozinha. Dias depois se esquivou dizendo que estava chateado por conta do fracasso da fábrica de banana em pó. Que não fracassara, convenhamos, apenas deixou de lhe ser atrativa, por isso a abandonou.

Da mesma forma que abandonava sonhos de maneira intempestiva, abandonou dona Fátima e seus filhos um par de vezes. Entediado, ou encontrando alguma desculpa para sair (certamente outras para não voltar), simplesmente partia. Viajava para a Alemanha, dizia que havia recebido uma herança de seu avô. Passava meses percorrendo a Europa de trem, passeando pelas suas belas capitais às custas do patrimônio recém-acumulado. Em outra situação, contou que fora convocado pela embaixada em Brasília para dar suporte a expatriados. Passou quase um ano assessorando seus conterrâneos na capital do Brasil. Orgulhoso, comprou uma Brasília, com a qual dirigia de lá pra cá. E, sem a menor cerimônia, tal como saía, voltava.

— Voltei.

Trazia consigo alguns docinhos e chocolates.

Quando Gilda ainda era adolescente, teve um desentendimento sério com ele. Há tempos havia se cansado de seus repentinos episódios de violência. Nessa ocasião, pelo que consta, ela estava assistindo a um show do Roberto Carlos na televisão, depois da escola. Ele chegou do trabalho e mandou desligar. Ela disse não. Ele atirou a TV ao chão, gritando. Deu-lhe um tabefe. Adolescente mesmo, Gilda fugiu de casa. Juntou uma troca de roupas dentro de sua mochila e, com ela nas costas, saiu caminhando pela rua Santa Cruz, deixando o bairro Saúde e a casa de seus pais para trás.

Foi morar com a irmã, depois a tia, a prima e assim terminou a escola enquanto trabalhava como atendente em um centro de idiomas. Logo restabeleceu sua relação com Johannes, na mesma época em que viria a conhecer Enrico, de caráter tão desbravador como o de seu pai. E como quem coloca panos quentes em feridas sem que elas possam cicatrizar por inteiro, ou sequer se dar a entender por que ocorreram, Gilda apaziguava seus próprios traumas. Ou apenas os silenciava, para seguir como se nada houvesse ocorrido.

Já mais velho, Johannes passou a viver definitivamente longe de sua esposa, de sua filha, seus outros filhos e seus netos. Ninguém sabia onde ele morava. Passava meses sem dar notícias. E, quando aparecia, trazia o mesmo sorriso rápido, os mesmos chocolates, o mesmo ímpeto de explorador, os mesmos sonhos fugazes e a mesma frustração por não conseguir concretizá-los. Num desses dias faleceu, ainda bastante jovem.

Fatiminha continuou a morar no apartamento de sua filha Gilda e era lá que ensinava seus dois netos a recitar poemas. De vez em quando, contava algumas piadas. E ria baixinho da graça do que ela mesma havia falado. Não tinha idade tão avançada, mas aparentava muito mais. Perto de seus setenta anos, caminhava devagar, falava ainda mais devagar e, na presença de Enrico, era ainda mais silenciosa, como se não existisse.

Em verdade, passou a existir quase que somente no quarto dos fundos — o mesmo quarto do qual Giovanni partiria depois. Tinha lá sua cama, na qual se deitava às tardes após o almoço e logo depois da novela das oito, a que assistia com os netos, em um momento verdadeiramente especial para os três e que preencheria o pensamento de Giovanni e Alessandro com saudosas cenas. Sim, assistir a novelas com a vovó Fatiminha era poder brincar de outra existência e até mesmo acreditar que ternura e agitação poderiam ser compatíveis. Isso porque ela ficava sentada praticamente imóvel no sofá da sala de TV, Giovanni de um lado, Alessandro de outro, ambos encostados em seus braços, que os acolhiam e acalmavam.

— Vovó, seu braço é macio — proclamava gentilmente Giovanni.

No instante seguinte, os meninos se levantavam, pulavam emocionados quando tocava a música de abertura do Roque Santeiro, corriam em volta da sala e às vezes até mesmo beijavam a tela quando a dona Porcina aparecia. Quantas imaginações não foram capturadas pela maestria de Regina Duarte em expressar sensualidade e dúvida em uma única personagem? Giovanni e Alessandro a amavam:

— Eu sou o sinhozinho Malta e vou me casar com ela. Tô certo ou tô errado?

— Tá errado! Eu que caso, porque sou o Roque Santeiro.

Vovó Fatiminha sorria, não com os dentes, mas com seus olhos. Eram olhos pequenos, bem pequeninhos. Passeavam pelo seu entorno com tanta calma, que seria mais correto dizer que a paisagem repousava sob seu olhar e não que seu olhar se lançava sobre a paisagem. Seus olhos existiam para receber, não procurar. Existiam para compreender, não indagar; como se fossem personagens, não autores.

Esse olhar, calmo, inclusivo e sereno, era como um bálsamo para Giovanni e Alessandro. Da mesma forma que serviam para domar os impulsos desbravadores de Johannes e abrandar o caminho de dona Gilda e seus irmãos, os pequeninos olhos de dona Fátima pareciam também dizer, sem esforço, "está tudo bem" ante os frequentes temores de seus netos. Já falamos de seus temores, e eram muitos. Desde medos bem terrenos e possíveis, como tomarem bronca do pai, apanharem na escola ou serem assaltados na rua, até outros imaginários e menos prováveis, como serem esmagados por uma bola gigante, atacados por um fantasma ou transformados em sombras pela conclusão inevitável de que nada somos em um mundo que potencialmente não existe.

No apartamento da vila Mariana, enquanto eram crianças e antes de se mudarem para a Itália, tinham alguns medos muito engraçados. Um deles chegava a fugir de seu propósito de assustar, tão insólito era: uma toalha de rosto, pendurada no banheiro que dava de frente para o quarto deles, ganhava, de madrugada e sob baixa luz (e fértil imaginação), o formato de um cabelo. Eis então Cabelitos, o temível monstro do banheiro. O que ele fazia de tão amedrontador? Nada. Apenas ficava ali parado, ao lado da porta do banheiro, à espreita. Permanecia imóvel, por horas, à espera do momento certo para atacar e impor terríveis martírios a qualquer ser humano nas redondezas, especialmente aqueles que estivessem dormindo no quarto dos meninos: o lugar preferido para perpetrar seus crimes. Incapturável, passou séculos sem ser descoberto, distribuindo terror por onde fosse, astuto que era ao se esconder habilmente de suas vítimas. Onde se escondia? Atrás da porta do banheiro! O safado tinha a audácia de deixar um pedacinho de seu cabelo aparecer — sabia que com isso assustaria quem fosse, simplesmente por dar a conhecer sua identidade e, com ela, seu intuito. Esse era o maior prazer de Cabelitos. Mais do que cometer crimes, gostava da sugestão deles. Por isso, escondia-se, deixando parte do cabelo aparecer. Ria satanicamente de sua maldade. Ficava ali, a madrugada inteira, até que o sol surgisse e com ele desaparecessem as sombras que lhe davam vida. Que medo!

Do mesmo quarto que viam Cabelitos, enfrentavam outra terrível fobia, que surgia em função de um lindo quadro que ficava bem no saguão de entrada, lá do outro lado do apartamento: uma obra assinada pelo pintor Ed Silva. Analfabeto à época, Ed tinha dificuldade de escrever o próprio nome, no entanto seu analfabetismo em nada limitava sua habilidade com os pincéis. O quadro em questão era nada menos que maravilhoso. Parecia ser de um dragão, mas não daqueles chineses, e sim uma amálgama de tal ser mitológico com um pavão, além de algo que remetia a planícies de trigo. Era uma arte bastante original, com tons de sutil brasilidade e requintes orientais. Misturava o laranja das escamas, engenhosamente desenhadas em forma de pena, com o verde-claro das plantações de trigo, bem diferentes daquelas tornadas célebres por Van Gogh, ainda assim esplêndidas sob a tinta de Ed Silva. A arte destacava, por fim, o azul profundo de um indecifrável encontro entre céu e mar, encapsulado na boca do dragão, tal qual a gravidade, inescapável, que a qualquer um de nós devora com tenaz voracidade e de quem nem o tempo logra se esquivar. Como se fosse um buraco negro. Estamos todos vivendo no ventre eterno de um dragão. Os traços, como falamos, eram dóceis, nada amedrontadores. O dragão não aparentava realismo, assemelhando-se mais a uma caricatura juvenil.

"Por que, então, os irmãos Valeriano ficavam com tanto medo?", você se pergunta, com razão.

Os medos sabem mais de nós, que nós dos medos.

Ao menos à distância, e separado do quarto dos meninos por um longo corredor que levava até o saguão de entrada, o quadro parecia assumir contornos diferentes, especialmente sob a pálida luz amarela que o cobria, oriunda de uma luminária na forma de chifre de carneiro e pregada à parede, em cima dele — era um amarelo trise e calmo, que invariavelmente se vê pelas janelas dos apartamentos na noite paulistana, convidando todos a uma comunhão de sentimentos em franca solidão. O corredor, iluminado por semelhante adorno, fatalmente se convertia em abismo. No final do abismo, o quadro. E no quadro, então, o medo: o dragão se transformava em ninguém mais, ninguém menos, do que o Diabo. Sim, o próprio Lúcifer, Belzebu, Satanás, Baphomet, Ravana, Azazel, Shaitan — e, aqui para nossos lados, Capeta, Coisa-Ruim, ou, de maneira ainda mais alegórica, Cão-Chupando-Manga.

Como os meninos temiam o quadro! Muitas vezes ficavam em seu quarto, quietinhos, noite adentro, esperando o pai chegar (chegava tarde, mas não tanto; o termo "noite adentro" era pura hipérbole dos irmãos), e não por isso desgrudavam o olhar assombrado do quadro. O pai chegaria e destituiria o demônio. Ou traria consigo outros? Chegava em casa muitas vezes bravo, é verdade. Mas a construção que os meninos faziam sobre sua chegada era deveras fantasiosa.

Daquele mesmo longo corredor em forma de abismo viria a bola gigante e esmagadora a assolá-los em sonhos de terror noturno. Desolados, continuavam a fitar o fim do corredor, e o fim do corredor a eles, como quem ousa encarar a morte e ser consumido por ela. Então, apavorados, vencidos pelo medo, saíam correndo pelo mesmo corredor, para chegar à sala de TV e se proteger com vovó Fatiminha, enquanto ela assistia à novela.

Findo o programa, dona Fátima dava boa-noite para seus netos e se dirigia, bem devagar, a seu quarto, caminhando pelo corredor — o mesmo do abismo diabólico imaginado por fantasias infantis e o mesmo do pesadelo concreto que viria a separar Alessandro de Giovanni no dia de sua morte. O corredor não era muito longo, tinha seus três ou quatros metros. Ainda assim era um corredor infinito, dado o tempo que ela levava para atravessá-lo, tão devagar ela caminhava.

Infinito também foi o tempo para Alessandro, desde que ouviu o estrondo, atravessou o corredor, abriu a porta e viu pela janela do quarto andar o corpo de seu irmão estirado, lá embaixo, no chão.

Há tempos que não deveriam existir. Há outros que não terminam. E há outros que nunca deveriam ter terminado.

Ver a vovó Fátima ir caminhando em direção a seu quarto era um desses momentos que seria preferível manter para a eternidade. Ela ia, deitava-se, Giovanni e Alessandro se aglomeravam a seu lado para ouvi-la contar duas ou três prosas disfarçadas de piadas, enquanto burlavam seu horário de dormir:

— Já contei para vocês aquela da minha professora de matemática?

— Não contou, vovó! Conte! Conte!

Mas já havia contado. Ainda assim, parecia como a primeira vez.

— Minha professora de matemática tinha problemas de gases no intestino. Soltava uns puns horrorosos, muito barulhentos. A classe inteira sabia. Mas ela disfarçava muito bem. E era muito brava. Mal entrava na sala de aula, já ia dizendo "estou distribuindo a prova para vocês terminarem em quarenta e cinco minutos. Façam silêncio absoluto, ou tiro vocês da sala!". Todas ficávamos congeladas. E não era dia de prova!

Vovó Fatiminha estudou numa escola só de mocinhas.

— Então nos sentávamos, todas as meninas muito comportadas e silenciosas. Belezurinhas. Recebíamos nossas provas e, concentradas, começávamos a responder às questões. Sem fazer nem um pio. Nossa professora já tinha se sentado, com olhar de brava, e isso fazia com que a gente ficasse ainda mais caladas. De repente, sem o menor aviso, ela soltava um grito: "Silêncio! Eu já falei! Calem-se!". Mas ninguém estava falando uma palavra sequer! E, junto com o grito, batia a mão na mesa um par de vezes, bem forte. TUM! TUM! TUM! Ao mesmo tempo que batia na mesa, soltava seus puns. PUM! PUM! PUM! TUM! TUM! TUM!

E vovó Fatiminha ria:

— Nós alunas continuávamos quietinhas, petrificadas, embora querendo rir. Passavam mais alguns minutos... todas mudas e concentradas... ela voltava a gritar: "Calem-se! Que absurdo! Mas o que será isso? Eu já avisei!". E batia a mão na mesa ainda mais forte: TUM! TUM! TUM! E peidava.

— PHHHHFFFF! — Giovanni e Alessandro não conseguiam conter as risadas, até caíam da cama.

Vovó Fátima ria mais ainda, ela mesma de sua própria piada. Faltava-lhe o ar, de maneira que mal conseguia terminar de contar.

Então dormia. Os netos, preenchidos de um tipo de paz que só a comédia nos permite, deixavam o quarto da vovó e iam para o seu, como se fossem mesmo para o céu. A certeza de que ela estaria lá no dia seguinte bastava para saírem tranquilos. Não que tivessem medo de perdê-la. Nem sequer imaginavam que isso fosse possível. A certeza era, na verdade, uma ausência de incerteza. Por isso, saíam do quarto dela, tranquilos, para ir ao deles, certos de que voltariam a vê-la, mas sem saber que não.

Pois foi de lá que ela também partiu, num dia qualquer. Sentiu uma dor no peito, bem aguda. Já havia tido desconfortos semelhantes, que quase lhe custaram a vida, mas nenhum derradeiro. Sua presença em centros de emergência havia se tornado constante; e a necessidade de se tratar de maneira adequada, ainda mais urgente. Só que não gostava muito de tomar os remédios que lhe eram receitados. Questionava sua eficiência e, de maneira um pouco teimosa, até mesmo alterava as doses a seu gosto. Se era para tomar um comprido, ela tomava meio. Se era para ser de seis em seis horas, ela tomava de doze em doze.

Seu coração já estava debilitado, fosse por tristeza ou pela fragilidade de suas coronárias. Era ela ainda mais frágil que seu coração. Não fora feliz. Ou entendia que sua felicidade estava em poder se conformar. Não teve a sorte de suas nove irmãs, todas bem-casadas, como verdadeira baba de moça com doce de leite. Encontraram fortuna nas fortunas de seus maridos, e nessa época isso era sinônimo de felicidade. O amor cortês, da etiqueta e dos bons costumes, manifestava-se por meio do paradoxo entre contenção passional e plenitude de posses e se reafirmava nos eventos sociais. Amávamos para os outros, para ser vistos pelos outros, para pertencer aos outros. Dona Fátima não conseguiu viver esse tipo de amor. Nem ao menos conseguia se estabelecer em uma única cidade com seu fugaz marido Johannes, que dirá frequentar, ou mesmo pertencer, à sociedade.

Com Johannes podia ter vivido outro tipo de amor, já que esse não lhe coube? Seria essa a mesma dualidade que obrigou os gregos a pensarem em duas Afrodites? A primeira, nascida dos testículos castrados de Urano e atirados ao mar, era chamada Afrodite Urânia e representante de um amor mais sublime espiritualmente (como é feita a relação entre testículos castrados com sublimação espiritual foge a nossa compreensão). A segunda, nascida do lascivo Zeus com Dione, deusa das ninfas, era chamada Afrodite Pandemas e, com pais dessa índole, só poderia representar uma coisa: trepação. Ou melhor: o amor comum, ou vulgar.

Vulgar ou não, esse tipo de amor também parece ter escapado à sorte de Fatiminha. Seu afeto pelo marido era contido, resguardado e até mesmo subserviente, como quem ama por exercício.

Perdeu um filho algumas semanas após o parto. Era o caçulinha, mais novo que dona Gilda. Nunca se perdoou, ainda que não houvesse nada que pudesse ser feito para evitá-lo. Mas perder um filho é, para qualquer efeito, deixar de tê-lo involuntariamente. E, ainda que não nos caiba responsabilidade, a própria palavra nos transforma em sujeito e autor ao mesmo tempo. Afinal, quem é que *perde* o filho? São os pais.

E com tudo isso, e por tudo isso, sentia muita dor. Na maioria das vezes constrita, emudecida na contenção de seus gestos, na timidez e demora em seus movimentos. Mas também fortemente impressa em sua alma, como uma adaga cortante, profundamente penetrada e igualmente inescapável. Essa mesma dor sentiu em seu coração, naquele seu último dia. Apenas foi mais exasperada. Chamaram uma ambulância. Dona Fátima, consternada, afirmou com confiança um tanto surpreendente, enquanto o enfermeiro a deitava na maca:

— Desta vez eu não voltarei mais.

Realmente não voltou. Sua morte foi decretada poucas horas depois que ela deu entrada no hospital. E à tarde choveu uma chuva fina, tristonha, daquelas que deixavam ainda mais cinza a já melancólica São Paulo dos meses de outubro dos anos 1980. Como se ainda fosse necessário tal cenário para tão desolada despedida.

A notícia atingiu dona Gilda como poucas situações até então. Johannes havia falecido no ano anterior, mas o apego entre pai e filha era muito diferente daquele estabelecido com dona Fátima. Eram as duas de uma mesma fôrma, semelhantes e cúmplices na elegância ante a dor, companheiras no olhar calmo que entrega antes de pedir qualquer coisa. Ambas se casaram com maridos desbravadores, eloquentes e bastante inquietos. Com a morte de sua mãe, sucumbia também, no âmago de dona Gilda, a ideia de que poderia sublimar-se apenas pela resignação. Se ser feliz era saber aceitar, como aceitar a partida daquela pessoa que justamente lhe ensinava esse tipo de abnegação? Ficamos órfãos de nossos pais não só quando os perdemos, mas quando nos perdemos deles em nós. Dona Fátima se foi e deixou um belo legado para sua filha Gilda, mas difícil de transportar.

Giovanni e Alessandro também foram deveras atingidos. Assim como a mãe deles, há um ano haviam passado pela experiência do luto pelo falecimento de seu avô Johannes. Mas, se seu caráter fugaz e pouco presente já não havia permitido profundidade de envolvimento com sua filha, que dirá com seus netos. Pouco sentiram. Poder-se-ia dizer que Giovanni sentiu mais, afinal mantinha muito apreço por aqueles que vieram antes de nós, o que não deixava de lhe ser peculiar. Alessandro talvez não compreendesse o significado da morte. Mesmo que o fizesse, tampouco pôde perceber o que era perder alguém que nunca teve.

Mas vovó Fátima era mais do que uma avó. Era companheira de todos os dias, de ternura e sossego para os medos, de risadas e inspiração para os ímpetos. Por bastante tempo, Giovanni e Alessandro lançaram olhares para aquele corredor na esperança de ver a avó caminhando devagar, bem devagarinho, em direção ao mesmo quarto de onde ela partiu sem regresso.

Anos depois, e como quem repete a herança, sem conhecimento de intenção, de lá Giovanni partiu, também sem regresso.

Nesse mesmo quarto, de dupla despedida, onde hoje aprecia as roupas e os objetos deixados pelo seu filho, dona Gilda deixou sua mente percorrer a saudade. Lembrou-se de sua mãe, de seus vestidinhos outrora dependurados, de seu leve caminhar se esvanecendo pelo corredor... e imaginou um encontro entre avó e neto, entre sua mãe e seu filho. Pôde sentir alguma paz, ainda que o desejo de participar desse momento voltasse a acometê-la. Imaginou-o intensamente, como a acalmar a dor recente da perda do filho e a dor antiga da perda da mãe. Porque a dor parece ser a mesma, não diminui, nem mesmo se esquece. Apenas nos acostumamos mais a ela.

"Nunca me acostumarei à dor", quis refutar. "Mas somos o que fazemos de nós. A dor; a pessoa que fui e que sou, carregarei comigo. Essa é quem serei", esboçou.

Como letra escarlate, prova de verdade, carregamos nossas chagas para sobreviver a elas, tal qual uma lembrança justa e irremediável de que somos seres de acertos e erros, luz e sombra, cor e cinzas, santidade e impureza, bem-aventurança e desgraça, vida e morte. Essa dualidade é condição natural de nossa existência. Não há heróis, não há vilões. Há pessoas. Se a vida não tem um propósito ou significado pré-determinado, a dualidade é condição inerente. Não é um *ou* outro. São os dois: um *e* outro. Em vez de tentar negar ou suprimir nossas contradições, deveríamos enfrentá-las, aceitando a complexidade natural que define qualquer um de nós. Nossa realidade faz-se vida quando vista sob a perspectiva das nuances; e não das afirmações categóricas, enfrentadas diametralmente, como se quisessem negar sua contradição. Faz-se vida quando rascunhada em conceitos abstratos; e não construída em concreto.

A vida é fotografia analógica, que muda de tom quando revelada em outros tempos. Não tem nada de digital, com aquele preciosismo clínico, e cínico, que pretende capturar realidade absoluta em seus pontos, sempre antônimos, de eletricidade: ou passa energia, ou não passa. Não, a vida não é digital. É melodia que se ouve em fita cassete, ou disco de vinil, mesmo que riscado. É pintura derramada na tela, com manchas de pincel, lápis e espátula. É mistura de tinta colorida que vira branco e disco de Newton que vira preto. É tempero inventado e indiscreto, doce e pimenta, sem medida e sem receita. É palco e coxia, confessionário e sacristia, passo de dança e tropeço; adulto, criança, fim e começo. A vida é livro sem roteiro, sem outro autor, que não nós mesmos.

Ainda que autores disfarçados na forma de destino.

Assim dona Gilda fazia mais claro entendimento do que até então tinha experimentado em sua própria existência.

— Tudo fiz pelo meu filho. E tudo que não fiz, fiz também por ele.

Terminou de arrumar o quarto, fechando o armário com delicadeza, ajeitando um quadro aqui, um utensílio ali. Sentou-se na cama, passando a mão sobre a colcha, como a prepará-la (a cama e ela) para novos dias. Enxugou suas poucas lágrimas, que ainda se faziam insistentes após tantas elucubrações, e se levantou determinada.

Nossa força — em verdade toda a nossa essência — reside na simples coexistência do "eu posso" com o "eu não consigo". Vence aquele que for mais poderoso.

CAPÍTULO

V

O PODER

Depois de passar alguns dias confortando sua mãe e tendo sido responsável pela gestão de todos os extenuantes trâmites fúnebres, Alessandro se despediu de dona Gilda: precisava retornar a seu trabalho em Montevidéu. Era jornalista sênior do *El País*, com uma coluna diária de relativo reconhecimento. Embora pudesse continuar a submeter seus artigos à distância (e o fez não obstante a clara e repetida instrução do departamento de recursos humanos para tirar os necessários dias de luto), sentia que precisava voltar a respirar o ar do jornal, enfrentar a correria do escritório e ouvir a sinfonia desconexa de telefones tocando, saltos altos acelerados pelo corredor e teclados produzindo seu som de redação, ainda que muito menos charmosos e percussivos do que as máquinas de escrever dos grandes jornais dos anos 1970, especialmente se elas fossem uma Olivetti Lettera 32 — por sinal, a principal inspiração para que Alessandro cursasse jornalismo, após abandonar prematura e insolentemente a carreira de engenheiro desenhada pelo pai.

— Espero que fique bem, minha mãe. Volto em um mês.

Dona Gilda garantiu que ficaria bem, enquanto observava seu filho de saída em direção ao aeroporto de Guarulhos, para seguir no próximo voo com destino a Montevidéu. Lançou para ele o olhar de toda mãe: aquele que ama como se não houvesse amanhã. Porque toda despedida, para quem tem a dádiva da maternidade, é como se fosse para sempre.

Ela ficaria bem, sim, havia tomado essa decisão. E, se algo se pode afirmar a seu respeito, sem chance de deturpação, é que, quando se propõe a um objetivo, nada a impede de segui-lo. Sua teimosia era distinta, como quem insiste a despeito de qualquer evidência contrária a sua opinião, ou qualquer desdobramento diferente daquele inicialmente imaginado. Batia o pé até mesmo nas discussões mais simples:

— Esta blusa é azul.

— Não é, não, é cinza.

A blusa era azul.

Mas era com seu filho Alessandro que se preocupava agora. Ele não apenas lutava contra um sentimento desolador de tristeza, como também sentia que suas atitudes tinham sido centrais na morte de Giovanni, e repetia seu crime em sua mente, como se tomasse um veneno em doses infinitas na vã esperança de diluir qualquer autoria, atingindo efeito exatamente oposto. Condenava-se. Nada, nem ninguém podia convencê-lo do contrário, e qualquer esforço nesse sentido até mesmo o contrariava.

Entrou no táxi, rapidamente solicitou ao motorista que o levasse ao aeroporto, colocou um fone em seus ouvidos e se entregou mais uma vez a seu ensimesmamento, o qual o obrigava a percorrer caminhos já percorridos, uma e outra vez, sem chance de alterar a inevitável consequência e apenas produzindo combustível adicional para seu ressentimento.

Era evidente, para Alessandro, sua parcela de responsabilidade. Não foi quem se atirou da janela, é claro. Tampouco foi quem empurrou Giovanni, como os irmãos de José fizeram. Mas foi quem o trancou em seu quarto. E o fez como o rei Mino, que acorrentou o Minotauro — aquela horrenda criatura fruto da insólita relação de sua esposa com um touro enviado por Posêidon — num labirinto. Mas, diferentemente de Alessandro, o rei Mino não deixou seu prisioneiro morrer: alimentava o Minotauro com jovens atenienses e cretenses, para apaziguar a ira dos deuses com seu sacrifício.

Alessandro não tinha deuses cuja ira precisasse apaziguar, a não ser aquela de seu irmão. Teve de fazê-lo à força, para evitar algum mal maior, fosse ao próprio Giovanni, a Alessandro, aos móveis do apartamento ou ao depositório de más lembranças, infinitas, vividas em situações parecidas. Foi obrigado a servir de infeliz juiz da situação, condenando severamente o fato de Giovanni estar embriagado com uma reclusão compulsiva e conclusões cruéis.

Não, não foi quem se atirou, nem quem empurrou o irmão. Mas foi quem recusou seu abraço. Sobretudo foi quem, ante os repetidos chamados do irmão pelo seu nome, *escolheu* não ouvir.

No dia de sua morte, como em muitas outras ocasiões com roteiro semelhante, Giovanni lançou uma luminária ao chão. Arrancou o equipamento de som da mesa central. Fez como se fosse jogá-lo na cabeça de Alessandro, mas foi impedido. Ambos rolaram em meio às cadeiras da sala de jantar, sobre o sofá e os tapetes da sala de estar, sobre mesas de canto e quadros que despencavam da parede por causa do atrito. Não era uma luta propriamente dita, pois um estava bêbado, e outro estarrecido. É possível que a batalha entre os gêmeos Esaú e Jacó, ainda no ventre de Rebeca, tivesse sido mais bem coreografada. Giovanni acertou um único soco no rosto de seu irmão, mas tão leve e desconexo, que mais pareceu um carinho. Tropeçou em si mesmo, caindo ao chão. "Caindo" é eufemismo. Na verdade, desabou:

— Você vai bater em mim? — clamou, assustado, Giovanni, deitado no chão da sala, agora repousando a cabeça nos pés do sofá. — Você virou o papai, não é? Você é mais forte do que o papai! Mais forte do que eu. Você vai bater em mim.

— Claro que eu não vou bater em você — respondeu Alessandro, impotente, em pé, a poucos metros de Giovanni.

— Você é o papai?

— Nada a ver, irmão.

Alessandro se lembrou disso, e a imagem lhe partiu o coração. Seu irmão estava tão vulnerável! Comovia-se. Por que não agiu de outra forma? Por que não teve mais compaixão, menos impaciência?

O que dizer de quando seu irmão o chamou, e ele preferiu não ouvir — na esperança de que Giovanni se acalmasse, ou na desesperança de que, caso abrisse a porta, apenas perpetuasse o sofrimento de ambos?

— Alessandro? Alessandro? Alessandro?

Por que não o atendeu? Por que não abriu a porta?

Não desejou que morresse. Era justamente para prevenir tal fim que o havia trancado em seu quarto. Imaginou Giovanni naquele estado de descontrole, caminhando pelas ruas do centro de São Paulo. Poderia facilmente morrer por aqueles lados; já chegara bem próximo disso tantas outras vezes. Por isso não teve dúvidas quanto ao imperativo de contê-lo. Lá estaria livre de perigo, pensou. Mas também o trancou por impaciência, por desistência, por incapacidade de manifestar tolerância com a dor repetida. Por isso teve dúvidas, sim, em relação às consequências de seu ato. Pior do que dúvidas, teve nefastas certezas.

Não, é claro que não desejou que morresse. Mas teve o poder de evitar que isso acontecesse. Bastava ter aberto a porta antes. Isso, se não é culpa, é responsabilidade.

Que poder é esse que nos cabe, de decidir entre os vivos e os mortos? De julgar entre os justos e os injustos? De condenar eternamente ou salvar de maneira misericordiosa? Não é esse o poder de Deus?

"Onipotente".

"Todo-poderoso".

Quantas vezes Alessandro e Giovanni não decuparam essa ideia, em seus alegres embates filosóficos — estes, sim, mais orquestrados — sobre a vida, o amor, o tempo, sobre música e religião? Como quando Giovanni passou pelo ritual da Confirmação católica, aos quinze anos, sempre acompanhado por Alessandro, com seus treze, no período em que moraram com seus pais em Acerra. A Confirmação se dava, entre outros rituais, pela recitação do credo católico:

Creio em Deus Pai Todo-Poderoso,
criador do Céu e da Terra;
e em Jesus Cristo, seu único Filho, Nosso Senhor;
que foi concebido pelo poder do Espírito Santo;

nasceu da Virgem Maria,
padeceu sob Pôncio Pilatos,
foi crucificado morto e sepultado;
desceu à mansão dos mortos;
ressuscitou ao terceiro dia;

subiu aos céus,
está sentado à direita de Deus Pai Todo-Poderoso,
donde há de vir a julgar os vivos e os mortos;

creio no Espírito Santo,
na santa Igreja Católica,
na comunhão dos santos,
na remissão dos pecados,
na ressurreição da carne,
na vida eterna.
Amém.

Repetir essa profissão de fé, nessa tenra idade, era motivo de orgulho, já vimos, não só para Giovanni, mas para dona Francesca. Cada frase tinha seu significado e ressoava com amplitude na alma de Giovanni. Não almejava contestá-las e as entendia como verdade absoluta, fincada em pedra. Inicialmente, Giovanni fazia uma leitura bastante literal da oração: realmente imaginava Deus como um velhinho barbudo, vestido de túnica branca, segurando um cetro em Sua mão esquerda (qualquer semelhança com a representação de Zeus é mera coincidência; ou quem sabe sugestão inconsciente depois de tantos estímulos visuais, concebidos tal qual nossa imaginação, produzidos durante a Idade Média e ensinados em escolas católicas espalhadas pelo mundo). A Sua direita estava Jesus, à imagem do Pai, só que mais jovem. Mais jovem e talvez mais sedutor, com seus admiráveis olhos azuis e longos cabelos ondulados na cor do ouro mais nobre, cobrindo seu rosto suave, belo — ainda que fosse historicamente mais provável que Jesus tivesse tido cabelos crespos e pretos, sua pele escura castigada pelo sol árido do deserto, seu rosto marcado por traços fortes e sôfregos, natural de quem vivia na zona rural da Galileia. Mesmo assim, não deixava de ser belo. E barbudo: afinal ter barba era sinal de sabedoria. Sócrates, Sêneca, bem como todo o panteão de filósofos e deuses greco-romanos estão aí para não deixar que entremos em contradição.

Em relação ao restante das frases professadas pela oração, não havia muito espaço para questionamentos, ou mesmo reflexões. Giovanni não pretendia ser historiador, apenas seguidor da fé que lhe ensinaram. Tudo era sabido, de cor e salteado, e fazia absoluto sentido, especialmente considerando o amparo em filmes, livros, ilustrações e panfletos do catecismo: Jesus nasceu, na manjedoura em Belém, de Maria. Virgem. Ele, sua mãe e seu pai, que não era pai, foram visitados pelos Reis Magos (todo dia 6 de janeiro, os irmãos eram lembrados disso, ganhando presentes que teriam sido dirigidos ao menino Deus). Tiveram de fugir para o Egito montados num burrinho, porque tinha um carinha chamado Herodes-assassino-de-criancinhas que queria matar Jesus. Meu Deus, se isso não faz você torcer por ele, nada mais pode fazer. O relato continua, Jesus cresce e fala um monte de coisas legais (que ninguém no catecismo consegue lembrar bem sobre o que eram, exceção feita, talvez, à história de um tal de filho pródigo, que pegou toda a sua herança antes da hora, gastou tudo, e é claro que não devia ter feito isso; por isso se arrepende, volta para casa e o pai o perdoa). Ah, sim, Jesus ficou bem bravo numa loja na frente do templo e saiu brigando com tudo mundo. Sim, isso todo mundo lembra.

Aí vem o trecho mais legal: a crucificação! Que criança não adorava pular a maior parte dos Evangelhos ilustrados para ir logo ver essa imagem poderosa, dramática, colorida de sangue e repleta de simbolismo? "O Jesus na cruz." Giovanni dividia todos os seus aprendizados do catecismo com Alessandro. Ambos olhavam pasmos para os detalhes dos pregos nas mãos, as chicotadas, a coroa de espinhos, o sangue derramado e a insuportável dor. Mel Gibson, inspirado por tal pensamento, deve ter acessado sua mente mais pueril para trazer à tona, de maneira tão pungente, as imagens que mais lhe interessavam na narrativa do sofrimento de Jesus em seu polêmico filme *A Paixão de Cristo*: o choque, como aquele vivido na infância, de testemunhar um ritual tão feroz.

Os demais episódios da paixão de Cristo (o relato, não o filme) eram inescapáveis. Quem se atreveria a questioná-los? Pôncio Pilatos era do mal. Mas os judeus, piores ainda. Não aceitaram Jesus! Cuspiram nele! Preferiram um ladrão a soltá--lo. Mataram Jesus, que foi enterrado numa caverna (por que uma caverna, e não uma tumba, Giovanni nunca entendeu, mas aceitava). Depois de três dias, ressuscitou, aparecendo para os apóstolos. Giovanni repetia todo o Credo absolutamente satisfeito com sua inegável verdade, seguido religiosamente por seu irmão mais novo, que o fazia à frente de seu tempo.

Ficavam, sim, curiosos com a menção a ambos, Deus e Jesus, estarem *sentados*. Seria em um trono? Afinal, são reis, então bem que caberia um trono. Mas o que faziam? Observavam, esperando o momento de julgar os vivos e os mortos? Não poderiam fazer algo além de esperar e observar? Por que não intervinham para evitar o mal?

As perguntas começavam a exigir respostas mais elaboradas. Dona Francesca intercedia com sua experiência e sabedoria:

— Para isso existe a oração, meus netos! É nossa comunicação com o Senhor e com Jesus. Por meio da oração, podemos sempre acessá-l'Os. Devemos orar para que Deus interceda.

Essa resposta era mais do que suficiente para que os meninos saíssem rezando sem parar, ainda que ignorassem o inevitável paradoxo oriundo de tal ensinamento: então Deus *escolhe* não interceder por aqueles que não oram? Se é assim, onde estaria Sua misericórdia, dita infinita? Somente no fato de ser adorado?

Sem pensar em nada disso, Giovanni e seu irmão só queriam ser salvos. Saíam repetindo toda noite três pais-nossos, um para cada face de Deus, e doze ave-marias, sabe-se lá por que doze. Não só não questionavam mais o Credo, como corriam para a igreja em consequência de qualquer mínimo pecado cometido, com medo de não serem salvos se não os confessassem.

— Alessandro, puta que pariu, eu falei palavrão ontem! Tô ferrado, preciso me confessar; por favor, vai comigo na igreja amanhã?

— Também preciso! Ontem vi revista de mulher pelada.

Saíam desesperados em direção à Diocesi di Acerra, a mesma na qual Enrico vivera sua dose de aventuras na infância.

— Por favor, Pai Supremo, não me deixe morrer agora. Não antes de confessar meus pecados! — Giovanni proclamava.

Os irmãos olhavam mais atentos do que nunca para os dois lados da rua antes de atravessá-la, não queriam ser atropelados por um carro no minuto antes de se confessarem e serem salvos.

Chegando à fila do confessionário, que era bastante grande (os católicos na Acerra do final dos anos 1980 eram fervorosos. Assíduos, frequentavam missas quase que diariamente. Ou talvez incorressem em pecado com mais frequência do que gostariam), os irmãos Valeriano ficavam mais aliviados por já estarem praticamente salvos. Afinal, não se tem registro de alguém que tenha morrido justamente na fila para se confessar. Durante o tempo que passavam nela, Giovanni e Alessandro faziam o exame de consciência, examinando tudo que fizeram de errado, exatamente como lhes havia sido ensinado.

Giovanni tinha um método bastante prático. Repetia consigo mesmo:

— Ontem eu falei palavrão acho que três vezes... não, não! Hoje eu falei uma vez também para o Alessandro. Quatro vezes, então. Deixa eu ver o que mais: anteontem eu menti para o meu pai. Disse que passei na prova, só que estou de recuperação...

Fazia uma pausa para pensar.

— Mas, se eu for bem na recuperação, ele não vai saber de nada. Preciso mesmo contar para ele que menti e me ferrar à toa? Aposto que o padre vai me mandar contar para o meu pai que eu menti. Vai me obrigar a falar a verdade! Puta que pariu! Então não vou confessar isso para o padre, não! Que coisa! Vou primeiro passar na prova de recuperação, depois eu falo que foi uma prova adicional e tá tudo resolvido. Que mais? Ah, na semana passada, também vi foto de mulher pelada. E bati punheta. Ainda bem que o Alessandro falou. Pronto, só pequei isso.

Já Alessandro era bem mais metódico. Não queria deixar nada escapar. Para isso percorria um a um os ensinamentos que recebera:

— Vamos um a um. Primeiro mandamento: deixa eu ver... sim, eu não amei a Deus sobre todas as coisas. Acho que gastei mais tempo desenhando minhas histórias em quadrinhos. Devia ter feito orações mais vezes. E me diverti muito mais fazendo histórias em quadrinhos do que amando a Deus. Não está certo isso. No mínimo, amar a Deus tem que ser mais divertido do que desenhar histórias em quadrinhos. Segundo mandamento: ah, eu nunca uso o santo nome de Deus em vão. Esse não tem problema! Se bem que eu jurei por Deus outro dia. Não faltei nenhuma vez à missa; honrei meu pai e minha mãe; nunca matei ninguém! E nunca vou matar! Esse é um pecado capital. — Pobrezinho, talvez não soubesse o que o esperava. — Sexto mandamento... — Envergonhou-se: — Pois é, eu vi foto de mulher pe... quer dizer, sem roupa! Depois eu bati... quer dizer, eu pus a mão no meu... no meu... pio-pio... como dizer isso, Meu Deus! Meu pio-pio? Meu Deus! Não posso me esquecer de confessar para o padre isso... mas como? — Começou a suar. — Pronto: direi que eu abusei do meu próprio corpo, com desejos impróprios, e estou arrependido.

Nesse exato momento, uma menina que acabara de chegar à fila do confessionário ganhou sua total atenção (e a de seus desejos impróprios). Com seus loiros cabelos cacheados cobrindo parcialmente um rosto cor-de-rosa, iluminado por olhos esverdeados timidamente fitando o chão, em provável exercício de penitência, talvez contenção, a menina parecia convidar Alessandro a admirá-la. Que bela! A mão direita segurava uma ponta dos seus cachos, fazendo curtos e repetidos giros, despropositadamente ingênuos, ou ingenuamente encantadores. Vestia uma blusinha branca que cobria até um pouco abaixo da cintura, com singelos adornos nos ombros. Sobre as pernas, um jeans azul-claro; nos pés, um mocassim preto com sola de borracha marrom, como era de se usar na época. Com ela, chegou seu perfume, envolvendo Alessandro como um bálsamo desconcertante. E se o leitor, um pouco ressabiado com a minha descrição de uma menina de seus treze anos, pensou algo impróprio do meu relato, queira por favor se acalmar: não é possível beleza sem outros pretextos escusos? Acaso os meninos de treze anos não têm lá seus anseios? E as meninas de treze anos não podem despertá-los?

> *Won't you let me walk you home from school?*
> *Won't you let me meet you at the pool?*
> *Maybe Friday I can*
> *Get tickets for the dance*
> *And I'll take you, ooh-ooh*

Esse é um trecho da letra de uma linda música, que Giovanni e Alessandro adoravam. Descreve o amor adolescente do protagonista por sua colega de classe. Chama-se, justamente,

"Thirteen". Escrita por Alex Chilton e Chris Bell, da banda Big Star, foi lançada em 1971. A seu respeito, a revista *Rolling Stone* escreveu que é "uma das mais formosas celebrações da ingenuidade da adolescência". Então, com a bênção do rock, da revista *Rolling Stone* — e de artistas consagrados como os da Big Star —, deixemo-los em seu sutil jogo de admirador e admirada! Pois, aos olhos de Alessandro, ela era bela. E que bela! Quem seria ela? Atrás dele, na fila, estava seu melhor amigo: Fernando Iwakura, neto de imigrantes japoneses e, como Alessandro, estranho em uma terra estranha. Fernando Iwakura era de caráter doce, igualmente introspectivo. Adorava as histórias em quadrinhos de seu amigo, inclusive fazia ele próprio as suas, incentivando as de Alessandro. Compartilhavam a saudade pelos seus países de origem, Brasil e Japão. Prometeram viajar pelos dois países juntos. Com Alessandro, Fernando Iwakura aprendera a sambar. Com Fernando Iwakura, Alessandro aprendera origami. Fernando Iwakura levava Alessandro para conhecer seus avós. Levou tantas vezes que Alessandro já se sentia japonês. Os avós paternos moravam em uma casinha simples de dois cômodos. Os maternos moravam em uma casa de seis andares, com elevador e tudo. "Uma casa com elevador!" Os dois amigos subiam e desciam no elevador, sem parar, sem importar para onde fossem. Gostavam-se verdadeiramente.

— Fernando! Fernando! Quem é ela? Você a conhece? — cochichou Alessandro, completamente desviado de seu propósito anterior de se confessar e ser salvo. Fernando Iwakura a conhecia, estudaram inglês juntos na Britannica English. Seu nome era Angelina Wilken.

— Angelina Wilken! — exclamou Alessandro, quase em voz alta, o que fez com que Angelina levantasse brevemente seu olhar. Em seguida, com a mesma mão que enrolara seus cachos, ela fez um gesto de "oi".

— Ciao! — disse ela, baixinho, com o sorriso ainda tímido.

Obviamente não falou com Alessandro, e sim com Fernando Iwakura, mas foi o suficiente para que um suspiro tomasse conta de todo o seu pensamento.

— Ciao!

Alessandro estava apaixonado! Na mesma velocidade com que se apaixonou, na fila do confessionário, elucubrou os mais distintos desfechos, alguns libidinosos, ainda que não da sorte de Zeus ou Jacó, e outros mais elevados, apenas possíveis no pensamento, como que inspirados por Afrodite Urânia. Absorto em seu devaneio, não reparou que chegara sua vez de se confessar. Giovanni havia acabado de terminar:

— É sua vez! Eu peguei só três pais-nossos e seis ave-marias. Fala depois qual foi sua penitência. Tô indo receber a comunhão, vai logo para não perder.

Alessandro ficou aflito. Não teve tempo de percorrer todos os dez mandamentos. Corria o risco de se esquecer de algum pecado, cometendo outro ainda maior: o de receber a comunhão sem ter sido perdoado. Ajoelhou-se:

— Padre, eu pequei! Não amei a Deus sobre todas as coisas, preferi fazer minhas histórias em quadrinhos. Outro dia usei Seu santo nome em vão, eu jurei por Deus. — Então se engasgou um pouco e retomou: — Padre, também brinquei algumas vezes com meu corpo, estou envergonhado — confessou Alessandro, de maneira realmente envergonhada, e esbaforida, como para não ter de repetir.

— Tudo bem, acalme-se. Foi só uma vez?

Não se acalmou coisa nenhuma, ficou mais tenso.

— Sim, padre, sim: só uma, eu juro por Deus!

— Está bem. Diga-me, meu filho, que outros pecados você cometeu?

— Padre, eu me apaixonei. Aqui mesmo, na igreja.

— Você se apaixonou?

Apaixonar-se seria seu maior delito, não há dúvida. Acaso não é o sofrimento, literalmente, o significado essencial de uma paixão? Assim Alessandro *sofria* suas paixões. Já tinha enfrentado a pior das penas por causa delas, espancado por uma multidão na escola em São Paulo, quando tinha nove anos, simplesmente por ter se apaixonado por Gabriela. E pela professora assistente. Fora também sentenciado, em Milão, quando tinha dezoito anos e, apaixonado por Milena, ousou confidenciar a ela seu sentimento, o que não surtiu efeito, a não ser o de condená-lo eternamente a não receber seu amor de volta, na forma de uma não resposta, que nunca viria a ouvir.

Apaixonar-se seria seu maior insulto, seu atrevimento, sua afronta petulante a uma moral imposta pelo descaso de nossos antepassados. Porque a nós não é facultado o amor, mas sua renúncia. A renúncia a qualquer prazer terreno é dever ascético de quem busca se elevar. Ao menos é o que nos ensinaram. No século II, Orígenes, dedicado Pai da Igreja com incomparável inteligência, pareceu prescindir momentaneamente dela ao se castrar — sim, ele próprio —, tornando-se eunuco para, dessa forma, renunciar às tentações do amor terreno e não se afastar do Criador. Amar é estar preso.

Mas, para Alessandro, assim como para Platão, amar era o desejo da alma de escapar de sua prisão. Justamente o contrário do que lhe ensinaram. Seus pensamentos (influenciados por Giovanni) eram os de um verdadeiro pagão. Pior: de um herege. Vivessem eles na Idade Média, seriam atirados à fogueira. Então amar era renunciar, sim! Mas outro tipo de renúncia. Era confrontar a verdade universal, ortodoxa e católica: aquela que explicitamente ensinava que não! Aos homens — criaturas imperfeitas — não seria permitida a possibilidade do amor. Portanto, amar seria, para todo fim, pecado. A única maneira de não pecar seria não amar:

— Sim, padre! Senti uma paixão, como se queimasse minha alma. Estava na fila do confessionário. Na fila, padre! Eu vi uma menina... fiquei olhando para ela o tempo todo... padre, eu olhei para ela... eu... eu desejei... eu desejei uma menina desordenadamente em meu coração! E todo mundo que "deseja uma mulher desordenadamente em seu coração comete adultério". Eu cometi adultério, padre! Eu cometi adultério — falou o menino de treze anos, pondo-se a chorar.

O padre explicou que não há mal nenhum em se apaixonar: devemos deixar Jesus guiar nossos pensamentos. Passou-lhe algumas orações como ato de penitência. Enfim salvo do eterno tormento do inferno, já que seus pecados estavam devidamente confessados e perdoados, Alessandro correu para alcançar seu irmão na fila da comunhão, não sem antes olhar mais uma vez para Angelina. Chegou a tempo de ver Giovanni receber o corpo de Cristo de maneira solene, dedicada. Ele, sim, sabia tudo de religião. Na verdade, Alessandro se interessara pelo catolicismo muito mais por osmose ao observar seu irmão do que qualquer outra coisa. Ainda se lembrava da Primeira Comunhão de Giovanni, em São Paulo, na igreja que consagrara os Valeriano como exemplo de família cristã. Giovanni respondia a todas as perguntas do catequista. Era o primeiro a repetir a oração, atento. O primeiro a decorar as canções. O primeiro a ir para a fila. Quando recebeu a hóstia, realmente pareceu se elevar, como se um halo surgisse sobre sua cabeça, feito anjo caído na Terra.

Em verdade, Alessandro invejava a maneira de seu irmão de se dedicar aos assuntos religiosos. Queria ser como ele. Sempre quis ser como ele. Melhor: se pudesse, *seria ele*. Então voltou a se assustar. Não era isso um dos dez mandamentos? Mais uma vez estava pecando descaradamente, e, ainda por cima, a poucos metros, mínimos segundos, de receber o corpo de Cristo. Que petulância! Insolente blasfêmia!

Para piorar, com a importância que deu para seu autoproclamado adultério, havia também se esquecido de examinar os sétimo, oitavo, nono e décimo mandamentos. Não teria tempo de saber se havia cometido tantos outros pecados.

Giovanni já havia deixado a fila da comunhão. Os dois ou três que estavam entre ele e Alessandro também a haviam recebido. Alessandro ficou frente a frente com o padre.

— Rápido, rápido! Pense, Alessandro, pense! O que mais eu fiz? Não furtei, tenho certeza de que não levantei falso testemunho... já contei da Angelina... mas eu... eu invejo meu irmão — disse consigo mesmo.

Passou a suar frio.

— O corpo de Cristo... — anunciou o padre, levantando a hóstia.

"Meu Deus do céu, o que faço agora? Se receber a comunhão, tendo pecado, *estando* em pecado, é pecado ainda maior! O Senhor não vai me perdoar", pensou.

De súbito, imaginou-se recebendo a comunhão e no mesmo instante seu corpo virando pó, tal qual o infiel atrevido que encostara a mão na Arca da Aliança. Ainda por cima, na frente de todo mundo, no altar da igreja! Como se subisse num palco para ser açoitado. Pior: como se fosse atirado ao Coliseu para ser devorado por feras enquanto a arena inteira aplaudia, às gargalhadas. Que dor, que nada, não sentiria dor nenhuma ao ser devorado ou virar pó — sentiria vergonha, isso, sim! Imaginou tão intensamente a cena, que teve por certo que isso aconteceria.

"Mas, se sair correndo daqui, o padre não só vai pensar, como terá *certeza* de que sou um pecador. Um pecado tão horrível quanto receber a comunhão em pecado! Meu Deus, o que eu faço?"

Segundos que duraram eternidades.

O padre esperou, para ele talvez não tenha sido muito, mas para Alessandro foi. Não se atreveria a receber o corpo de Cristo nessas circunstâncias. Atrapalhado, esboçou uma desculpa, colocando a mão na barriga como se estivesse passando mal ou prestes a vomitar (realmente estava, por pouco não vomitou de nervoso, ali mesmo, na frente de todos). Voltou correndo para a fila do confessionário e fez questão de se confessar mais uma vez. O padre do confessionário não entendeu muito.

— Você por aqui novamente?

— Sim, padre, eu esqueci! Eu sinto inveja do meu irmão! — confessou, quase sem fôlego. — E fugi da comunhão em pleno altar! Recusei o Senhor, na frente de todos!

O padre o perdoou. Já não havia mais tempo para receber a comunhão, porque a missa já se encerrava.

— Não se preocupe — disse o padre no confessionário. — Na próxima missa, você poderá receber a comunhão, sem problemas.

"Mas estou salvo?", pensou, sem se atrever a questionar.

Era melhor não o incomodar novamente, já tinha sido bastante ousado, para aquilo que considerava natural de seu feitio acanhado, ao abandonar a hóstia em pleno altar, como noivo em fuga, e voltar à fila do confessionário. Estava certo de que todos ali o julgavam.

"Esse pecador! Tem tantos pecados que precisou voltar à fila, nem pôde receber a comunhão!"

"Pecador!"

Como se ouvisse todas essas acusações, sentiu enorme embaraço. Era até mesmo preferível não receber a salvação eterna a perpetuar esse sentimento que se instalara tomando conta de seus pensamentos.

"Que se dane a comunhão, que se dane a salvação: eu vou sair daqui."

E saiu, completamente derrotado, como exímio excomungado, herege incontinente, a marca do vexame encrustada em sua alma. Nas escadarias da igreja, encontrou Giovanni, aliviado pelo perdão recebido e feliz por ter feito parte do banquete celestial. Giovanni anunciou, enquanto levantava os braços aos céus em tom melodramático, rindo alto e imediatamente acompanhado por outros que também riram ao ouvi-lo:

— Pronto, Deus, pode me levar agora! Não vou para o inferno!

Se morresse ali mesmo, morreria realizado.

Já Alessandro morreria no pior dos tormentos. Giovanni, percebendo sua aflição, falou:

— O que foi? Sua penitência foi muito pesada? O que você tem?

Alessandro foi vencido pelo poder que atribuía ao princípio da salvação, pelo seu míope e literal entendimento da liturgia, pela dúvida sobre suas próprias intenções. Elas nunca bastariam para justificá-lo. Seria sempre o olhar dos outros que determinaria se suas ações eram boas ou não, muito mais do que o que ele pensasse sobre elas. Ser bom é ser visto como bom. "Ser é ser percebido", disse Berkeley — sem que Alessandro sequer tivesse conhecimento dele. Isso lhe causou um insuportável desejo de pertencer. Precisava pertencer para poder existir.

Antes de seguirem pelo caminho de volta para casa, viram Angelina sair da igreja. Alessandro prendeu a respiração, enquanto a fitava. Baixou o olhar. Ela passou perto dos dois irmãos. Com um sorriso tímido, deu um "oi".

Giovanni sorriu de volta. Era para ele que Angelina sorria. Alessandro tremeu. Sentiu inveja ou impotência, raiva ou admiração. Um nó tomou conta de sua garganta. Giovanni falou para voltarem de táxi, pois estava ficando tarde. Entraram no carro; Giovanni, vitorioso e satisfeito; Alessandro, ardendo no fogo do inferno.

— Você conhece a Angelina? — indagou Alessandro.

— Aquela lá? Já vi na escola algumas vezes.

Antes que Giovanni pudesse compartilhar qualquer segredo indesejado, Alessandro se apressou:

— Estou apaixonado por ela.

— Pela Angelina? Mas eu nem acho ela bonita. Você tem certeza?

— Tenho!

— Quer que eu fale pra ela que você gosta dela?

— Você faria isso por mim?

— Lógico.

Alessandro já ia dizer que escreveria uma carta, mas Giovanni se antecipou:

— Não adianta fazer cartinha, que não vou entregar. Vou falar que você gosta dela, só isso.

Três semanas depois, voltaram à igreja para confessar.

— Senhor, não me leve ainda, falta tão pouco — orou Giovanni, aflito, sentado no banco de trás do carro em que dona Gilda levava os irmãos Valeriano para a missa de domingo.

— Chegamos — avisou dona Gilda. — Vocês voltam a pé ou de táxi, está bem? Eu preciso ir ao mercado. Boa missa.

— Pai Altíssimo, Mestre Celestial, por favor, falta só atravessar a rua, não me deixe ser atropelado agora — implorou Giovanni, a quem seu irmão mais novo seguiu em harmonia espiritual.

— Não posso morrer ainda, com tantos pecados! — Aparentemente tinha muitos.

Atravessaram a rua com o maior cuidado do mundo, temendo que um caminhão desgovernado fosse sentenciá-los — tão próximos que estavam do paraíso — a uma eternidade no inferno. Olhavam para os dois lados, até mesmo para cima e para baixo. Quem sabe um meteoro caísse bem em suas cabeças ou a rua se abrisse em um terremoto, apressando a jornada de ambos ao fogo incandescente em que o Príncipe das Trevas os esperaria com um tridente arrebatador.

Graças a Deus, chegaram à fila do confessionário ilesos. Novamente Giovanni foi primeiro. Ajoelhou-se, listou três ou quatro ofensas, foi absolvido pelo santíssimo padre e se levantou rindo, vitorioso, novamente proclamando seu lema:

— Estou salvo! Leve-me, Senhor! — E elevou os braços aos céus. Alguns que estavam ali na fila riram, ainda que baixinho, afinal estavam na missa. Giovanni era assim, cativante.

Uma das pessoas que riu com Giovanni, ainda que timidamente, contida, era a própria menina que você imaginou: Angelina. Também à fila do confessionário, e mais uma vez atrás de Alessandro, o riso de Angelina foi corado, sutilmente enfeitado por um dar de ombros meigo. Alessandro perdeu completamente sua concentração. Sentia agora um ciúme incontrolável e novamente inveja do irmão, que caminhava divinamente coroado para receber a comunhão.

Angelina delicadamente se aproximou de Alessandro, que engoliu em seco. Ela foi chegando ainda mais perto. Seu coração disparou. Quis olhar para qualquer lado que não para ela, quase entrando em pânico.

"Ela vai falar comigo!", pensou, segurando súbita vontade de vomitar.

Ela sussurrou:

— Oi, Alessandro! Pode pegar esse bilhete e entregar para seu irmão?

Sem medir o que fazia, Alessandro pegou o bilhete, consentindo. Seu estômago embrulhado. Esperou que Angelina se distraísse, para abrir rapidamente o bilhete e ler seu conteúdo de maneira furtiva. No bilhete, apenas se via uma palavra, com um coração em volta dela:

— Sim!

Alessandro quis chorar. Sentiu raiva. Teria seu irmão lhe roubado a intenção, seu amor? O que acontecera? Fora ele falar com Angelina sobre seus próprios sentimentos em vez de lhe dizer que Alessandro era quem gostava dela? O que era isso? O pânico que sentiu ao antecipar a conversa com Angelina se transformou em outra forma de ansiedade, mais ácida. Começou a ficar ofegante. Sem conseguir se acalmar, abandonou a fila do confessionário. Escondeu-se atrás das colunas, à espreita, lançando olhares alternados para Angelina e Giovanni. E foi assim que viu que ambos se cruzavam, como em um enlace, de forma que bastavam os olhos para saber que eles se transformavam em um sorriso. Pronto! Eles se amavam! Giovanni havia traído sua confiança.

Foi embora correndo da missa, tentando não chorar. Caminhava em direção a sua casa, melancólico. Minutos depois ouviu seu irmão em um táxi, chamando por seu nome:

— Alessandro, o que você está fazendo sozinho? Procurei você por toda parte. Entre aqui!

Alessandro entrou no táxi, sem conseguir olhar para seu irmão. Tampouco perguntou qualquer coisa. Apenas ficou calado. Giovanni namoraria Angelina por algumas semanas, depois perderia o interesse. Seguiram a caminho de casa e nunca mais falaram sobre isso.

O táxi — não este, mas o dos dias atuais, que levava Alessandro ao aeroporto de Guarulhos — freou bruscamente: um caminhão acabara de invadir sua faixa, por bem pouco não colidiram. Teria sido um desastre. A ponta da caçamba ficou a centímetros da janela em que Alessandro repousava sua cabeça.

— Mas que filho de uma puta! — gritou o taxista, revoltado.

Alessandro mal pôde entender o que se seguiu, tão absorto estava em seus pensamentos, ainda sem poder se recuperar do susto. Em segundos, a cena se converteu em um corte de violência ao estilo dos programas policiais de mau gosto: o caminheiro, indiscutivelmente errado naquela situação, desceu indignado, fosse com o insulto ou mesmo com o fato de ter seu erro exposto pelas buzinas do insolente taxista. Era grande, bem grande, e ameaçador, como as bolas esmagadoras de outrora. Vestia uma fétida regata que teria sido de cor branca em outros tempos, mas não se podia distinguir em função da graxa, do suor e de infindáveis dias acumulados na estrada que a cobriam de um cinza indecifrável. A barba sem fazer acentuava sua determinação em tirar satisfação com o taxista. Quem ele pensava que era? Ele podia, sim, mudar de faixa para ultrapassar. Taxista folgado de uma figa.

— Quem você pensa que é, seu folgado de uma figa? — disse o caminhoneiro, à janela do taxista.

Este era um senhor de seus sessenta e cinco anos, provavelmente aposentado. Cuidava de seu táxi com afinco. Gentil, deixava no banco de trás uma garrafinha de água ao lado de balinhas para seus clientes, além de um jornal do dia. Cobria os assentos com fragrâncias cítricas, típicas de quem gosta de levar seu carro semanalmente ao lava-jato. Talvez não esperasse uma reação tão efusiva, ficou assustado: tanto com a adrenalina da situação como com o aspecto ameaçador do caminhoneiro, que reforçou a ameaça:

— Fale aí de novo o que falou, velhote!

O velhote não se atreveu a repetir o insulto, mas desejou manifestar sua razão, afinal, se não tivesse freado, um acidente teria sido inevitável.

— Você mudou de faixa sem dar seta, veio para cima de mim — tentou justificar, com a voz hesitante, sem conseguir evitar que o caminhoneiro viesse, de fato, para cima dele.

E o homem o fez de maneira covarde. Deu logo um tapa na cara do taxista, violento, violentíssimo. O senhor mal tentou se proteger, levantando os braços, mais em desespero do que em defesa. O tapa foi tão forte que ele praticamente caiu inteiro no banco ao lado, não fosse o cinto de segurança para segurá-lo. O caminhoneiro, ainda mais emputecido, como se ganhasse força a cada investida, passou a insultá-lo gravemente. Abriu a porta com destreza, soltou o cinto de segurança com uma só mão e puxou o taxista pela camisa com a outra, arrancando-o forçosamente do carro para enfim atirar o pobre senhor ao chão, como saco de lixo imprestável.

— Quem é filho da puta agora, velhote de merda?

Desferiu inúmeros chutes no taxista, já completamente golpeado e fatalmente humilhado no chão. Chutava seu corpo, suas costas, sua cabeça, seu rosto. Tudo isso não passou de questão de segundos. Alessandro mal pôde interceder, tampouco os outros motoristas e pedestres que observavam perplexos, dada a velocidade com que a discussão de trânsito escalou para um ato de selvagem bestialidade.

Gritos misturavam-se a tentativas inúteis de segurar o forte caminhoneiro, que reagiu de maneira ainda pior. Percebendo que dois ou três, incluindo Alessandro, estavam quase conseguindo restringi-lo, o brutamontes sacou um revólver .38 de sua cintura. Com sensação renovada de poder, berrou:

— Tão pensando que é tudo macho aqui? Quero ver quem é macho aqui agora.

Empurrou os que ainda não haviam tido o senso de urgência de se afastar dele e apontou sua arma a todas as direções.

— Fodam-se todos vocês. Covardes, medrosos.

Ainda deu um chute na lateral dianteira do táxi, quebrando a lanterna, bateu com a arma no capô, afundando a lataria, e cuspiu.

— Fodam-se.

Subiu no seu caminhão e saiu acelerando, sem que ninguém pudesse fazer nada.

"Que horror", pensaram.

Ligaram para a polícia; uma senhorinha que caminhava na calçada ao lado desmaiou e foi acudida. Chamaram a ambulância. Foi, em verdade, um horror. Alessandro ficou ao lado do taxista abatido, que estava deitado no chão, sangrando intensamente pela pálpebra, até que fosse socorrido pelos bombeiros. O resgate não demorou a chegar. Duas costelas quebradas, escoriações por todo o corpo. Levaram-no, garantindo que ficaria bem, enquanto a polícia escoltava o táxi para uma garagem.

Uma vez atenuada a descarga cavalar de adrenalina, Alessandro procurou um banco na calçada e sentou-se, sôfrego, tentando recuperar o fôlego que havia perdido. E entrou em prantos. Chorou, desconsoladamente, por uma confusão de sentimentos. Quando choramos, as primeiras lágrimas parecem vencer nossa resistência, trazendo à tona tudo que evitamos sentir. Com as primeiras lágrimas, nascem as últimas, mais remotas. O choro é a janela da dor. Mas também seu aconchego, sua consequência e sua causa.

A cena traumática em muito se assemelhava à tragédia que Alessandro vivera há pouco junto a seu irmão: Giovanni estendido no chão, sangue derramado, escoriações pelo corpo, costelas quebradas, adrenalina sem limites. Também chegaram a lhe garantir que ficaria bem, o que, sabemos, não foi o caso. Na ocasião, o resgate demorou muito mais para chegar. Alessandro precisara gritar para a atendente do 190:

— Meu irmão se atirou do quarto andar! Enviem uma ambulância!

— Onde o senhor se encontra? Está sozinho?

— Eu já falei três vezes, pelo amor de Deus, por que vocês demoram tanto?

— Senhor, o resgate está a caminho.

— Quanto tempo? Meu irmão está morrendo; por favor, me ajude!

— Está a caminho, senhor.

A demora não surtiu nenhum efeito. Giovanni morreu logo que seu corpo se chocou contra o chão, afirmou posteriormente o laudo médico. Ainda que tivesse caído de elevada altura, sua face estava perfeitamente conservada, como se nada tivesse acontecido. Estirado no chão, parecia que dormia, de bruços, calmo e até mesmo em paz. Não fosse o sangue se acumulando embaixo de seu torso, poder-se-ia dizer, inclusive, que nada havia ocorrido e que ele apenas dormia no pátio da área comum do prédio, bêbado — coisa que teria se repetido por uma infinidade de vezes. Alessandro esperou o resgate andando de um lado para o outro, alternando ligações para o SAMU e para a polícia. Ajoelhou-se ao lado do irmão, sem ter coragem de tocar nele, chamando seu nome:

— Giovanni? Giovanni? Meu irmão, por favor, fale alguma coisa! Giovanni? Responda, por favor! Por favor!

Passava sua mão esquerda, trêmula, quase que sem encostar nele, sobre suas costas, seus cabelos. Apenas os acariciava, como se dessa forma pudesse acalmar a agonia de seu irmão, ou quem sabe a sua própria. Tremia, muito, e voltava a conduzir a mão em direção ao corpo de Giovanni, mas sempre um pouco distante, como se tocasse somente sua alma, sem saber se o confortava ou se fazia algo para socorrê-lo. E, sufocado, nauseado, com uma ânsia densa e o peso da maior angústia que qualquer ser humano pode suportar, suplicou, baixinho, de maneira quase imperceptível, absolutamente destruído por dentro:

— Perdão... perdão...

CAPÍTULO

VI

O PERDÃO

— Que Deus é tão misericordioso a ponto de perdoar um irmão que mata o outro? — perguntou Giovanni a Alessandro, na mesa de um bar na vila Mariana, alguns anos antes do fatídico dia em que se enfrentaram, culminando em sua morte.

Como falamos, os irmãos Valeriano amavam discutir sobre religião, filosofia e o poder da escolha, desde quando Giovanni quisera ser padre, revezando-se em posições antagônicas quanto à aceitação dos dogmas, ora crente absoluto na fé católica ensinada na escola de Acerra, ora crítico herege de todo e qualquer pensamento religioso.

— Então você acha que Caim está no inferno? — devolveu Alessandro.

— Acho, não. Tenho certeza. Não há perdão para isso. O Diabo castiga Caim até hoje.

— Mas, se não há perdão, então o Diabo venceu. E, se o Diabo venceu, Deus não é todo-poderoso. E com isso não posso concordar.

— Ah, é? Todo-poderoso? Você pode me dizer onde está Seu poder de intervir? Como pode ser misericordioso e todo-poderoso ao mesmo tempo se não intervém? Por que não interveio para que Caim não matasse Abel?

— Talvez Seu verdadeiro poder seja só o de ser misericordioso.

— Poder, Deus tem. Mas o Diabo também tem. Olha ele aqui no meu peito. — E ria de sua tatuagem de "diabo". — Você acha, por acaso, que Caim merecia ser perdoado?

— Não sei se merecia.

— Eu acho que não. Eu, pelo menos, se fosse Abel, nunca o perdoaria.

E, como concluiu Giovanni naquele dia, mesmo que sejamos dignos de uma ínfima centelha desse perdão divino, se infinita é a bondade de Deus, o que dizer do perdão de quem mais queríamos ouvir? Não basta sermos perdoados por um Deus misericordioso. Isso não é mérito algum. Ele perdoa o pior dos pecadores, o mais vil dos assassinos, o mais lascivo dos tarados, o mais hipócrita dos mentirosos. Isso escapa à interpretação de uma recompensa pretensamente *justa* para uma raça falida como a nossa — é apenas dádiva outorgada por santos. Não seríamos merecedores, então, apenas objeto (in)direto do perdão. O mérito está em quem tem o poder de perdoar. A sorte está naquele a quem cabe o perdão.

Tampouco bastaria sermos perdoados por sacerdotes eleitos representantes da vontade de Deus na Terra, ou por padres calmos em confessionários com meninas bonitas na fila, ou por atos de contrição profundamente sentidos. Nada disso bastaria, se não fôssemos perdoados por quem amamos, e a quem ferimos. E, antes disso, se não pudéssemos perdoar a nós mesmos, certamente o tribunal mais exigente que jamais enfrentaremos.

O perdão é divino, mas raras vezes chega a ser humano. Talvez por isso seja tão curioso o fato de serem poucos os deuses que mereceram representar o perdão e, através dele, receber adoração por seus súditos. Por que tão poucos? Não é o que mais desejamos? E os deuses não gostam de perdoar? Como explicar a quase ausência de divindades associadas ao perdão? Sabe-se apenas de algumas, e ainda assim pouco citadas. Clementia, deidade romana do perdão, aparece em menções a Júlio César, e provavelmente dele empresta sua divindade, já que esta era uma virtude a ele atribuída com frequência, como quando venceu o exército de Pompeu na Guerra Civil e a quem demonstrou clemência. Tampouco surpreende que suas últimas prováveis palavras carregassem, tacitamente, um exemplo insuperável de compaixão:

— Até tu, Brutus?

Assassinado em uma conspiração liderada por Brutus, seu filho adotivo, Júlio César parecia indignar-se com a traição, mas ao mesmo tempo perdoá-la, ainda em vida, o que denota uma enorme capacidade de desapego e inalcançável empatia, da sorte de alguém que se permite sentir mais a dor do outro do que a sua própria. José, filho de Jacó, também sentiu esse tipo de compaixão por seus irmãos — justamente aqueles que o haviam atirado ao poço. A despeito de sua dor, de sua tristeza e solidão, esquecido numa cisterna escura e claustrofóbica, José conseguiu fazer o difícil exercício de abstração, a ponto de compreender sua parcela de responsabilidade na atitude de seus irmãos. Eles sentiam inveja: José, o filho preferido pelo pai, o filho que tinha a mais bela túnica, o filho que não precisava se dedicar às tarefas mais árduas relegadas aos outros por Jacó. Era até quase justificável que tivesse sido atirado a um calabouço. E assim, ainda que vivendo dor agoniante, conseguiu enxergar a de seus irmãos, a ponto de perdoá-los. Somente um deus para se permitir tamanha abnegação.

Talvez fosse exatamente por esse tipo de demonstração de clemência que Júlio César mereceu status de divindade igual ou maior do que a própria Clementia, de quem pouco se ouviu na história, a não ser ligeira honraria: ambos receberam reconhecimento pelo Senado Romano, em 44 a.C., que decretou a construção de um templo, Aedes Clementia Caesaris, para homenageá-los. Infelizmente o templo não sobreviveu para a posteridade. Talvez seja um sinal de que perdoar não é para sempre. A não ser que a gente se esqueça de fazê-lo, como diria Justin Currie, compositor da banda escocesa Del Amitri, na canção "This side of the morning":

> *she's the kind of girl who won't forgive*
> *but will forget*

Já a divindade de César não apenas sobreviveu ao tempo, como se fez lei. Vejam só: não seria esse mesmo título, César, que seria conferido a todos os imperadores subsequentes, começando por Augusto, como máxima encarnação e representação dos deuses na Terra?

E não seria esse mesmo poder divino que seria imputado, séculos depois, pelos sumos pontífices aos reis absolutistas, começando de maneira incipiente por Carlos Magno, coroado em 25 de dezembro de 800 pelo papa Leão III? Durante a maior parte da Idade Média, poder político e Igreja Católica se converteriam em uma só entidade, como influência e autoridade irretocáveis. Nada, nem ninguém, seria mais poderoso em toda a história. Nada, nem ninguém, teria o supremo poder de perdoar nossos pecados. Tão despótico seria esse poder, que poderiam cobrar por ele, na forma de venda de indulgências.

A verdade é que Júlio César pode ter sido o primeiro deus do perdão. Vale lembrar que já o chamavam de "o filho de Deus". É provável, também, que nele o apóstolo Paulo, tendo sido romano, tenha buscado inspiração adicional para seu argumento da divindade de Jesus e da remissão de todos os nossos pecados por meio de sua crucificação, morte e ressureição — muito embora não haja menções nesse sentido.

Em Júlio César também poderia ter se inspirando o autor do Evangelho de João, décadas mais tarde, para promover a tese de que o Verbo sempre existiu, não nasceu — apenas *se fez* carne. Jesus seria, assim, superior (e anterior) a César. E, em ambos, por meio do poder político e religioso, estabeleceram-se as bases para que todo soberano pudesse exercer seu domínio absoluto, de caráter divino e irrevogável, ainda com maior tirania, sem espaço para questionamentos. Afinal, dois dos deuses mais admirados e respeitados da Antiguidade — durante aquele que foi o mais nobre dos impérios — atestavam a seu favor: Júlio César e Jesus Cristo. Um pagão, o outro judeu. JC e JC.

— Eu prefiro Júlio César — disse Giovanni. A essa altura, não conservava nenhum traço da inclinação ortodoxa que marcou sua adolescência. — Júlio César teve mais seguidores que Jesus. Moisés também. — E riu.

— Não acho que teve mais seguidores — contrapôs Alessandro —, mas é interessante pensar que, se Júlio César estivesse presente no julgamento de Jesus, muito provavelmente teria demostrado clemência e não o teria condenado ao castigo atroz que lhe coube. Júlio César teria salvado Jesus.

— Por isso eu falei que prefiro Júlio César! — arrematou Giovanni.

Alessandro parecia ter razão quanto a seu julgamento sobre o caráter misericordioso de Júlio César, já que Tibério, o imperador à época da crucificação, não era dessa sorte de pessoa: foi chamado de "o mais triste dos homens" por Plínio, o Velho, historiador romano contemporâneo de ambos. General sombrio e hostil, Tibério não tinha a vocação para perdoar. Tampouco a possuía o prefeito da Judeia, Pôncio Pilatos, o verdadeiro responsável pela morte de Jesus. Não demonstrou clemência, sendo ele o único com poder incontestável de crucificar alguém. Não deixa de ser curioso notar que as Escrituras gradativamente buscaram diminuir seu protagonismo, transformando-o inicialmente em alguém que, embora não visse ofensa alguma em Jesus, fosse o responsável por sentenciá-lo a morrer na cruz (no Evangelho de Marcos, o primeiro a ser composto); logo declarando Pilatos inocente da morte de Jesus ao lavar suas mãos, bem como sugerindo que ele o considerava um homem justo e não merecedor de qualquer sofrimento (nos Evangelhos de Mateus e Lucas, produzidos anos após Marcos), e por fim deixando "claro", no Evangelho de João (o último a ser redigido), quem seriam os "verdadeiros" autores da morte de Jesus:

— Os malditos judeus que deem cabo dele! — vociferou Pilatos.

E o próprio Jesus, com palavras forjadas e, muito provavelmente, não suas, sentenciou:

— Vocês, judeus, são filhos da Besta!

Se você leu "filhos da puta" sem querer, saiba que foi quase isso que quiseram enfiar na boca de Jesus. Assim, inventaram-se o antissemitismo e a sofrível teoria de deicídio, que acusa os judeus de terem matado o Filho de Deus, falácia que serviu de instrumento para infindáveis atrocidades cometidas pelos homens em nome de uma ideia de justiça divina vazia e precariamente elaborada. O Holocausto foi um dos filhos bastardos dessa inépcia. E os verdadeiros responsáveis pela morte de Jesus acabaram tendo sua autoria relativizada: os romanos, o que serviria de impulso adicional para que, três séculos depois, o Império Romano e o cristianismo se fundissem em um só, sob Constantino.

— Como se não tivessem sido eles mesmos que mataram seu próprio Deus — falou Giovanni.

O cristianismo oficializou-se, então, no mais célebre império da história, perdoando a si próprio, ao seu próprio império. Há maior poder do que esse?

— Perdoar o assassino de Jesus até pode. Mas irmão que mata irmão, não. Eu, pelo menos, não conheço nenhum exemplo — voltou a sentenciar Giovanni.

Como Alessandro desejava ser perdoado! E, principalmente, ouvir essas palavras de Giovanni. Apenas isso o libertaria da prisão na qual ele próprio havia se jogado. Apenas isso poderia redimi-lo. Apenas assim se atreveria a se sentir verdadeiramente perdoado. Como no termo em inglês, no qual a palavra sugere tal gentileza: fala-se *forgive*, que é um *portmanteau*, ou aglutinação, das palavras *for* (completamente) e *give* (dar). Sua origem remonta ao sistema linguístico indo-europeu. Nele, assim como em outros sistemas, há um sentido comum: algo como recusar o direito de executar um castigo justo, uma pena. Portanto, perdoar é não castigar. E, como falamos, no inglês o termo *forgive* assume características ainda mais generosas, podendo sugerir algo como *give for*. Ou seja, perdoar em inglês pode ser entendido como "dar algo para alguém". Como um presente, perdoar é libertar o outro de sua dor, livrando a nós mesmos daquela que nos acomete.

Que poderoso é o perdão! Seu poder está justamente em remover divinamente a culpa, qualquer que seja, removendo a dor, como se ambas não mais existissem. Como se ambas pudessem apenas permanecer na memória, e mesmo nela, preferencialmente esquecidas. Perdoar é *perder a dor*, doá-la para o esquecimento.

Mas, se o perdão absolve o criminoso, e conhecemos as consequências de nossas atitudes, como, em sã consciência, nos atreveríamos a perdoar a nós mesmos? Não seria um ato de insolência? Não seria uma fuga? Não seria uma tentativa disfarçada de arrependimento, que na realidade apenas é uma busca por redenção?

E quem tem o poder de nos redimir? Um deus? Um padre? Um sacramento? Um imperador? Reis medievais? É possível que nem mesmo a pessoa a quem magoamos possua tal prerrogativa. Porque o crime sempre existirá na mente de quem o perpetrou. E muitas vezes desejamos não esquecer. Preferimos não apenas lembrar, mas remoer os espaços da memória para nos certificarmos de quanta responsabilidade nos cabe. Santo Agostinho já falara de todos nós como uma raça em pleno declínio, naturalmente condenada ao pecado. Segundo ele, um bebê não consegue pecar apenas por lhe faltarem forças. Com isso nos sentenciou a todos, ainda que o fizesse movido por imenso amor a Deus, a quem ofendera com suas próprias (e confessas) limitações. Somos pouco ou nada em face do amor de Deus. Somos apenas culpa. Uma culpa amorosa, sim, mas, para todo efeito, *culpa*.

Desejar nossa inocência seria como enfrentar milênios de doutrinação judaico-cristã sobre as chagas que marcam nossa pele, como ferro incandescente, mesmo sem a menor dose de intencionalidade. Segundo essa corrente de pensamento, somente a Graça Divina poderia nos libertar. Assim, de que adiantaria o esforço de se perdoar?

Tais eram os pensamentos de Alessandro, sentado em um banco qualquer e em prantos, após a explosão de violência de um caminhoneiro covarde contra um pobre taxista. Sentado, sob severo ato de autocontrição e ante profunda dor, Alessandro percorria o passado e o presente de maneira circular e interminável, até que ambos o vencessem. Sentia que não merecia perdão.

Como gostaria de ouvir a voz de Giovanni! É possível que não suspeitasse que seria esse também o sentimento de Giovanni, pudesse ele se manifestar: "Como gostaria de ouvir a voz do meu irmão mais novo...".

Em embates anteriores, os irmãos já haviam podido protagonizar papéis sob diferentes lados do perdão, papéis estes que haviam permitido, em tempo, tal sorte de confissão, de maneira a eliminar a dor sem que ela pudesse ser eternamente curtida, como o prazer que eventualmente sentem os mártires ao sofrer enormes tribulações: o prazer de poder se tornar semelhante a quem tanto amavam, Jesus.

Uma das vezes em que os irmãos Valeriano puderam experimentar lados diferentes do perdão foi justamente antes do último internamento de Giovanni (do qual havia saído há apenas um dia, voltando para o apartamento de sua mãe completamente transtornado, e de onde nunca mais retornaria). Nessa ocasião, os irmãos Valeriano se chocaram, também, duramente. A história se iniciou com dona Gilda, como em tantas outras vezes, recebendo um telefonema assustador de madrugada:

— Seu filho está quebrando tudo aqui! Se a senhora não vier buscá-lo, chamarei a polícia e não me responsabilizo pelo que ocorrerá com ele!

Giovanni estava "hospedado" em um hotel mequetrefe na rua Augusta. O "hóspede", assim mesmo entre aspas, merecia tal título pelo seguinte motivo: estava ali já há alguns dias, mas, da mesma forma que fazia frequentemente com as contas que deixava penduradas em bares e restaurantes, não tinha um tostão sequer para acertá-las, nem para as cervejas e lanches que havia acabado de pedir à recepção, que dirá para as diárias do quarto, que já se acumulavam. A recepcionista fez o que pôde, dizendo, ao telefone, que não lhe era permitido levar as cervejas e lanches que ele pediu, se não acertasse antes o que estava em aberto. A negativa a seu pedido, ainda que educada, soou-lhe como uma afronta, um verdadeiro atrevimento e desrespeito àquilo que ele julgava ser justa condição de inquestionabilidade:

— Você está querendo sugerir que eu não tenho como pagar as contas? Você pensa que eu sou um qualquer? Você não sabe quem sou eu, por acaso? — bradou Giovanni. — Eu exijo minhas cervejas e meus lanches. Minha namorada está vindo para cá, não passarei essa vergonha a que você está me submetendo. Quem você pensa que é, uma gerentezinha de um hotel de quinta categoria?

Não sabemos qual das muitas namoradas se dirigiria ao hotel, apenas sabemos que, quem quer que fosse, não ia gostar nada de ver aquela confusão, pois ele já estava fora de si.

— Não sou gerente, senhor, sou apenas a recepcionista.

— Mais motivo ainda! Como se atreve? Sua gerente a autorizou a destratar assim os hóspedes? Que reverenda porcaria! Traga minha cerveja agora, ou vou derrubar este hotel de merda.

— Mas, senhor...

CRECK TA PUM CRECK

— Você está ouvindo? Vou quebrar essa porcaria inteira!

Do outro lado da linha, ruídos assustadores. A recepcionista não tinha a menor ideia do que estava sendo destruído, mas a trilha sonora era aterrorizante; ela provavelmente não estava preparada para lidar com situações assim, mesmo trabalhando em um hotel de qualidade (e clientela) questionáveis.

— Senhor, eu vou ter de chamar a polícia...

— Pode chamar a puta que te pariu.

A recepcionista, intimidada, desligou o telefone, e o barulho de quebradeira ficou ainda mais ameaçador, abafado pelas paredes, amplificado pela dúvida sobre o que realmente estava acontecendo. Giovanni estava no primeiro quarto à direita, logo subindo as escadarias de madeira. De lá se ouviu uma porta abrindo e passos rápidos descendo as escadas. A recepcionista prendeu a respiração.

— É você que está me negando as brejas? — Giovanni riu de maneira teatral, como se tudo até ali tivesse sido uma encenação.

Subitamente, e sem mais nem menos, fez-se dócil:

— Me perdoe: eu sei que você está fazendo seu trabalho. Eu entendo. Eu também me alterei, porque não é possível que alguém questione minha integridade dessa forma, isso é muito ultrajante, você consegue perceber isso? Mas você tem razão. Entendo que eu tenha que acertar as contas. Olha, este é o telefone de minha namorada — deu o telefone de uma amiga — e este é o da minha mãe. Meu celular quebrou — na verdade ele o havia atirado ao chão —, então posso te pedir para você ligar para as duas? Minha namorada virá e acertará minha conta de hoje pra amanhã e dormirá comigo. Para minha mãe, você liga logo depois, que ela vem e vai acertar a conta dos demais dias. Está bem assim? Perfeito, vou levar então estas cervejas para cima e fica tudo resolvido. E isto, isto e isto também.

Sem esboçar a menor resistência, a recepcionista se viu entregando não apenas as duas cervejas que ele havia pedido, mas o fardo inteiro que se encontrava na geladeira da recepção, bem como uma garrafa de vodca, duas taças, um balde com gelo e, ainda, se comprometeu a fazer os dois telefonemas e levar os lanches que ele havia pedido, na sequência, não sem antes se desculpar.

— Tudo bem, vamos esquecer isso — disse ele, enquanto subiu vitorioso ao quarto, carregando tudo ao mesmo tempo.

Minutos depois chegou sua amiga. Francielle era muito querida por Giovanni, extremamente leal; talvez fosse sua única amiga verdadeira. Outras não passavam de comparsas no consumo de drogas, companheiras de álcool ou de sexo emprestado sem a profundidade do vínculo, mas com toda a profanidade da lascívia. Tal qual Zeus e Jacó, Giovanni *possuía* suas mulheres, como ninfas entregues a seu desejo, como meretrizes viciadas em seu próprio vício: aquele de consumi-las no mesmo instante em que as extinguia, transformando o fim do prazer em um fim em si mesmo. Consumir até exaurir. Como o próprio Zeus com sua primeira esposa, Métis, a quem devorou ainda grávida, Giovanni consumia mulheres como consumia cocaína. Mas não se enganem. Elas eram consumidas por ele com a mesma avidez com que se deixavam consumir. Eram cúmplices, igualmente viciadas e fatalmente condenadas, com ele e como ele, à submissão. Não escolhiam, mas pensavam que sim. Ele tampouco escolhia, mas pensava que sim. Todos submissos a um impulso infernal e irrefreável de existir, plenamente, e tão somente, em pouquíssimos segundos de prazer. Nada depois, nem antes, importaria. Bastaria viver e morrer no mesmo instante, como gozo ardente, tal qual fogo que mais se extingue quanto mais arde. Assim era o consumo de cocaína, de álcool, de sexo sórdido e de outros prazeres do submundo. Para quem se atreve à semelhante deleite, não há sensação maior de poder: como morrer e viver no mesmo instante. No menor dos segundos. Nem Jesus é capaz disso, pois precisou ficar morto três dias antes de conseguir ressuscitar. Nem Deus é capaz disso, pois precisou de seis dias para criar um universo inteiro em perfeição e perfeito conflito. Nem Caos, primeiro deus primordial a surgir no universo, foi capaz disso, pois surgiu apenas para morrer e destruir — não vive.

Em verdade, não há nada mais tentador do que o sentimento de morte e vida simultâneos. *L'appel du vide*! Tal sentimento Giovanni experimentava a cada pó cheirado, a cada gole de cerveja injetado em suas veias, a cada íntimo sabor de mulher impresso em sua boca, a cada tragada de cigarro compartilhada em alguma esquina profana do centro de São Paulo, acompanhado por um exército cambaleante de seres, todos eles, pretensos onipotentes, como sombrios senhores do mundo inferior e únicos autores (in)capazes de domar a efemeridade de suas existências. Assim é o centro de São Paulo, até os dias de hoje. Putas, pastores, políticos (alguns filhos daquelas e outros disfarçados destes), filósofos, atores, escritores, intelectuais, músicos, engenheiros, médicos, esportistas e celebridades — todos gozam ante a perspectiva imponderável de morrer e de viver ao mesmo tempo.

— Mas, na maioria das vezes, apenas morrem — concluiu Giovanni, bêbado, sentado à mesa de um bar, discutindo filosofia com outros bêbados, como ele e como centenas, milhares de outros que fraquejam ante sua própria audácia. Ou ante a falta de força para deixar de desejar seus efeitos. O mesmo *desejo de deixar de desejar* do príncipe Sidarta Gautama. Desejavam tanto, que sucumbiam ante o desejo. E morriam.

Tudo isso Giovanni sentia quando experimentava o prazer do álcool e das drogas. Frear tal ímpeto era esforço vão. Como falamos, Francielle, a amiga querida, chegou ao hotel mequetrefe da rua Augusta, pagou as cervejas, vodca, lanches, conforme Giovanni havia antecipado, acalmou a recepcionista e, antes de subir ao quarto, ligou para dona Gilda. Era uma da manhã:

— Oi, dona Gilda. A senhora fique tranquila. Estou aqui com Giovanni em um hotelzinho da rua Augusta. — Quantas vezes Francielle não havia feito esse gesto de generosidade? E continuou: — Eu consegui pagar uma parte da conta, com tudo o que tinha, mas depois a senhora precisa vir aqui pagar o resto, tudo bem?

Dona Gilda agradecia, trêmula, mas reconfortada, e tentava voltar ao sono, coisa que, por mais de uma década, nunca pôde fazer. Francielle sorriu para a recepcionista como se dissesse "estamos juntas nessa" e subiu ao quarto. Abriu a porta e não viu a desordem que esperava ao ouvir o relato da recepcionista. Nem nada perto disso. Via-se apenas uma Bíblia um pouco amassada e retorcida — Giovanni batera com ela, e só com ela, repetidas vezes na mesa de canto, para fazer *parecer* que quebrava tudo. Essa era uma característica bastante curiosa de seu comportamento tóxico. Muitas vezes, de fato, foi levado por impulsos violentos concretizados em real destruição de objetos (e sentimentos, e relacionamentos, e contas bancárias, e pessoas). Noutras vezes, no entanto, apenas *encenava* brutalidade, como teatro da vida real, sem realmente fazer dano algum: suas cenas eram críveis tanto para quem as via como para ele mesmo, embora absolutamente fantásticas. Era um majestoso ator!

— Seu bobo, assustou a coitada da recepcionista! — falou Francielle.

— Eu sou *il grande fortóne* — respondia com uma voz jocosa, com certo sotaque italiano, como a imitar a real autoridade dos pronunciamentos de seu pai, ou mesmo a interpretar, de maneira burlesca, um herói desconhecido.

— Agora se acalme de uma vez. Eu paguei sua conta, sua mãe vai pagar o resto, mas este é o limite.

Mas quem disse que limites não podem ser superados? Giovanni já vivera quase vinte anos superando todos, desde que partira rumo a Milão para estudar engenharia. Aquela que seria a profissão dos limites perfeitamente estabelecidos se tornou a carreira dos limites imperfeitamente ultrapassados.

— Isso passou dos limites! — proferiu Enrico uma infinidade de vezes, cada vez com menor autoridade do que a anterior, ante os repetidos fracassos de seu filho.

Ultrapassar limites era a maneira que Giovanni havia encontrado de destronar seu pai, sem que para isso precisasse matá-lo. E quem destrona o pai pode destronar o mundo. Não haveria Francielles queridas, recepcionistas assustadas, policiais chamados na madrugada, capitães de mão leve ou mesmo sua mãe em interminável perturbação que teriam autoridade para reforçar tais limites, fragilmente estabelecidos outrora.

Francielle havia entrado convicta no quarto, achou que estaria reforçando tais regras, mas logo percebeu a fragilidade de sua convicção. Ela o amava. Alguns anos antes, ambos haviam tido um relacionamento mais passional, que regrediu — ou, melhor dizendo, evoluiu — para amizade, mas ela nunca deixou de amá-lo. Tanto o fazia, que aceitava se entregar a seus muitos caprichos, até mesmo abusos morais: quantas vezes não foi convocada a recolher os cacos deixados por cenas de quartos de hotel com prostitutas e/ou mulheres não menos putas, que trocavam seus corpos por momentos de prazer — afinal elas também o consumiam por interesses escusos. Algumas, mais velhas e desquitadas, financiavam os desejos de Giovanni em troca dos seus próprios: levavam-no a restaurantes e permitiam acesso a um menu infindável de pratos, drinques, anfetaminas, cogumelos, baseados, pós e alucinógenos. Enfim era ele o prostituto, ou o puto, pois vendia seu corpo, ainda que sentisse prazer. Mas, no auge da toxicidade, se enraivecia e as mandava embora, ficando sozinho em quartos destroçados de hotel. Sem dinheiro ou moral para sair de tal situação, ligava para Francielle.

Outras mulheres, mais novas e igualmente endinheiradas, também acreditavam ter o poder de domá-lo, com presentes dos mais caros e promessas estonteantes de casas luxuosas em Miami, Milão e Paris. Afinal, dinheiro era, também, uma das tentações de Giovanni. Mas estas nem sequer mereciam seu apreço, pois falhavam naquilo que ele mais sabia apreciar, putas não profissionais que eram:

— Eu tenho bode de você — dizia Giovanni, insatisfeito, logo depois de trepar desgostosamente com elas. E as expulsava do quarto, com nojo: — Que bosta de trepada!

Só que nessas ocasiões os quartos eram ainda mais caros, e os cacos ainda mais vastos. Ligava para Francielle.

Ela o amava tanto que, humildemente, seguia sua trilha de destruição, reparando o que podia ser reparado, esperando uma migalha que fosse de reconhecimento. Muitas vezes viam filmes juntos, ele bêbado e cheirando a outras mulheres, ela resignada e almejando ternura. A cena chegava a ser bela. Mas não bastava; ela também queria ser amada. Em seu desejo de viver com ele uma história mais possível e menos desastrosa, ela, também, fraquejava. Em troca de abnegação dos limites, poderia experimentar com ele algum momento de distração carnal. Assim, também ela se deixava viver e morrer no mesmo instante, tal qual Eros, porque abrir tal porta, com ele, era como acessar um passaporte para o inferno. Mais álcool, mais drogas, mais sexo sem vínculo, mais quase amor, mais autoflagelação, mais dor, mais álcool, mais drogas, loucura, quebradeira, destruição, descontrole. Então o cenário se converteu na descrição da recepcionista, que se viu forçada a ligar para dona Gilda, às duas da manhã:

— Seu filho está quebrando tudo aqui! Se a senhora não vier buscá-lo, chamarei a polícia e não me responsabilizo pelo que ocorrerá com ele!

Giovanni estava realmente quebrando o quarto dessa vez. Depois de ter exaurido qualquer combustível a sua volta, desestabilizou-se completamente. Chegou a beber o álcool de limpeza que estava no banheiro — aquele para desinfetar ambientes —, como se fosse água de coco. A TV havia sido destruída. O ventilador de teto estava aos pedaços: ele tempestivamente o socou, enquanto ainda estava funcionando, três ou quatro vezes, cortando sua mão e espalhando sangue pelo quarto. Uma das camas (eram duas de solteiro) estava partida ao meio — metade dela em pé, encostada na parede, a outra no banheiro, atravessando o box do chuveiro. O colchão, é claro, ele atirou pela janela.

Cacos de vidro por todo o quarto, de cervejas arremessadas na parede, faziam com que fosse muito difícil caminhar. Francielle chorava de medo, disse que assim iria embora:

— Pare com isso, você está acabando com sua vida!

— Você vai ver o que é acabar com a minha vida! — sentenciou Giovanni, enquanto pegava um caco de vidro e o pressionava firmemente contra seu próprio pescoço. — É isto que você quer?

Novamente encenou sua morte, sem permitir espaço para discernimento entre o que era verdade e o que era celebração farsesca, ainda que as gotas de sangue que começavam a surgir, por causa da pressão do vidro na pele, fossem bastante reais, como para contrariar a tese da encenação.

— Pare, Giovanni, por favor, por Deus — chorou Francielle, já sem forças para exclamar outro sentimento.

— Toma seu Deus, então!

Giovanni arremessou a mesma Bíblia que usara para suas cenas de rebeldia na cabeça de Francielle, que, vencida, foi embora.

Igualmente vencida, dona Gilda ligou para Alessandro. Ele coincidentemente estava em São Paulo na ocasião.

— Meu filho, eu não sei o que fazer... seu irmão está num hotel na rua Augusta, está quebrando o quarto inteiro... até a Francielle foi embora... A polícia está indo lá e estou com medo de baterem nele, já bateram tantas vezes... Estou passando mal, não consigo respirar. Vim aqui para o pronto-socorro!

— Jesus! Quebrando tudo? E você no pronto-socorro? O que você está sentindo?

— Estou com pressão alta, mas já estão me medicando.

— Tente se acalmar, mãe. Eu irei lá agora mesmo — respondeu Alessandro, ainda sem entender corretamente a situação, posto que acabara de ser acordado pelo telefonema de sua mãe.

"Como posso viver eternamente assim?"

— Mãe — ganhou tempo, enquanto calçava o chinelo e uma bermuda qualquer que viu à frente, para poder respirar e adequadamente acessar a gravidade da situação —, eu vou resolver, peço que se acalme. Mas você já sabe que não é novidade, não sabe? Não precisa ficar tão abalada se você mesma já sabe que é assim. A solução é interná-lo, quantas vezes se fizerem necessárias.

— Mas eu não aguento mais passar por isso!

— Nem você, nem ele, nem nenhum de nós. Mas não há alternativa. Você já tentou deixá-lo ir e vir na sua casa, sem interceder, e viu que não fez nem bem a você nem a ele. — Subitamente se energizou em sua fala: — Ele usava sua casa como pensão, ficava dois dias, depois saía sem dar seu paradeiro, deixando você completamente angustiada e na expectativa de receber ligações exatamente como essa que você acabou de receber. Um absurdo! Está lembrada de quantas ligações você atendeu em plena madrugada?

— ...

— Giovanni ensanguentando, Giovanni preso, Giovanni com a cara cortada, Giovanni com a cabeça aberta e o cabelo sujo de sangue e você sem saber se limpava ou se o levava para que pudessem suturar a ferida, Giovanni destruindo um restaurante, Giovanni trombando seu carro no muro da favela, e o *seu*, não o dele!

Dona Gilda soluçava, não respondia. Limitava-se a concordar, achatada. E, a cada palavra que repetia, Alessandro mais se irritava, como se o fato de ouvir ele próprio o que dizia fosse ultrajante.

— Estou indo buscar meu carro pra ir até lá, ligo novamente em seguida! — bradou, ainda mais enfurecido.

Saiu do hotel onde estava hospedado, perto de Interlagos, para onde havia ido com o objetivo de cobrir um evento que se realizaria por lá naquele final de semana, em nome do jornal *El País*. Pegou seu carro alugado para ir ao encontro do irmão. No caminho, arrependeu-se de sua rispidez. Ligou para dona Gilda, tentando acalmá-la, acalmar a si próprio e ao mesmo tempo esboçar os próximos passos necessários para resolver a situação.

— Mãe, estou mais calmo, vamos resolver. Já estou indo pra lá. Você está se sentindo melhor?

— Estou medicada agora.

— Desculpe ter ficado nervoso.

— Eu que peço desculpas por ter te ligado, meu filho, sei que você está aqui em São Paulo a trabalho... mas eu estou desesperada!

— Eu sei. Você não tem do que se desculpar. Na verdade, ainda bem que estou aqui. Precisamos interná-lo. — E então voltou a falar categoricamente, embora de maneira mais amena: — Eu sei que te dói ouvir isso, novamente, mas não há outro caminho: se eu não estivesse aqui, o que você faria?

— ...

— Iria lá, de pijama, tentar contê-lo? Como fez infinitas vezes? Tentaria você mesma, uma senhora de quase sessenta anos, impedir que os policiais batessem nele? Você iria lutar com os policiais, por acaso?

Dona Gilda quase se permitiu rir um pouco.

— Você mesma, à força, iria colocá-lo no carro e trazê-lo para sua casa? Você não vê que isso não é alternativa? Que é um absurdo? Que essa história já é repetida e não tem absolutamente nada de novo? Que não tem outra solução a não ser interná-lo?

— Mas por que tem de sobrar para mim?

Enrico não estava mais por perto para responder. Havia morrido já há alguns anos, vítima de um acidente vascular cerebral, sozinho em sua casa em Acerra, cidade para a qual voltara depois de se divorciar de dona Gilda e deixar Jaguarão. Dona Gilda também saíra de Jaguarão, voltando para o mesmo apartamento da vila Mariana em que moraram quando casados, seguida por Giovanni, que abandonara a Itália definitivamente.

Aquela família, tão celebrada no altar da igreja Nossa Senhora da Saúde, e de maneira apaixonada, pelo então futuro arcebispo dom Juliano Venetto, chegara a seu fim, ao menos no conceito tradicional. Eram meados de dezembro de 1995 quando Enrico e Gilda concluíram que não haveria outro desfecho possível para sua relação que não o de seguirem caminhos separados. Giovanni ficou devastado. Tatuou o rosto de seus pais, lado a lado, em sua perna. Alessandro também se entristeceu, embora tenha manifestado seu desgosto de maneira menos alegórica. E, é claro, Enrico e Gilda sentiram enorme decepção. Não foram apenas vencidos pela dificuldade de encontrar um denominador comum para seus próprios anseios — fator que sozinho seria suficiente para debelar qualquer matrimônio. A verdade é que não sabiam o que fazer com Giovanni, desamparados tanto quanto o desamparo dele, como pais que veem um filho se afogar em meio a ondas colossais e se atiram também ao mar para tentar salvá-lo, sem saber alternativa, com isso afogando a eles próprios. Náufragos, seriam obrigados a se aferrar a qualquer desculpa para se manter à superfície. Mesmo que "qualquer desculpa" fossem tão somente maneiras diferentes de lidar com problemas semelhantes. Então pequenas coisas ganhariam pesadas — e impensadas — proporções. Contas esquecidas, atrasos para sair no horário combinado, pasta de dente deixada na pia, fio de cabelo no pente, toalha no chão, calça jeans que não voltou da lavanderia, carro sem gasolina... variações ínfimas de um cotidiano aparentemente normal (ou minimamente tolerável) terminariam se transformando em embate ideológico. Pior: entre dois polos irreconciliáveis.

Há dores que escolhemos para esconder outras. Especialmente quando estas são mais intensas; e aquelas, mais fáceis. Preferimos depositar toda a nossa frustração em um pijama mal dobrado que ficou fora de uma mala de viagem feita às pressas a esvaziar as bagagens que trouxemos de outros contextos, os quais nem nós mesmos somos capazes de entender por completo, que dirá os demais. Ah, o eterno mistério do outro! Quanto mais nos vemos espelhados, menos enxergamos a pessoa com quem nos relacionamos, menos ainda nos reconhecemos, misturados a uma névoa de frustrações e expectativas. Afinal, o que é mais fácil: apontar no outro aquilo que desgostamos em nós — ou reinterpretar?

Pequenas coisas viram grandes coisas para quem tem dores outras. Há casais que, depois de bastante tempo de separação, se esquecem dos motivos pelos quais decidiram se separar.

— Eu reclamava da pasta de dente que ele deixava na pia, veja só, que besteira!

— E eu me irritava com o cabelo dela no pente!

Acabam voltando a ficar juntos. É possível que não tenham outro fim, que não o da separação, se antes não fizerem o exercício de se separarem de si mesmos.

Relacionamentos são como rosas. Quantos de nós não matamos a flor para nos livrarmos dos espinhos? Se já é tão delicado cuidar de um relacionamento, tal qual quem cuida de um jardim, o que dizer de quando o jardim é submetido a tempestades?

E não há maior tempestade do que um filho à deriva.

O sofrimento do jovem Giovanni trazia consigo enormes dores, difíceis de serem compreendidas. Seus problemas, ao contrário de dar sinais de melhoria, só se faziam mais críticos. Aquele ano de total descontrole vivido em Milão foi o primeiro a trazer preocupações mais concretas a seus pais. Depois, os três anos que Giovanni morou com sua avó Francesca, em Acerra, insistindo futilmente na carreira de engenheiro, seriam ainda piores: carros batidos, notas forjadas, dinheiro desviado, apreensões com cocaína, maconha, ecstasy, LSD. No último ano, fugiu da casa da avó: foi morar em um bar que abriu com um amigo: Balofo's chamava-se (o bar, não o amigo). Giovanni cozinhava, fazia até algum sucesso. A casa enchia às sextas e aos sábados. Chegou a bater recorde de pedidos de cerveja, virando o principal cliente do representante comercial da Peroni naquele bairro. O representante só não sabia que quem consumia tudo era o próprio Giovanni. O bar não durou mais que quatro meses, afundado em dívidas, Giovanni junto. Então foi pulando de casa de amigo em casa de amigo, sem rumo, a despeito dos constantes pedidos de dona Francesca para que voltasse para casa.

Católica fervorosa, ela só sabia orar. Havia feito da recuperação do neto sua nova missão. Protegia-o, ao mesmo tempo que o reprimia, embora dócil. Certo dia, Giovanni voltara bêbado, às sete da manhã, de uma festa. Já na frente de casa, foi surpreendido por vovó Francesca sentada à calçada (ela adorava ficar ali):

— Giovanni! São sete da manhã! Você está chegando agora?

E ele, maravilhosamente esperto:

— Não, vó. Na verdade, estou saindo, para ir à missa. Eu dormi aqui ontem!

— Muito bem, meu neto!

Giovanni deu meia-volta e seguiu caminhando rumo a outro bar. Dona Francesca não tinha punho suficientemente forte para intervir de maneira categórica e frear os impulsos destrutivos de seu neto. Dona Gilda, com sua contenção impassível, e à distância, menos ainda. A Enrico sobrava a ingrata tarefa de ser o caudilho. Havia sido assim toda a sua vida, afinal. Quem, senão ele, para estabelecer os limites? Giovanni havia ultrapassado todos! Eram já quatro anos vividos em franco declínio, desde que havia partido para Milão. Some-se a isso o ano escolar caótico que Giovanni atravessou em Jaguarão, concluindo o ensino médio aos trancos e barrancos, assim como outros períodos de baixo desempenho escolar em colégios católicos de Acerra e São Paulo, e tem-se uma dose bastante insolúvel de desalento para quaisquer pais.

Com o fim do casamento, como dissemos, Enrico voltou de Jaguarão para Acerra, e, no caminho, seu avião cruzou com o de Giovanni, que voltou de Acerra para São Paulo, fugindo do pai e indo atrás da mãe. Dona Gilda suplicara a Giovanni que voltasse a morar com ela. Cuidaria dele.

— Mãe, a decisão de mantê-lo morando em sua casa foi sua — retomou Alessandro.

— Mas eu não posso expulsá-lo, é meu filho!

— Não estou falando para expulsá-lo. O que estou tentando dizer é que o fato de não poder expulsá-lo faz você viver como escrava dessa decisão. Se você decide que não o expulsará, você automaticamente fica responsável pelas consequências de tê-lo aí morando com você, em sua casa. Porque, no fim das contas, é você quem escolhe isso.

— Mas não posso deixá-lo abandonado na rua...

— Eu sei, e você nunca se permitiria sentir de outra forma. Mas ele não é mais uma criança. Pode ser que te doa ouvir isto: Giovanni nunca ficou abandonado na rua. Já dormiu na calçada um par de vezes, sim, mas essa imagem de um "coitado abandonado" que você tem dele simplesmente não é real. Ele vive de casa em casa, de restaurante em restaurante, de bar em bar, com mulheres pagando suas comidas, suas estadias, seus táxis e seus passeios. Quando não você! Ele nunca passou fome. Você precisa encarar essa situação de outra forma. Você fez bem em trazê-lo de Acerra, porque lá faltava pouco para ele ser preso definitivamente, isso é verdade. Mas olha a situação que virou agora!

Não importava quão elaborado fosse o argumento de seu filho mais novo, dona Gilda nunca conseguiria agir de maneira drástica para conter os impulsos destrutivos de seu filho mais velho. Paradoxalmente, Enrico nunca conseguiu agir de maneira não drástica. Um era contraponto do outro. Teriam tido outro tipo de sucesso, juntos, mas a discórdia, filha da impotência, certamente não contribuiu para a melhora do filho, fazendo-se ainda mais crítica nos anos que antecederam a morte de Enrico. Ninguém falava com ninguém: Enrico, dona Gilda e Giovanni simplesmente não se entendiam. Como consequência, a Alessandro coube o papel de intercessor da família, mesmo morando em outro país.

O divórcio havia decretado sentença definitiva para o ambicioso Enrico. Sentiu-se inferiorizado ao ter de deixar Acerra depois de quatro anos com sua família lá. Depois se sentiu novamente vencido nos quatro ou cinco anos que viveu na última fronteira, em Jaguarão. De lá regressou, em exílio autoimposto, a sua terra natal. À distância, e unicamente por cartas e telefonemas dirigidos a Alessandro, indagava sobre seus filhos, sobre a própria dona Gilda, a quem nunca deixara de amar, mas a quem jurara eterno e intransponível distanciamento. Enviava exorbitantes quantias para o sustento de dona Gilda e Giovanni: sua ajuda econômica era como um bálsamo para ele próprio; refletia sua generosidade ao passo que enfatizava sua clausura e indisponibilidade para lidar emocionalmente com os problemas de sua família. Ficou relegado a uma vida cinza, em condenada depressão, da qual somente sairia após seu fatal acidente cerebral.

Enfim, viu seu poder se dissipar. Já não era o herói triunfante de outrora, tampouco o desbravador destemido. Já não era forte, imponente e com autoridade e majestade inquestionáveis. É claro, havia envelhecido, ainda que não tanto. Morreu bastante jovem, aos cinquenta e nove anos. A idade se fazia, sim, mais presente mediante as tristezas que colecionava. Assistia ao desenrolar da história de sua ex-esposa e seus dois filhos como quem assiste a um enredo sem qualquer possibilidade de protagonismo, relegado a observar, quase como prenúncio, um inevitável fracasso (ou tão somente a assistir a ele de maneira passiva). É provável que esse conjunto de perturbações à alma, aliado a outras questões de saúde endêmicas, tivesse contribuído de maneira cabal para fulminar seu cérebro.

Atendendo ao pedido de Enrico, incapacitado, Alessandro intercedia traduzindo suas ordens em leis, administrando as contas da mãe, contabilizando gastos e direcionando decisões a respeito do irmão. Em uma das internações que intermediou, Giovanni teve seu período mais promissor: ficou dezoito meses internado, apresentando importantes sinais de recuperação e revertendo, positivamente, até mesmo o relacionamento difícil que mantinha com o pai, ainda que nunca em definitivo.

Mas logo Giovanni se cansou da perspectiva limitada oferecida pela clínica, da repetição da rotina e, ainda que estivesse livre de entorpecentes, viu o traço natural de sua personalidade impaciente aflorar perante a falta de estrutura do estabelecimento. Incomodado e exigente, passou a criticar tudo, como se não estivesse sendo bem tratado. Reclamava da comida, do lençol, do colchão, da desorganização das palestras. Implorou à dona Gilda que assinasse sua alta da instituição, a contragosto de Alessandro, que havia sido o responsável legal naquela situação e acreditava que ainda houvesse um longo caminho para sua verdadeira recuperação. Mas dona Gilda fazia por acolhimento, não intenção paradoxal. Nunca desejaria ir contra nenhum tipo de tratamento, tampouco suportaria ver seu filho submetido a situações agravantes indefinidamente.

Não era por menos: em duas outras internações, Giovanni reclamou de maneira parecida, e com razão. Na primeira, na CDD, Clínica Desintoxicados por Deus, sentia-se mal, não respirava bem, reclamava do odor de umidade no seu quarto, dizia que ninguém lhe dava bola e que vivia largado em uma cama. Dona Gilda foi averiguar o que acontecia e por pouco não perdeu antecipadamente seu filho. Ele teve de deixar a clínica onde estava internado para ser admitido em outro hospital, às pressas, com embolia pulmonar. O fato de ter passado tantos dias deitado em uma cama precária na CDD, sem estrutura adequada, foi fator inequívoco para que a doença surgisse. Não morreu por um milagre. Os Valeriano não processaram a tal "clínica-de-desintoxicação-por-obra-divina-mas-quase-assassinato-por-incompetência-humana" puramente por falta de paciência para enfrentar traumas burocráticos. Há dores de cabeça que não valem a pena. Apenas ficaram gratos pela recuperação de Giovanni.

Em outra oportunidade e em outra clínica supostamente angelical, ou direcionada por Deus, Giovanni reclamou de uma ferida no braço. O psiquiatra-chefe da instituição garantia que era uma queixa comum dos internados por dependência química, fazia parte do processo de desintoxicação. Com senso de autoridade, ele explicava:

— Os pacientes são muito hábeis em fazer parecer que estão sendo maltratados. Vocês têm de desconfiar de qualquer reclamação.

Que situação difícil! Deve-se confiar no médico, que aparentemente fala com toda a propriedade e cuja explicação parece ter bastante sentido; ou se deve acolher o incômodo do paciente, transtornado, e aceitá-lo como verdade? O que fazer? Que sofrimento para pais, mães, esposas, maridos, irmãos e filhos de dependentes internados, a quem é conferido o poder de discernir entre verdade ou mentira, sem o menor espaço para erro! E quantas clínicas, ante essa vulnerabilidade, deixam de exercer seu papel ético para transformar o que seria uma (pouco) provável recuperação de um drogadicto em um negócio lucrativo e sem escrúpulos?

Dona Gilda desconfiou do médico. Visitou o filho, e eis que por pouco ele não teve o braço amputado, em função de uma infecção voraz que progredia rapidamente e evoluíra de um simples ferimento — tal qual Giovanni reclamara — para um quase fatal abscesso.

Como discernir entre verdade e mentira? O papel de juiz, em situações assim, é dos mais difíceis, e talvez apenas aqueles imbuídos de divindade, ou ao menos um forte desapego terreno, tenham a competência necessária para operá-lo. Não à toa, praticamente todo e qualquer deus — desde os primeiros relatos na Suméria, Vale do Indo e Antigo Egito, passando por aquele do judaísmo, cristianismo e islamismo, além do completo panteão pagão — tem o papel infeliz de ser juiz. Papel de juiz, quase todos. Papel de perdão, quase nenhum. Detalhe mais uma vez curioso: todos sabemos julgar, mas ninguém sabe perdoar. Muito poder para pouca propriedade.

Depois de todas essas elucubrações, algumas mantidas em diálogo com sua mãe pelo celular, outras em pura fuga de ideias e reminiscências de seus debates filosóficos com seu irmão, Alessandro chegou ao hotel da rua Augusta. Duas viaturas estavam estacionadas em frente à fachada do estabelecimento, com suas luzes vermelhas e azuis alternando-se em compasso intimidador; ao lado estavam quatro policiais, três deles olhando ao redor com imposição; o último de joelhos, observando algo na calçada.

Já acostumado a pensar o pior, Alessandro cogitou se não seria seu irmão, estirado e morto. Teria cometido um crime ao imaginar sua morte? Tantas vezes Giovanni chegou tão perto dela, afinal. Como em uma das poucas visitas que os irmãos Valeriano puderam fazer a Enrico, já no fim de sua vida, em Acerra. O ano era 2004. Estavam os três passando um momento relativamente bom, apesar da depressão de Enrico, deitado em sua cama, como já lhe era costumeiro, e os irmãos sentados na beirada dela, apenas a ouvir, pois Enrico sempre tinha muito a dizer. De vez em quando, respondiam alguma coisa. Giovanni era mais arrojado, fazia piadas, contava sobre mulheres. Falava até palavrões — que ousadia! Alessandro, bastante reservado, limitava-se a tecer comentários neutros.

O fato é que amavam estar ali, sentados com o pai, naquele que seria um de seus momentos favoritos. Ouvir as coisas que Enrico tinha a dizer era quase como ouvir a voz de Deus na Terra. Ele sabia de tudo, sobre tudo. Sobretudo, era antenado: seu conhecimento não residia somente na tradição, nem mesmo se restringia a livros, academicismos ou fórmulas avançadas de engenharia. Era esperto, malandro de rua. *Street-smart*, dizem em inglês, para diferenciar daqueles que são *book-smart*. Ninguém nem nada passava Enrico para trás. Os irmãos tinham enorme orgulho dessa qualidade. Queriam replicá-la em suas outras interações, cada um a sua maneira: Giovanni, esboçando poder e autoridade, embora sem limites; Alessandro, explorando a intelectualidade, ainda que de maneira sofrivelmente introvertida.

Desfrutavam tanto da companhia do pai, especialmente quando era leve, que imediatamente entravam em modo de suspeita: "Não pode ser que esteja tudo tão bem. Algo de ruim vai acontecer". Essa súbita sensação de desassossego iminente os obrigava a caminhar como se pisassem em ovos, para não dar espaço para qualquer eventualidade negativa, comandando, enfim, suas atitudes. Tudo tinha de ser perfeito. Já que estavam conversando com o pai, e ele estava relativamente bem, não podia haver interrupções. Se tocasse o celular de um deles, fosse quem fosse ligando, não atenderiam. Se precisassem fazer xixi, segurariam até que Enrico terminasse de falar. Se tivessem saído com o carro do pai, e o pneu furou, ou o radiador ferveu, não contariam nada a respeito — resolveriam sozinhos, ainda que a ajuda do pai pudesse ser extremamente útil. Se começasse a trovoar, e uma chuva iminente anunciasse sua chegada, rezariam intimamente, padecendo de maneira silenciosa, para que ela fosse branda, a fim de não destruir as mudas de quaresmeira que haviam acabado de plantar a pedido do pai — mas não tirariam o pé do quarto dele;

iriam depois, de madrugada, checar se as mudas estavam em bom estado. Se não estivessem, trabalhariam novamente, replantando, cuidando, reforçando a terra ao redor de cada mudinha, até que todas ficassem como novas. Se precisassem tomar banho, e a água quente da casa tivesse acabado, tomariam banho gelado, no frio mesmo, para não gerar um transtorno desnecessário e poupar Enrico de semelhante desagrado ao saber que a água quente acabara. Se a porta do quarto em que eles estavam hospedados estivesse emperrada, seria melhor se espremer inteiro para entrar, ou mesmo dormir na sala, do que dizer que havia um problema com ela. Assim como foram quando crianças, eram agora enquanto adultos, apenas com exponencial intensidade.

Era como se tivessem extrapolado ao máximo o perfeccionismo do pai, de tal maneira que nem ele próprio se sujeitaria a tamanho desconforto. Que Enrico era perfeccionista, não era novidade, haja vista seu trajeto arquitetado com passos minuciosos e admirável engenharia para sair das trevas impostas por seu pai, o avô dos meninos, bem como ressignificar a dor a que fora submetido. Uma jornada como essa exigia que seus planos fossem milimetricamente executados.

Enrico sofria com seu perfeccionismo, não era de surpreender, posto que vivemos em um mundo de imperfeições. Celulares interrompem, carros quebram, pneus furam, chuvas chovem, mudas sofrem, chuveiros queimam, portas emperram e parafusos espanam. O propósito de um imprevisto é justamente se fazer presente quando não precisamos dele. É contra sua natureza desejarmos que ele não aconteça. Pequenas coisas eram, então, motivo de enorme frustração para Enrico. Irritava-se, e bastante; afinal, tremendo havia sido seu esforço para que tudo funcionasse impecavelmente. Irritação até que compreensível, se vista sob essa perspectiva. Mas o sentimento dos seus filhos ante tal irritação era deveras desproporcional, transformando o perfeccionismo do pai, já exacerbado, em algo imponderável.

Enrico nunca suspeitou, talvez até achasse graça do exagero se soubesse da maneira com que seus filhos lidavam com suas aflições. Já os meninos haviam sofrido em segredo por muito tempo, sem poder dar outra leitura para seu próprio incômodo. Assim, viviam experimentando o tal mal-estar a todo instante, misturado a (ou prenunciado por) situações de alegria. Nesse dia, uma sexta-feira chuvosa e fria em Acerra, o momento de alegria foi desafiado, além de todos os já esperados imprevistos, por um pedido de Giovanni:

— Pai, podemos sair?

Não eram mais jovens moços: Giovanni tinha seus trinta anos, e Alessandro seus vinte e oito. Ainda assim, pareciam duas crianças quando encontravam seu pai, devido à imponente autoridade que sua figura conferia. Para saírem à noite, precisavam pedir autorização.

— Podem, claro! Aqui estão cem euros para cada um. Comportem-se. Podem sair com a Ferrari — ofereceu o generoso Enrico.

Sentia alegria em ver seus filhos desfrutarem do seu patrimônio, construído com evidente esforço. Era como se pudesse presentear com essa alegria também o pequeno Enrico da adolescência, que nada possuía; um conforto que lhe teria sido extremamente bem-vindo. Enrico era, portanto, inequívoca e duplamente generoso: generoso com os filhos, generoso com o Enriquinho.

— Não bebam — anunciou, enfático, enquanto entregava as chaves do carro para Giovanni, que, vitorioso, cochichou para o irmão:

— Vamos para Nápoles, lá a noite é muito melhor.

Alessandro já começava a suar frio. Sair com a Ferrari do pai, numa sexta-feira chuvosa, e ir para Nápoles ainda por cima, a 20 quilômetros dali, com cem euros no bolso cada um, era presságio para um desastre.

"Então o mal-estar se fez carne", pensou. "Pronto, estamos ferrados."

Alessandro queria, e não queria, sair com Giovanni. Queria, sim, estar com o irmão, se divertir, ouvir música boa, paquerar garotas napolitanas, ainda mais na companhia daquele que tudo lhe ensinava. Certamente teria a chance de conhecer finais diferentes para as histórias imaginadas na infância. Talvez pudesse ter sorte e dançar com alguém, sem apenas ensaiar. Talvez pudesse conversar a conversa do amor enquanto se fala e se ouve, sem apenas desejar, e não como aqueles que vivem monólogos que viram diálogos tão somente em sonhos. Talvez pudesse ser mais como seu irmão e menos como o menino bobo que sofria bullying na escola. Queria até beber uma — uma não, melhor duas doses de uísque para extravasar. Claro que queria! Sair com o irmão era uma das coisas mais legais do mundo. Mas também era um convite ao inferno. Bebidas? Carros velozes? Estrada? Música alta? Diversão? Cem euros? Tudo o que "não pode" junto e misturado. Bastava um piscar de olhos para que uma noite promissora como essa se convertesse em pesadelo.

E para Giovanni? Sair com a Ferrari do pai, numa sexta-feira em Nápoles, cidade de bares, mulheres, música e diversão; e ainda por cima acompanhado por seu melhor amigo, seu maior fã, seu pequeno irmão Alessandro, era o paraíso. Mais do que isso, era se transformar no próprio Enrico, desde sempre seu mais íntimo anseio. Poderoso, vencedor, rico, forte, Giovanni esbanjaria a felicidade que seu pai sempre reprimiu para si.

Enrico era extremamente austero. Embora houvesse adquirido um ou outro objeto de maior valor econômico, não sabia desfrutar. Nunca conseguiu, em verdade, usufruir de nada do que ele próprio construiu. Tal atitude significaria trair o pacto estabelecido tacitamente com a memória de dom Alberto, desde sempre pobretão e fracassado, atestando de uma vez por todas que Enrico era melhor do que ele. Não que não fosse — tanto o era que o submeteu e, naturalmente, se sentiu justificado. Mas preservar algo da pureza de dom Alberto talvez fosse o último fio de integridade que tinha para se apegar a algum significado maior em relação a sua origem e assim se sentir amado pelo pai. Ou quem sabe menos rejeitado. Porque nunca deixara de amá-lo. Como consequência, não tinha coragem de desfrutar de coisa alguma — tal atrevimento seria um insolente ato de ingratidão e demérito a seu esforço, à história sofrida de dom Alberto. Pensando em todas essas coisas, provavelmente sentia mal-estar semelhante ao de seus filhos, preferindo, assim, prescindir de momentos (justos) de prazer, como o asceta que procura na sofrida abnegação da matéria o caminho para se regozijar com Deus.

Já Giovanni era absolutamente voraz. Queria ser feliz a qualquer custo, desfrutar sem preço, celebrar sem mérito:

— Posso ser feliz? — repetia para todos que questionavam seu estilo de vida.

Queria para si a felicidade que o pai nunca teve, fruindo do patrimônio material que Enrico, sim, tinha genuinamente conquistado: carros, propriedades, dinheiro, poder. O que seria um mal-estar frente a tamanha tentação? Mal-estar seria ser privado de sair à noite. Ficar preso, encapsulado por limites. Mal-estar seria viver uma vida sem prazeres, sem sabores, sem texturas. Seria viver "grudando a bunda na cadeira", tal qual Enrico professava, como a única receita correta para prosperar, o resto estaria invariavelmente errado:

— Grudem a bunda na cadeira e estudem! Como vão crescer na vida? — declamava Enrico.

Giovanni não queria nada disso. Não queria prosperar, queria já *ter prosperado*. Não queria estudar, queria *já saber*. Não queria procurar, queria apenas saborear aquilo que casualmente encontrou pelo caminho, sem o menor esforço. Ser *ele* o objeto do encontro, não sujeito, sem que para isso precisasse mover uma palha. Queria, principalmente, *aproveitar*, tal qual verbo intransitivo, coisa que Enrico nunca se permitiu.

Tal abstinência corroía Giovanni. Para quê seu pai se dedicara tanto aos estudos? Para quê fim Giovanni teve de passar distante dele a maior parte da infância, já que o pai sempre tivera de trabalhar? Qual o sentido de tanta diligência, se, quando Enrico chegou à maturidade, não pôde aproveitar nada — absolutamente nada — pelo quê tanto batalhara? Viveria em uma cama? Ele, o mais poderoso de todos? Era essa a maneira de o universo retribuir o esforço de uma vida inteira?

— O universo que vá à puta que o pariu!

Que bom que Giovanni já era suficientemente herege a essa altura de sua vida, a ponto de pensar que era o universo inteiro, e não Deus, quem praticava semelhante injustiça divina com Enrico. Caso contrário, estaria em situação extremamente blasfema dizendo a todos os ventos, como fazem em língua espanhola aqueles que não se conformam com o que o Senhor, segundo sua crença, lhes reserva: *"Me cago en Dios"*. Nem Jó, que tudo fez de correto, que tudo de horrível sofreu, se atreveu a tamanho sacrilégio. E, tal qual Jó, Enrico muito fez de correto, muito do que é horrível sofreu. Onde está a justiça divina, se os ímpios prosperam e os virtuosos definham?

— No Reino de Deus — disse Alessandro.

— Na merda de uma cama, isso, sim — disse Giovanni. — Não há justiça divina, apenas injustiça humana.

Não, Enrico não poderia estar em uma cama. Giovanni recusava-se a aceitar. Enrico era homem honrado, incomparavelmente esforçado, sábio, dedicado ao trabalho e à família. Homem de ascetismo inequívoco no que se referia aos prazeres próprios e de caridade sem precedentes no que tangia à necessidade dos demais. Bravo, sim; rigoroso, sim; impaciente, sim. Mas de coração bondoso. Não merecia um final de vida melhor? E os restaurantes de outrora, as celebrações em missas, os prêmios e as menções em revistas especializadas? E o exército de funcionários da Valeriano Motore, que tanto idolatravam Enrico — o que pensariam ao vê-lo relegado a uma vida vencida pela depressão?

Não, de maneira alguma! Era preciso viver. E, para viver, era preciso extravasar, explodir, exaurir. Sair de si mesmo. Deixar de ser. Platão dizia que a alma almeja voltar a sua origem. Que outra maneira de realizar tal profecia senão excomungando todos os santos — e não os demônios, já que aqueles apenas falham em sua nobre missão — para fora de nossa realidade?

— Fora com os santos, todos eles; vivam os demônios! O certo é ser errado!

A vida é aqui na Terra, e a nós cabe viver sem pesar. Desfrutar sem remorso. Aproveitar sem medida. Devemos excomungar os justos, e com eles o pecado, para canonizar os ímpios e assim arrancar as correntes que aprisionam o bem-estar. Devemos abstrair a abstinência para celebrar o excesso. Devemos extirpar do esforço o mérito, para expirar da vida o fôlego de uma vez por todas. Pois o fôlego é finito; mas as possibilidades, incontáveis. O excesso é incapturável; a abstinência, infértil. E o prazer? Bem, nada é tão paradoxal quanto o prazer, pois ele é diabolicamente divino, ao mesmo tempo que é divinamente amaldiçoado. Quem não tiver prazer em sentir prazer que atire a primeira pedra!

— Os hipócritas dirão que não têm prazer, atirarão pedras com ímpeto, condenando os demais. Mas não o farão sem sentir, secretamente, deleite em apontar nos outros o que gostariam de experimentar eles mesmos. Ah, que deliciosa verdade! A verdade é que, a cada vez que atiram pedras, eles gozam! — riu Giovanni, já estacionando a Ferrari perto do bar mais badalado de Nápoles, enquanto terminava outra cerveja que havia pegado na despensa da casa do pai. — Você já reparou como essas mulheres que pagam de santas são todas meio... retraídas? Toda vez que falam que isso ou aquilo é pecado, especialmente sexo, se contorcem inteiras! Apertam as coxas, comprimindo uma na outra, como se quisessem esconder suas partes íntimas inflamadas de desejo, para que estas não possam ouvir as barbaridades que suas línguas professam nem ser tentadas por elas... nossa, que imagem legal, a língua e a...

— Você está indo longe demais! Agora toda mulher conservadora é uma tarada disfarçada? — interrompeu Alessandro, preocupado com o que julgou serem, claramente, novas blasfêmias proferidas por seu irmão.

— Sim! E é ainda mais tentador imaginar isto: mulheres regradas, de vestido longo e gestos contidos, querendo cobrir todo o corpo, para encobrir o sexo e reprimir o desejo. Cada vez que falam que "sexo é pecado", sentem o corpo vibrar. Cada vez que condenam a luxúria nos outros, secretamente a desejam para si. Cada vez que lançam olhares desaprovadores para algum casal que consideram depravado, tão somente por demonstrar afeto de maneira mais passional em um shopping, reprocham nelas mesmas a vontade de ir para a cama com o tal casal. Estão desesperadas por sexo, culpadas por sentirem enorme tesão e por não se sentirem minimamente atraídas pelos maridos, outros tontos que esquecem que se casaram com gostosas. Imbecis que preferem mandar fotos de mulheres peladas para os amigos em grupos de mensagens cheios de machos a dar assistência para as esposas, sedentas por luxúria.

A essa altura já estavam no terceiro ou quarto drinque no tal bar badalado. Giovanni retomou seu monólogo:

— Um bando de homens quadrados e retrógrados falando, como primatas enjaulados, da mulher dos outros e com isso deixando as mulheres deles *para os outros*. Por isso que eu não paro de comer mulher casada. Olha pra essa aí. — E apontou uma jovem mulher, de seus 27 anos, sentada numa mesa a poucos metros do bar, com duas amigas, conversando de maneira despretensiosa. — Olha que gata! Certeza que é casada. Certeza que está infeliz. Oi, você! — emendou, acompanhado por um sorriso sedutor, ainda que indefinido, para a mesa. As mulheres desfrutavam tranquilamente de sua conversa. Retribuíram com um olhar dúbio, ainda que gentil.

— Viu? Casadas, mas gostaram que a gente deu "oi" para elas.

Alessandro não deu "oi" coisa nenhuma, ficou quieto o tempo todo. E a conclusão sobre serem casadas, ou mesmo sobre terem ou não gostado do tal "oi", nunca soube de onde surgiu.

— Eu acho que estão infelizes, você não acha? — seguiu, incansável, Giovanni, sem esperar que Alessandro dissesse alguma coisa. — Se estão infelizes, querem algo diferente. Sentem culpa por desejar algo diferente. Com a culpa, sentem ainda mais tesão. Com o tesão, sentem raiva porque sabem que são traídas pelos maridos brochas, que só ficam de pau duro quando comem putas e, mesmo assim, só se tomarem Viagra. Maridos que não dão bola para suas esposas só porque cansaram de experimentar mel do mesmo pote. Não sabem que um mesmo homem nunca pode entrar no mesmo rio. Cada vez é uma nova vez. Eu amo fazer sexo mil vezes com a mesma mulher, pois nunca é igual.

Virou mais uma cerveja e, como se argumentasse contra sua própria tese, pontuou:

— Tudo bem, na verdade amo sexo e ponto. Mas eles são estúpidos, abandonam as esposas porque preferem abrangência à profundidade.

Neste momento de bela reflexão, parecia falar dele mesmo, de sua dificuldade de manter qualquer relacionamento, posto que nunca chegara a aprofundar relação alguma. Então se levantou do banco, disposto na barra do bar, e intensificou seu discurso apaixonado, acompanhado por mais uma dose de bebida, agora redirecionando a energia sexual para outra mais primitiva, ainda que a ela relacionada:

— Turma de macho é a pior coisa que existe. O que tem de grupo de celular de machão mandando foto de mulher pelada pra machão! Um bando de estúpidos retraídos, cornos. Falam de mulheres como objeto, e se esquecem das suas mulheres. Seguem as regras religiosas, posam de homens de bem e de família, condenam os diferentes, mas eles mesmos estão loucos para serem mais relaxados e livres como os próprios homens que condenam, enquanto frequentam puteiros pra fazer com putas o que não têm vontade, ou coragem, de fazer com suas próprias mulheres. Brochas! Eu te falo: tudo macho brocha e retraído. Se eu te contar sobre o montão de homens supostamente machões que tentaram ficar comigo em noites de drogas, você não acreditaria. Tudo reprimido. Muitos querendo sentar numa rola; mas na minha, não, de jeito nenhum, eu só curto mina. Nada contra quem curte, pelo contrário: eu amo os gays. E eles me amam. Muitos me amam porque me querem mesmo, mas sabem que eu não quero. E me respeitam. Outros me amam porque me amam. Já até dei selinho, de boa. Acho que os gays poderiam ensinar algo para esses machões. Eu falo pros machões: "Meu, senta numa rola, você vai ser mais feliz". Mas, não, preferem pagar de machões, estúpidos. E as mulheres deles estão lá, tendo sonhos eróticos com os vizinhos, com os amigos, com os maridos das amigas. Ou comigo. A sociedade inteira precisa de mais sexo. A falta dele é que transforma este mundo na porcaria conservadora que virou. Um bando de reprimido sexualmente, entrando em guerra e condenando os outros, armados com espadas pra açoitar os demais. Tudo isso porque não podem fazer o que mais queriam, que é pegar na chibata dos outros. Ah, eles bem que adoram uma arminha... uma chibata! Hipócritas filhos de uma puta! Jesus não teria a menor tolerância para com esses safados que se dizem os donos da verdade. Almoçam a Bíblia, mas arrotam barbaridades na forma de preconceitos. Jesus tinha altas minas, se quiser saber. Bebia drinques, tomava mil vinhos, ficava breaco com os doze apóstolos, comia cordeiros e fazia churrascos. Jesus detestaria

esse monte de macho hipócrita — e finalizou, com potência:
— Machão louco pra sentar numa rola.

Um homem que estava ao lado, na barra, pensou que Giovanni se referiu a ele:

— Você tá dizendo pra eu sentar numa rola? Tá me xingando de gay? Qual é a tua?

— Que xingando o quê, rapaz! Pra começo de conversa: desde quando gay é xingamento? E não falei com você. Tá pensando que é o centro do mundo?

— Tá me chamando de centro do mundo? Qual que é, cara?

— Qual que é o quê, ô imbecil. Tô aqui com meu irmão numa boa e você vem se meter.

Alessandro nada dizia, assustado. Detestava brigas. Qualquer coisa que remetesse à violência lhe causava tremendo desgosto, então resolveu interceder:

— Moço, esquece! Meu irmão não disse nada pra você, vamos ficar numa boa.

Enquanto falava, colocou timidamente a mão sobre o ombro do rapaz. Mas diminuir a intensidade de um confronto, para machões, é equivalente a dizer que ele não é aquilo que ele mais quer ser: machão. Então o machão pegou a mão de Alessandro e, com um golpe, a virou ao contrário, enquanto com a outra lhe deu um soco direto no olho, derrubando-o no chão. Giovanni reagiu com fúria, incinerado pelo álcool que consumia, pelo calor de seu recente colóquio e, principalmente, tomado pelo sentimento primitivo de revolta ao ver seu irmão ferido. Voou no machão como um urso-polar, enchendo-o de socos, recebendo outros tantos e estabelecendo o caos no bar badalado.

Os irmãos recobraram a calma só minutos depois, já expulsos do estabelecimento. Alessandro soltava algumas lágrimas reprimidas, de dor, medo, vergonha, ou pela descarga de adrenalina. Giovanni ria bêbado — de álcool, de raiva ou de autoexaltação em função de seu inflamado pronunciamento.

— Filho da puta esse cara, quem ele pensa que é? A gente estava numa boa lá, caralho. Ninguém falou nada com ele. E ele bateu em você. Ninguém encosta a mão no meu irmão.

— Eu vou dirigir, você não tem condições — alertou Alessandro.

Giovanni quis não gostar da sugestão, mas se refez. A lembrança do Ford-T era ainda muito viva.

Giovanni estava, também, um pouco machucado. Entraram no carro. A adrenalina se transformou em remorso. Sofriam. Pronto, eis o mal-estar, chegando sem aviso, mas com toda a ciência de sempre. Que sensação ruim passaram a sentir. Há aqueles que desfrutam de brigas em bares, especialmente os que não têm resolução para seus demônios internos. Há os que as detestam, tal é a perspectiva de barbaridade vivenciada em situações assim. Como quem salta de um espectro para outro em questão de segundos, Giovanni começou a chorar, arrependido. Sentia-se péssimo pelo soco que seu irmão havia tomado. Ao vê-lo em lágrimas, Alessandro conteve as suas, enternecido pelo arrependimento do irmão, ainda que desapontado com o ocorrido. Voltou a dirigir.

Quando já estavam na estrada que leva de Nápoles a Acerra, Giovanni, naturalmente ainda bêbado, experimentou súbito ódio: de si próprio, do machão intrometido, das regras, do mundo. Olhou para Alessandro. Viu a tristeza no olho inchado de sangue do irmão. Sentiu que Alessandro o condenava.

— Você acha que estou errado, não é?

— Não... não sei o que aconteceu. Mas, talvez, se não estivéssemos bebendo...

— Então estou errado!

Alessandro não respondeu, preferiu se concentrar na estrada, para esquecer. A ausência de respostas fez papel de juiz para Giovanni, que se enfureceu com seu irmão, tanto por vê-lo machucado, como por tê-lo potencialmente decepcionado. Tal desilusão assumiu um peso imponderável, misturada à culpa que o próprio Giovanni atribuía a si por motivos variados, assim como àquela culpa, milenar, de não sermos quem devemos ser, de não sermos quem querem que sejamos. Essa que nos faz falhos, caídos, pecadores, errados.

— Você está dizendo que foi minha culpa!

Giovanni não suportou a decepção do irmão. Num ímpeto inexplicável, movido a álcool, tristeza, vontade de fugir e de acabar com tudo de uma vez, abriu a porta do carro, que nesse momento se movia a mais de 100 quilômetros por hora, soltou o cinto do segurança e tentou se atirar.

— O que você está fazendo?! — gritou Alessandro, enquanto o continha com um braço, como dava, segurando-o pela camiseta com toda a força que o desespero concede, enquanto com o outro virava o volante, pisando abruptamente no freio do carro.

A astúcia fez com que perdesse o controle da Ferrari, que girou duas vezes no asfalto, cruzou a pista e só foi parar quando se chocou com uma árvore. O carro ficou arrebentado, Enrico também, quando soube do acontecido. Enfureceu-se com seus filhos e, ainda mais afundado em depressão, expulsou-os de casa, anunciando que nunca mais os veria.

De fato, foi a última vez que os viu. Morreu poucas semanas depois, sem saber que Giovanni também chegara, nesse mesmo dia, perto da morte não só ao tentar se atirar do carro ou trombar numa árvore. A situação ainda ficaria pior, se é que era possível. Segundos após o acidente, em vez de recobrar a razão, Giovanni entrou em caótico espiral. Não haviam se machucado, miraculosamente. Mas se sentiam tão destruídos quanto o carro. Alessandro, em pânico, gritou:

— Olha o que você fez! Você tentou pular do carro em movimento! Pare de beber, de uma vez por todas!

— Pare de beber? Pare de beber? Eu faço o que quiser! Se não posso beber, vou me matar de uma vez, caralho.

Desceu do carro, coberto por fumaça, e, em uma cena de filme de terror, correu para o meio da pista, com fúria indomável, desejando se chocar com os carros que vinham em sua direção.

— Puta que pariu, vou me matar! Sou um bêbado, não sou, que não serve pra ninguém e só dá trabalho? Foda-se, então.

Intrépido, Giovanni parecia um tanque, caminhando com notável firmeza na contramão, possuído por ódio mortal. De maneira desastrada, todos os carros logravam desviar dele, buzinando efusivamente. Alessandro gritava, num tormento sem fim. Por mais de uma vez, não apenas imaginou, como praticamente *viu* seu irmão morrer — seu corpo voando ao ser atingido pelos carros que atravessavam a rodovia a 120 quilômetros por hora. Um horror.

Mas Giovanni não morreu. Desistiu de fazê-lo naquele momento, apenas, e sumiu por algumas horas.

— Vou embora, porra! — Atravessou para o outro lado da rodovia, caminhando em direção a Nápoles.

— Vá mesmo, caralho! — gritou Alessandro, com o coração para fora da boca, ao mesmo tempo absurdamente preocupado com o provável destino do irmão.

Deveria ir atrás dele? Não deveria? Ainda furioso, chamou Giovanni pelo seu nome algumas vezes. Tentou segui-lo.

— Volta aqui agora, seu louco! Puta merda! Olha o que você está fazendo com a gente!

Giovanni apressou o passo, gritando de volta para deixá-lo em paz. Ainda que quisesse, ou mesmo tentasse, Alessandro não conseguia alcançá-lo do outro lado da rodovia, já mais distante. Ninguém, em sã consciência, faria o milagre de atravessar aquela estrada sem morrer.

Giovanni só apareceu na casa de seu pai no dia seguinte. Alessandro voltou logo após o acidente, mas só contou o acontecido para o pai de manhã, quando ele acordou, tendo sofrido madrugada adentro, preocupado com o irmão e horrorizado pela gravidade da situação. Contou que os irmãos tiveram uma discussão, mas omitiu a tentativa de suicídio, responsabilizando-se pelo acidente. Enrico, completamente transtornado, não conseguia entender claramente a circunstância. Discussão? Bateram a Ferrari? Giovanni desaparecido? Acordar para um desastre desse era como acordar para um pesadelo! Quando enfim Giovanni apareceu, e com o reconforto de ver o filho vivo, Enrico sucumbiu à frustração e à fúria: falou para os filhos irem embora de casa e não voltarem mais. Que o deixassem em paz de uma vez por todas!

A memória de seu irmão quase morrendo muniu o pensamento de Alessandro de premonições terríveis. A posterior morte do pai, à distância, sem poder se despedir dele, nada fez a não ser confirmar o teor catastrófico de seus pensamentos, assim como o remorso que o acometeu, a ele e a Giovanni. Enrico morreu chateado com seus filhos, sem falar com eles. Quanto arrependimento! Os irmãos queriam poder voltar no tempo, não bater a Ferrari, não lutar contra o machão, não sair à noite... apenas ficar sentados ouvindo o pai falar. Sem prazo de expiração. Ao contrário disso, foram obrigados a aceitar a morte. Que tristeza morrer assim! Que tristeza morrer sem perdão!

Voltando ao episódio do hotel mequetrefe, em que o policial olhava para algo no chão, desta vez, ao menos, a imaginação de Alessandro não foi frutífera: não era o corpo do irmão que estava ali, e sim os destroços do aparelho de televisão arremessado pela janela do primeiro andar, onde Giovanni estava hospedado. Ao lado, um colchão.

Respirou, aliviado, por saber que Giovanni ainda estava vivo. Apresentou-se aos policiais e imediatamente garantiu que arcaria com todos os prejuízos, dirigindo-se também à assustada recepcionista e a seu gerente, que a essas horas também havia sido acionado. Com a fala calma de quem já passou por experiências semelhantes por uma infinidade de vezes, embora disfarçando o estômago embrulhado pela inevitabilidade da dor, não precisou de muito para convencer todos ali de que tomaria as providências devidas. Explicou a situação em que sua família vivia em função dos recorrentes episódios de descontrole de Giovanni, ressaltando especialmente o suplício de dona Gilda e a morte de Enrico, e com isso ganhou alguma simpatia dos oficiais. Imediatamente passou seu cartão de crédito e acertou todas as despesas em aberto, inclusive o valor de um novo aparelho de televisão, e rogou à recepcionista e seu gerente que não prestassem queixa formal: sairia dali sem maiores complicações, apenas precisaria de algumas horas para acalmá-lo. Com a anuência de ambos, os policiais desejaram sorte e reforçaram que, ante qualquer eventualidade, voltariam.

Alessandro respirou fundo, encarando as escadas que levavam até o quarto onde estava hospedado seu irmão. Sentia tristeza, desesperança, vergonha e até mesmo raiva da situação. Mas também sentia algo que vagamente o remetia a uma sensação de honra, por estar ocupando o lugar de sua mãe, que não tinha estrutura emocional para lidar com a situação, assim como por estar ocupando o lugar de seu falecido pai, de quem sentia saudades (e a quem prestava serviço como missionário imbuído de um legado). Havia alguma dose de heroísmo em poupar sua mãe e honrar a memória de seu pai, e isso não deixava de lhe parecer afável, ou ao menos funcionava como um bálsamo para abrandar semelhante tormento a que, sabia, teria de se submeter.

Subiu as escadas, consternado. Bateu à porta, indagativo e ao mesmo tempo resoluto:

— Giovanni? Posso entrar?

Ah, essas portas que separam expectativas de realidades, quão memoráveis são!

A imagem não lhe causou a raiva imaginada — e até mesmo minimamente necessária para poder lidar com a situação sem ser subjugado por ela. Tampouco lhe causou a tenaz decepção vivenciada em situações anteriores. Apenas partiu seu coração: Giovanni, ofegante, suado e rodeado de vômito e manchas de sangue, sem camisa e apenas de cueca, segurava o controle da TV na mão, o qual inutilmente pressionava como a esperar que algo de diferente aparecesse no aparelho (que já havia sido atirado pela janela). Estava deitado, completamente vencido, no chão. Sobre o colchão da cama preservada, estava um prato com meio misto-quente intacto, a outra metade apenas mordida, e dois saquinhos de ketchup mal abertos. Ao lado do prato, uma latinha de Fanta laranja e, do outro lado da cama, um monte de garrafas de cerveja derrubadas, quebradas ou esquecidas. O quarto era simples, muito simples, da mesma simplicidade dos quartos em que Alessandro visitou Giovanni nos hospitais a que este tivera de ir para tratar de sua embolia e depois de seu braço infeccionado. Nessas ocasiões, frequentou hospitais do SUS próximo às clínicas onde estivera, e estas geralmente se localizavam em regiões mais ermas do interior de São Paulo. Então era de se esperar que a estrutura de tais hospitais públicos fosse, realmente, mais enxuta. Mas nem por isso menos eficiente. Há de se reconhecer que a hotelaria não era lá essas coisas — em ambas as ocasiões, Giovanni dividiu quartos com outros pacientes, com os quais nutriu rápida amizade, como era de seu feitio. O colchão era duro; o lençol, áspero. Mas a equipe de médicos e enfermeiros não media esforços para entregar serviços de qualidade, como era sua missão, a despeito dos recursos limitados que tinha disponíveis.

Nessas duas vezes, Giovanni ficou muitos dias hospitalizado. Alessandro se comovia cada vez que o visitava. O rosto de Giovanni se iluminava de alegria, causando o mesmo impacto em seu irmão mais novo. E novamente percebia a sensação de honra, como bem-vinda consequência de nossos gestos de bondade. É por isso que se diz que não há verdadeiros atos de altruísmo: por mais que façamos o bem para os outros, por mais que nos esforcemos para silenciar o que uma mão faz, sem que a outra tenha qualquer conhecimento, a sensação de bem-estar ante um gesto de generosidade é inevitável. Fazer bem aos outros faz bem a nós mesmos, como o sorriso agradecido de um senhor que espera por um prato de comida, na saída de um supermercado qualquer, ao ganhar de nós uma cesta básica; como o olhar emocionado de uma mãe a quem são entregues os restos de um almoço, na porta de uma farmácia, enquanto ela segura com a outra mão um bebê subnutrido. Esse sorriso, esse olhar... têm o poder de conferir divindade a quem lhes presta socorro. Somente um deus para surgir ante as cansadas súplicas de pessoas entregues a seu fatal destino e, simplesmente, *prover*. Essa é a característica que nos ensinam sobre a Divina Providência, que com sabedoria simplesmente *provê*, sem complemento, a nós mortais. Essa é a providência de alguns poucos humanos que se solidarizam com a dor dos outros. Como não se enternecer ao olhar emocionado de uma mãe que não encontra mais forças para seguir em frente, ou ao sorriso agradecido de um senhor que já desistiu de viver?

Com um olhar profundamente emocionado e um sorriso agradecido, tal qual o olhar dessa mãe e o sorriso desse senhor, Giovanni recebeu Alessandro, que, imediatamente, desmontou todas as suas defesas e se entregou em um sentido choro misericordioso, ainda que contido. Ali estava seu irmão, alegre e com olhar meigo. Seu pequeno irmãozinho maior, aquela mesma criança com quem brincava de descobrir se o mundo existia; com quem se escondia de bolas esmagadoras e para quem confidenciava todos os seus inúmeros e inalcançáveis amores. Seu irmão mais velho, seu herói, seu ídolo, cuja beleza invejava, assim como a entrega à religião, a força de homem feito, a esperteza com as mulheres e a sagacidade em tirar da vida o seu melhor. Ali estava ele, feliz e agradecido, e ao mesmo tempo sofrendo. Sofrendo muito.

— Irmão! — disse apenas.

Alessandro conteve palavras, não as sabia para tal momento. Apenas começou a limpar o quarto, como que mecanicamente, e ajudou Giovanni a deitar na cama.

— Eu sabia que você ia me salvar. Você é meu anjo! — agradeceu Giovanni.

Que alegria sentiu Alessandro ao ouvir isso. Regozijava-se, quase feliz, não fosse a evidente gravidade da situação. Quem de nós não se regozija por ser considerado um anjo? Ainda mais quando é enunciado por aquele a quem mais admiramos, nosso maior herói?

E, para Giovanni, Alessandro também era seu maior herói. Com isso, sem saber, ou intuitivamente iluminado, empoderava seu irmão para que ele, de fato, pudesse ter forças para ajudá-lo em tão frágil situação. A fragilidade de quem sofre sabiamente fortalece a intenção de quem presta auxílio. Alessandro ajudou Giovanni a caminhar até o banheiro com muito esforço: ele era grande, pesado, e seus movimentos estavam todos desconexos. Removeu o resto de cama atravessada, ligou o chuveiro e sentou seu irmão embaixo dele.

— Fique aí um pouco até eu arrumar tudo.

Ligou na recepção pedindo produtos de limpeza (o álcool que estava no banheiro não seria suficiente). Encomendou duas latinhas de Coca-Cola e passou a recolher os cacos, para tentar deixar o ambiente ao menos mais transitável. Voltou a seu irmão, que agora falava coisas sem sentido, alternando palavras de ternura com algumas ameaças tolas. Passou xampu nos seus cabelos e sabonete no seu corpo. Quando teve de passar no pinto, ambos riram. Assim como na bunda. Mas o fez, misturando diversão pueril com missão nobre de resgate, desapegada de materialidade. Seguiu esfregando o sabonete em seu corpo e sobre as múltiplas escoriações e feridas. Giovanni vivia machucado. Alessandro sentiu pena.

Depois de alguns minutos no banho, Giovanni estava já cheiroso, como sempre fora — à exceção do hálito alcoolizado —, e limpo. Alessandro envolveu-o com a toalha e o carregou, a passos lentos, até a cama, onde o deitou.

— Pedi para esquentar seu lanche, estava frio. Você está com fome? Toma também esta Coca, o açúcar vai te ajudar.

— Você é o papai? — Aos olhos de Giovanni, seu irmão parecia tão poderoso quanto Enrico, acudindo-o.

— Porra, meu! — riu Alessandro. — Que papai, o quê, para com isso, eu sou eu. Toma, toma logo essa Coca.

E o ajudava a beber, pois mal conseguia segurar a latinha. O lanche chegou, Alessandro abriu o ketchup, voltando a sentir compaixão pelo que acabara de ver — o prato com o lanche desatendido repousando na cama — e verteu o pacote sobre o misto-quente, agora realmente quente.

— Pronto, agora seu lanche está como você queria. Pode comer.

— A mamãe que ligou pra você? Como você me achou?

— Sim, ela me ligou, estava desesperada, coitada.

— Não queria que tivesse te ligado. Não era pra te ligar.

E abocanhou o misto-quente com vontade. Realmente Giovanni não queria ter incomodado seu irmão, embora sua presença fosse mais bem-vinda do que ele pudesse imaginar. Já sabia o quanto havia impactado negativamente sua vida, sabia claramente de todos os episódios de dor aos quais o tinha submetido — e essa consciência fazia de Giovanni um drogadicto diferente, pois são poucos os que conseguem entender alguma realidade exterior à deles mesmos. Talvez isso ocorresse como consequência de todos os inexistentes mundos particulares compartilhados pelos dois durante a infância. Ou talvez pela cumplicidade, pela união no momento de enfrentar medos, pela troca de experiências ante o desconhecido. Tinham uma ligação verdadeiramente especial. Irmãos já desfrutam disso, como vimos no *prólogo*. Mas Giovanni e Alessandro carregavam tal conexão de maneira bastante peculiar, pois eram irmãos não só no sangue e na jornada, mas também, e principalmente, na dualidade existencial entre descobrir seu propósito e preservar sua identidade. Eram dois espelhos de um mesmo reflexo. Ou dois reflexos de um mesmo espelho.

Giovanni acreditava que devíamos ser fiéis a nossa essência: não importava aonde fosse, nem onde estivesse, conservaria sempre a mesma alma rebelde e impaciente, ávida por mais, como quem não se satisfaz com pouco, ou, melhor dizendo, simplesmente não se satisfaz. Fosse na escola, na faculdade, na casa dos pais ou da avó, na Itália ou no Brasil, no trabalho ou no fim de semana, na igreja ou no puteiro, ele seria, inequivocamente, sempre a mesma pessoa. O meio não deve mudar quem somos, diria. Fantástica proposição. Ainda assim, Giovanni não tinha a menor desconfiança de qual caminho deveria seguir. Nunca saberia que fim dar a tão clara identidade.

Por sua vez, Alessandro era absolutamente seguro do norte que deveria guiar seus passos, mas não tinha a menor ideia de quem era. Na escola em São Paulo, aprendeu que não lhe era permitido pertencer. Não podia amar, não podia dizer que amava. Quando foi morar em Acerra pela primeira vez, era o brasileiro forasteiro, aquele que tampouco pertencia. Quando se mudou para Jaguarão, recebeu um apelido: "Alessandro de fora" — o que não deixa de ser uma peculiaridade das cidades pequenas: até os dias atuais, as pessoas parecem sentir a necessidade de denominar as demais com um adjunto adnominal, sob o curioso risco de não saber de quem estão falando se não o fizerem; tal qual acontecia na época de Jesus, com a diferença de que no século I ninguém tinha sobrenome. Então adjuntos adnominais eram não só necessários, mas fundamentais para diferenciar um de outro: Judas... *Iscariotes*, Jesus... *de Nazaré*, José... *de Arimateia*, José... *filho de Davi*. De qualquer forma,

Alessandro foi caracterizado sugestivamente como alguém que não poderia pertencer. "Alessandro *de fora*." Precisou mais uma vez moldar sua personalidade para ser aceito. Quando finalmente foi para o Uruguai, não era nem brasileiro, nem italiano; nem de fora, nem de dentro. Terminou por não saber quem era. Resignou-se com a ciência de que, quem quer ele fosse, deveria se modificar para poder agradar.

Assim, armados um com identidade, outro com propósito — e ambos sem seu complemento —, foram ao mundo enfrentar a realidade. Somente sabiam que, sem a presença um do outro, perdiam completamente o equilíbrio. Como seres fora do eixo, saíam por aí, para errar.

E aqui, se causar alguma surpresa ao leitor o fato de Alessandro também estar submetido a eixos desvirtuados, vale o convite à reflexão: não é porque Alessandro tinha um propósito claro que não corria o risco de se distanciar da virtude. E não é porque não sofria de drogadição que não tinha, também, seus demônios e seus vícios. Eles eram muitos. Fatalmente, cobrariam vida. A eles daremos voz neste relato, no momento oportuno.

Também é válido dizer que, apesar do despropósito natural das atitudes de Giovanni, sua essência permanecia firme, inabalável, com mastro ileso em meio a tempestades devastadoras. Nunca deixou de ser quem era, e isso não deixa de ser louvável.

Um precisava do outro.

Depois de conseguir que o quarto ficasse mais arrumado, ou menos destruído, e Giovanni minimamente restabelecido, Alessandro precisava ainda levar a cabo a solução com a qual se comprometera antes: era preciso internar seu irmão. Ainda que os momentos de risadas trocadas e ternura acolhedora entregue tão somente por um olhar meigo e um sorriso ingênuo lhe suscitassem dúvidas sobre se sua decisão era mesmo acertada, ele precisava concretizá-la, pois sabia do caráter efêmero do (aparente) bem-estar de seu irmão. A qualquer instante, Giovanni poderia se perturbar. Refeito, não haveria como contê-lo. Era preciso agir rápido, enquanto ainda estava dócil. Tampouco poderia ficar ali.

— Vamos dar uma volta de carro? — sugeriu Alessandro.

— Porra, "se vamos"! Vamos na Augusta comigo? Na praça Roosevelt? Você prometeu que iria comigo — animou-se Giovanni, de maneira infantil.

Alessandro concordou. Queria sair logo do hotel e abandonar o palco de destruição. Passaram pela recepcionista, os três sorrindo o mesmo sorriso inventado por Francielle: "Estamos juntos nessa". Ou, como ela diria em outras ocasiões:

— Temos que fazer cara de acelga.

Por que acelga? Talvez porque ninguém ligue muito para ela. Para alguns, saborosa; para outros, não. Para todos, acelga.

Entraram no carro alugado de Alessandro, e Giovanni logo ligou o som, no volume máximo. Alessandro gostava de música alta, como o irmão, mas naquele momento a altura o atormentava, pois consistia numa fronteira bem próxima entre permissividade e libertinagem. Alessandro também desejava poder extravasar, mas se obrigava a um senso contido, semelhante ao da mãe, para atenuar as possíveis consequências ruins dos excessos desmedidos. Não demorou para que Giovanni começasse a se alterar, sem que para isso precisasse recorrer a mais entorpecentes (afinal, não havia nenhum ali).

— Velho, preciso de um cigarro.

— Eu não tenho cigarro aqui, irmão, e você sabe que a fumaça me faz muito mal.

— Preciso de um cigarro. E uma breja. Vamos parar no posto.

— Eu não tenho dinheiro, não podemos parar em posto.

— Você não tem nem cinco reais?

— Não tenho.

— Pode me emprestar só dez reais?

— Eu não tenho, já disse.

— Então eu vou pedir emprestado pra alguém.

— Pra quem você vai pedir emprestado? Como assim?

Quando o carro parou no primeiro semáforo, na praça 14 Bis, Giovanni abriu a janela e começou a falar com três caras que bebiam na esquina. Eram já quase quatro da manhã, mas a noite de São Paulo, especialmente no centro, não tem fim.

— Brother, me descola essa breja? Posso filar um cigarro?

Para Alessandro, isso era motivo de enorme vergonha e, também, medo. Quantas vezes não havia visto simples pedidos como esse escalarem para episódios de violência? Olhou assustado, e forçosamente humilde, para os três rapazes, como antecipando desculpas:

— Não precisa, não precisa!

— Lógico que precisa! — gritou Giovanni.

Um dos rapazes se aproximou e lhe deu um Marlboro e uma latinha, quente, de Skol. Impressionante a habilidade de Giovanni de pedir e ser atendido. Agradeceu, rindo alto, já acendendo o cigarro com o isqueiro de seu novo amigo. Fez até que ia descer do carro, mas graciosamente o sinal abriu e Alessandro tocou em frente.

— Porra, eu ia descer pra trocar umas ideias com meu brother.

— Que brother, o quê! Você acabou de conhecer, nem sabe quem é. E não dá pra descer agora, vamos continuar dando rolê — respondeu Alessandro, ator, fingindo gostar da fumaça do cigarro, do cheiro amargo da bebida e do som ainda mais alto, ingredientes para uma sabida escalada sem rumo.

Fez parecer como se tudo aquilo fosse, também, de seu desejo, em comunhão com o descarrilamento de seu irmão. Porque atuar, nesse tipo de circunstância, era instinto de sobrevivência. Alessandro inclusive aprendera a fazer isso com o próprio Giovanni, quando crianças.

— Por que você não está sorrindo? Você tem de sorrir! O papai vai perceber — ensinou Giovanni.

Giovanni e Alessandro estavam no alto de uma torre em Cascina del Ponte di Castano, nos arredores do vilarejo Nosate, na região metropolitana de Milão. Os Valeriano frequentemente viajavam de carro, percorrendo de sul a norte da Itália, tal qual dom Alberto em seu Ford-T durante os anos 1950. Nessa ocasião, estavam visitando o trecho inicial do belo canal Naviglio Grande, construído durante a Idade Média e um dos cartões postais da Lombardia. Sobre o canal, bem perto de uma árvore plantada em 1506 — e que sobrevive até hoje — há uma linda ponte: Ponte di Castano, a mesma que marcou a infância de Enrico (quando foi salvo de afogamento pelo seu pai, dom Alberto). Atravessando a ponte, chega-se à torre, após dois quilômetros. Lá estava a família Valeriano, em férias de verão, hospedada no mesmo hotel frequentado por gerações anteriores. A torre oferecia uma vista linda de toda a região; visitá-la era um programa e tanto. No caminho, no entanto, Enrico teve com dona Gilda uma severa discussão, que escalou de maneira bárbara e descontrolada para gritos e acusações.

— Suma daqui! — Enrico expulsou dona Gilda do carro, deixando-a antes da ponte, e seguiu acelerando até a máxima velocidade rumo à torre e aos demais passeios, com os dois meninos no banco de trás, atônitos.

Eles queriam chorar. Eram bastante novos, não sabiam discernir o que, no calor de uma discussão, seriam palavras apenas ferozmente proferidas, sem o objetivo de serem postas em prática, de outras que seriam verbos transformados em verdade. Para eles, e para todo efeito, a mãe tinha sido abandonada, realmente "sumiria"; ou seja, nunca mais a veriam. Choravam sem chorar. Mas não proferiram uma palavra, aterrorizados que estavam. Alessandro olhava de rabo de olho para Giovanni, tentando buscar consolo ou mesmo esperança de que tudo se resolveria. Giovanni devolvia um olhar de espanto, com os olhos grandes, bem abertos, como se dissessem "fique em alerta, ou seremos esmagados". E, também, "não se mova, não fale uma palavra". Alessandro consentia. Já eram antigos conhecidos dessa sensação de mal-estar súbito.

Chegando perto da torre, Enrico estacionou o carro. Ele, também, precisou encenar, desejando fabricar uma situação minimamente normal, ainda que feita de destroços anteriores. Riu forçosamente, escondendo sua própria dor:

— Quem quer tirar fotos no alto da torre?

Giovanni gritou "eu" e saiu às pressas, pedindo que Alessandro viesse logo. Ambos correram, especialmente Giovanni, inebriado por uma dose súbita de adrenalina, como se estivesse fugindo de leões e ao mesmo tempo atraído pela novidade da torre. Quando acessaram as escadarias, Alessandro começou a chorar copiosamente.

— Para com isso, o papai vai perceber! — instruiu Giovanni.

— Mas e a mamãe? O que vai acontecer com ela? A gente nunca mais vai se ver?

— Claro que vai, que besteira.

A verdade é que Giovanni tampouco tinha certeza se a veria novamente. Era seu desejo poder chorar, mas era questão de sobrevivência saber sorrir. Assim, quando chegou ao alto da torre, guiando e estimulando seu irmão mais novo, gritou de lá de cima, com um sorriso bem empenhado:

— Pai, pai, olha a gente aqui! — E abanava a mão, agitado e alegre.

Alessandro chegou a seu lado, secando as lágrimas.

— Sorriam! Deem tchau para a câmera! Sorriam. — Encenava, também, Enrico, quase suplicando a si mesmo para sorrir de volta, e de maneira verdadeira, de tal forma a reverter a triste situação.

— É pra sorrir, Alessandro! — sussurrava Giovanni, mostrando os dentes de maneira ainda mais dedicada, enquanto seu irmão esboçava um não sorriso qualquer.

E os três, juntamente com dona Gilda à distância, sorriram sorrisos que não lhes cabiam na alma, certamente feridos, humildemente resignados, pois sorrir em situações de tristeza era o mesmo que sobreviver sem oxigênio.

"É pra sorrir", lembrou-se Alessandro, dirigindo seu carro alugado, enquanto a atitude intempestiva do irmão invadia seu brio e atropelava sua integridade como um cavalo desgovernado.

— Eeeeeeeeee — berrava, tentativamente contente, Giovanni, enquanto balançava a latinha de cerveja fora da janela e com a outra mão segurava o cigarro, dançando ao som da música e ao compasso da sua também tristeza disfarçada de felicidade. Espalhava fumaça, cinzas e sombras por todo o carro.

Alessandro sentia náuseas. Não sabia fingir felicidade. Não estava feliz, nem tinha por que estar feliz. Sua mãe estava no pronto-socorro, sendo atendida com pressão alta, em pânico. Seu pai havia falecido e nada podia ser feito a respeito. Seu irmão acabara de ser resgatado de uma cena de crime potencial, com diversos agressores e agredidos e chance de até mesmo ter sido preso, como fora um par de vezes. Não podia estar feliz. Para piorar, estava em um carro alugado, limpo, que representava sua empresa, seu trabalho, sua dedicação honesta e sua chance única de redenção. Buscava esterilizar qualquer aspecto de sua vida que remetesse a impurezas da sorte das que vivera em outros tempos. Quando viu as cinzas do cigarro caírem sobre o banco e doses de cerveja sendo espirradas no console, sucumbiu:

— Puta que pariu, Giovanni, este é o carro da empresa em que trabalho! Que caralho!

— Caralho? Caralho? Você me chamou de caralho, seu caralho?

— Caralho? Você tá falando caralho pra mim? Caralho é você, porra!

— Você não me chame de porra! Porra é você!

Alessandro freou bruscamente e, com autoridade ímpar, advertiu, estabelecendo um novo limite:

— Ou isso para por aqui, ou vou embora.

Giovanni voltou a se fazer afetuoso.

— Irmão! Irmão! — Tentou abraçá-lo, ao mesmo tempo que o repelia com seu renovado cheiro de álcool misturado com cigarro e indignação.

Acalmaram-se momentaneamente. Alessandro continuou a dirigir. Sabia que ainda precisava enrolar por uma hora — era o que a ambulância do resgate lhe informara, quando ligou para eles, solicitando a internação, nos intervalos em que arrumava o quarto do hotel.

Virou na rua 13 de maio e voltou a ficar aflito. Ali se acumulavam alguns carros, logo Giovanni quis descer novamente. A situação voltou a escalar para níveis perigosos. Alessandro viu seu coração acelerar. Na 13 de maio, havia de tudo: bebidas, drogas, putas, almas sem rumo. Era como se tivesse virado no portão do inferno, na hora exata em que todos os demônios se juntavam para festejar, sob aprovação irrestrita de santos que por ali também rondavam.

"Que burrice", pensou.

— Eeeeeeeeee, vamos descer aqui eeeeeee...

— Aqui não dá, Giovanni!

— Posso ser feliz?

— Claro que pode ser feliz, mas não aqui, vamos embora.

Acelerou o carro em compasso com seu coração, desviando dos outros automóveis que se acumulavam em fila, tal qual as antigas e longas filas do confessionário de sua adolescência. A fila aqui, como lá, era de pecadores. Mas, diferentemente daquela, nesta eram — todos — livres para pecar.

— Porra, meu, vai bater assim. Eu queria ficar aqui!

— Não vai bater porcaria nenhuma — sentenciou Alessandro, enquanto tocou para a rodovia dos Bandeirantes: era o único lugar em que pensou que poderia rodar sem correr o risco de ter de parar em esquinas, semáforos ou aglutinações de almas penadas madrugada adentro. Tampouco podia ir muito longe; havia combinado com a ambulância do resgate que se encontrassem em frente ao prédio de sua mãe, na vila Mariana, em uma hora. Situação difícil essa de não poder parar o carro nem ir para muito longe. Um pouco parecida com a do filme *Speed*, de Keanu Reeves e Sandra Bullock.

— Vamos pra Campinas, então, eeeeeeee... — comemorou Giovanni.

Seu plano não era ruim, afinal pegar uma estrada era como voltar no tempo e se permitir misturar à música, à transitoriedade, a estar preso entre sair e ficar e, mesmo assim, livre, para não precisar chegar, para não precisar voltar. A estrada era, também, como morrer e viver em instantes extinguíveis e poder capturar essa existência fugaz a qual todos almejamos. Era um vício, uma droga. E, como droga, satisfez ambos os irmãos sedentos por expurgar tentações por preciosos minutos adicionais.

Assim dirigiram, por quase uma hora. Para não se afastar demais de São Paulo, Alessandro pegava um retorno de vez em quando.

— Que caminho é esse, Alessandro? Não vamos mais pra Campinas?

— Vamos, mas perto deste retorno acho que tem uma balada.

Alessandro fazia o que podia. Dirigia enquanto enviava mensagens para o motorista da ambulância. Este se atrasara. Precisava de mais trinta minutos. E depois mais trinta. E ainda mais trinta. Enquanto isso, precisava atuar na frente de seu irmão, fingindo ir para uma balada qualquer em retornos sem muita explicação.

Até que, infelizmente, o tanque de gasolina estragou o plano, esvaziando por completo.

"Puta que pariu", pensou Alessandro. "Vou ter de parar no posto."

Parou no posto do quilômetro quarenta da rodovia dos Bandeirantes. Desceu para falar com o atendente e logo ouviu Giovanni:

— Você aí, me dê um cigarro! — falou em tom ameaçador.

Alessandro viu o olhar assustado do atendente, esquivando-se para responder que não tinha, que não era permitido fumar ali. E com razão: era um posto de gasolina!

— Você tá me tirando?

Giovanni abriu a porta abruptamente. O atendente se encolheu. Alessandro sentiu um ódio fulminante: como se fosse ele o acuado, entrou em defesa do atendente:

— Para de falar assim com ele, o que que é isso? Não vai pegar cigarro nenhum!

Inconformado com a tentativa de autoridade de seu irmão, Giovanni se enfureceu:

— Você não manda em mim, seu moleque do caralho!

E chutou o carro. Isso fez transbordar a raiva de Alessandro, já de saco cheio de tanta tortura que enfrentara até então. Desceu do carro correndo e pulou em seu irmão como uma gazela, tanto para contê-lo como para extravasar sua indignação. Giovanni era maior, e bem mais forte. Alessandro, magrinho como sempre foi. Mas, ainda assim, encontrou forças de onde não tinha. Ambos rolaram no chão, enforcando-se mutuamente.

— Para de fazer isso comigo, seu filho da puta! — berrava Alessandro, em desespero, enquanto se contorciam no chão.

As dezenas, centenas até, de situações semelhantes em que Giovanni fizera o mesmo, tirando-o do sério, vinham à tona e se misturavam ao cansaço, ao desânimo e à vontade de extirpar o mal-estar causado pela obrigação de suportar semelhante violência. Sentia-se injustiçado, violentado, atropelado. Sentia também vergonha, como se estivesse sendo julgado pelos outros, pelo atendente do posto, pelos carros ao lado, ou mesmo pelos juízes de outrora, fossem cristãos da igreja de Acerra, fossem crianças violentas da escola em São Paulo, fossem meninas bonitas que não davam bola para os bobos. Sentia-se impotente ante um medo impiedoso —

medo de ser esmagado, tal qual aquele vivido em sua época de infância. Sentia vontade de morrer e, para não o fazer, apertava fortemente o pescoço de Giovanni, com uma força que desconhecia. Giovanni, surpreso com a audácia do irmão e enfraquecido pela sua própria intoxicação, foi se deixando vencer. Alessandro enfim o submeteu e, forçosamente, o empurrou dentro do carro, ajudado pelo atendente. Bateu a porta com surpreendente autoridade:

— Não saia daí, porra! Puta que pariu!

Então gritou, alto, explosivo e em estado de catarse. Gritou um grito primal que veio do fundo mais corroído de sua alma:

— PUTA QUE PARIUUUUUUUUU!!!!!!!!!!!!!!!!!!!!!!!!!!!!!!

Ofegante, um pouco machucado por ralar os joelhos e cotovelos no chão, com a blusa rasgada, Alessandro experimentava uma sensação de absoluto desamparo. Desculpou-se com o atendente, que tinha ficado ainda mais assustado, entrou no carro e seguiu em direção a São Paulo, sem dirigir uma palavra sequer a seu irmão.

Giovanni, sentado atrás, parecia uma criança emburrada que acabara de tomar bronca.

— Põe o cinto de segurança! — ordenou Alessandro.

Assim o fez Giovanni, que, após arrotar, emendou:

— Nada a ver a gente brigar — E começou a chorar. Chorou desolado, e se seguiu a ele Alessandro, esgotado.

Entraram em São Paulo e pararam em frente ao apartamento da mãe deles na vila Mariana. A ambulância enfim havia chegado. Com ela, o tormento da noite chegava a seu fim. Giovanni aceitou ser internado, sem oferecer resistência alguma. A briga que tivera com seu irmão, provavelmente a primeira a ter escalado de tal forma, o assustou. Entrou calmamente na ambulância, conduzido pelos dois enfermeiros.

— Espera! — disse. — Quero me despedir de meu irmão. Posso te dar um abraço?

Alessandro, exaurido e sentindo um misto de mágoa e compaixão, deixou-se abraçar. Ficou alguns segundos assim com Giovanni, em mútuo acolhimento, como se fossem dois meninos livres de perigo. Um abraço para sempre.

Como desejaria, hoje, voltar a abraçá-lo dessa maneira!

— Você vai comigo até a clínica?

— Claro que vou.

Seguiram viagem para a clínica, a 150 quilômetros de São Paulo. Lá assinou todos os trâmites e voltaram a se despedir.

Dias depois, quando já estava desintoxicado, Giovanni ligou da clínica para Alessandro, que o atendeu, um pouco receoso por tudo que ocorrera antes de sua internação.

— Irmão — disse Giovanni, calmo e com voz de ternura —, liguei pra te pedir perdão. Eu não queria que você tivesse passado por isso. Estamos bem, né? Nada a ver a nossa briga...

— Desculpe-me, também. Não queria que tivesse sido assim. Não queria ter brigado com você — e emendou: — Você está bem aí?

— Estou ficando melhor. Tudo vai ficar bem. Estou mais animado.

Esse foi o diálogo que tiveram após aquela internação, em que Giovanni sentiu como se Alessandro fosse um anjo a resgatá-lo, e que exigiu um difícil enfrentamento, físico e moral, entre os dois. Esse foi o diálogo do perdão em seu devido tempo, ainda vivo, ainda possível de ser acolhido.

Tal era o diálogo que Alessandro desejava ter agora, do outro lado do perdão, do outro lado da vida e da morte:

— "Você está bem aí?"

Desta vez, não recebeu qualquer resposta, que não o eco vazio de sua própria dor, emudecido pela culpa e amplificado pela saudade cortante, na forma de um instransponível e áspero silêncio.

CAPÍTULO

VII

O SILÊNCIO

O silêncio vive no fundo do poço.
Mas como pode ser silencioso, se, ao atingir o fundo, no mínimo ouvimos o impacto? Ouvimos um estrondo. Não seria melhor perguntar *quando* é o fundo? A vida termina com a morte? Os sentimentos fogem com a alma, se não há mais corpo? E, se não houver alma, toda uma vida, uma história, deixam simplesmente de existir? A vida só existe quando está viva?

"Como estará Giovanni no poço em que se atirou?", pensava Alessandro, perturbado, procurando explicações e se afogando na dor de seu próprio poço de ressentimento.

"Como estará meu irmão Alessandro?", Alessandro desejou ouvir, com pena de si mesmo, pelas palavras de Giovanni, na hipótese de ainda se amarem, mesmo que em outras dimensões. Mas, quando perdemos alguém, ou quando nos perdemos, não há novas palavras, que não o registro daquelas ouvidas em outros tempos. Não há novas memórias, que não aquelas sonhadas. O que era vivo, ainda que somente no pensamento, corre o risco de desaparecer por completo. Tudo se repete, e tudo se cala. A morte é o silêncio da memória.

Silêncio ainda mais duro, quando a palavra final que proferimos é ríspida. Quando o derradeiro encontro antes da morte é, como ela, fatal.

— A última coisa que disse a meu irmão foram insultos... lutei com ele! A última coisa que ele me ouviu dizer foi "fique aí no seu quarto!". Aos gritos! Como fui capaz de fazer isso? Empurrei meu irmão, com força... tranquei a porta... como pude ser tão estúpido? Eu... matei meu irmão...

Chorava.

— Deus do céu, por favor, me perdoe... irmão... Giovanni, irmão querido e amado, me perdoe...

A ausência de resposta eliminava qualquer possibilidade de redenção. Não há perdão sem que se possa ser perdoado. Seus pensamentos, cruéis, faziam o papel de juiz implacável: por que teve de estar na casa de sua mãe? Por que seu irmão teve de chamá-lo? Por que não foi mais paciente? Por que o trancou em seu quarto? Por que não abriu a porta quando Giovanni chamou seu nome?

"Seu irmão chamou seu nome, pediu sua ajuda. E você não o atendeu. Preferiu deixar a porta fechada", ouvia.

Tantas vezes o resgatou, como um anjo da guarda, sendo recebido por um sorriso puro, agradecido, suplicante. Que anjo é esse que, dessa vez, em vez de resgatar, deixou seu protegido sem nenhuma opção a não ser se atirar? De anjo passou a verdugo! Justamente ele, que tanto o amava, virou o anjo da morte, transformou-se em demônio. Demônio, sim! Metamorfose voraz, pior do a que barata de Franz Kafka, semelhante àquela que católicos da Antiguidade Tardia impuseram à palavra grega *daimones:* na crença pagã, *daimones* nada mais era do que uma energia espiritual, sem qualquer outra qualificação/intenção. Condenada pelo fanatismo ortodoxo, essa energia espiritual ganhou dotes amaldiçoados. Da mesma maneira, a palavra "pagão" passou a assumir significados despectivos. Todos seriam *demônios*, representantes do Diabo, o príncipe do mal. Elaine Pagels, uma das estudiosas mais importantes do cristianismo primitivo, assim definiu a origem de Satã: uma invenção gradativa através de tempos, culturas, mitos e povos diferentes, tendo seu ápice no cristianismo, baseada na crença de que "seus inimigos eram maus e sem possibilidade de redenção".

— Perdão! Perdão! — implorava Alessandro, inimigo mau e sem possibilidade de redenção, súdito de Satã.

Ainda sentado no banco, continuava a chorar desconsoladamente como um demônio amaldiçoado. Já perdera seu voo para Montevidéu.

"Para que voltar?", pensou.

Não havia mais volta depois da morte de Giovanni e de seu envolvimento nela. Com qual propósito seguir adiante? Já não era feliz antes da tragédia que enfrentara. Como esperar alguma alegria agora?

Os anos que passou em Montevidéu, de fato, não lhe haviam trazido felicidade. Encontrou no seu trabalho de jornalista um substituto ao vício que Giovanni procurou nas drogas. Vivia para isso, mas não foi capaz de *viver bem* por isso. Escritor elegante, investigador ágil, investira todo o seu esforço e os seus recursos em uma carreira promissora, colecionando uma ou outra conquista, embora de pouca abundância financeira. Certamente nada comparável à de seu pai, cujo império econômico atingiu o ápice antes de se mudarem pela primeira vez para Acerra, tendo sido construído do nada, ainda que parte de seu patrimônio tivesse sido substancialmente reduzida no fim de sua vida.

Além do trabalho no jornal, que consumia seu tempo quase que integralmente, Alessandro se dedicava, como falamos, a administrar a família a pedido de seu pai: sua mãe e seu irmão. Imputado com o dever de procurador, fazia-o por obrigação, por caridade ou mesmo por inércia, afinal essa havia sido sua tarefa tacitamente aceita desde adolescente. Tão evidente era sua missão, que muitas vezes o próprio Enrico se confundia em suas perguntas dirigidas a Alessandro, ao telefone, este em Montevidéu, aquele em Acerra:

— Como está seu filho, quer dizer, seu irmão Giovanni?

Não obstante, Alessandro não teve filhos (ao menos filhos seus), nem mesmo se casou, o que era um de seus principais sonhos na juventude, especialmente arquitetados por Giovanni:

— Um dia você e eu teremos nossas esposas e nossos filhos. Vamos morar um do lado do outro.

— Vamos! — Animava-se Alessandro.

O convite do irmão serviu de incentivo para todas as breves paixões que sentiria, perfeitamente coloridas na imaginação, mas nunca materializadas, como um amor que não existe. Seus amores permaneceram silenciados ou tão somente confidenciados em poesias e contos que escrevia, mas que não ousava publicar. A timidez do menino apaixonado, que nunca pudera ouvir respostas para suas indagações amorosas, fez-se cabal no adulto e o transformou em alguém que simplesmente desistira do amor. Virou homem soturno, introverso, renunciando à possibilidade de amar e ser amado. Talvez não se achasse merecedor. Talvez impedisse, assim, a insistência do mal-estar companheiro da infância. Ou a vergonha do linchamento moral de quem se expõe ao julgamento dos outros, afinal confessar amor era confessar dor.

As poucas relações que experimentou foram, quase todas, abusivas, em maior ou menor grau, como se Alessandro repetisse voluntariamente enquanto adulto aquilo que involuntariamente não pôde evitar quando criança. Viveu abuso semelhante em seu trabalho. Era constantemente explorado — e maltratado — pelo seu chefe e editor sênior do *El País*, Haroldo Hebi Doku, pessoa a quem Alessandro fora fiel desde seu primeiro estágio no jornal, dez anos antes, quando se formou em jornalismo no Instituto de Comunicación de la Universidad Católica del Uruguay. Haroldo Doku era filho de imigrantes japoneses; ascendeu no *El País* mediante méritos próprios, há de se reconhecer, afinal carregava em seu DNA a peculiar determinação que marcou grande parte da geração de nisseis vindos ao Brasil (e de alguns poucos, como seus ascendentes, que se dirigiram ao Uruguai). Para Alessandro, Haroldo Doku tinha algo de muito familiar. Sendo japonês, trazia consigo um imaginário sugestivo da amizade outrora dividida com o querido Fernando Iwakura, seu amado companheiro dos primeiros anos da adolescência em Acerra. Apresentava, ainda, um caráter avassalador comparável ao de Enrico. Essas semelhanças faziam com que Alessandro lhe oferecesse uma lealdade gratuita e inesgotável, como se fosse de melhor amigo para melhor amigo, de filho para pai. No entanto, diferentemente de Fernando Iwakura, Haroldo Doku não era nada dócil. E, diferentemente de Enrico, Haroldo Doku não conservava o menor respeito por fronteiras éticas. Para piorar, já que Alessandro tinha uma personalidade gentilmente submissa, era até fácil, para não dizer natural, explorá-lo. Haroldo Doku desqualificava seus artigos, mesmo quando eram bem escritos, criticava suas ideias com rispidez desmedida (nas poucas ocasiões em que Alessandro se atrevia a oferecê-las) e, sobretudo, reforçava algo que ressoava de maneira quase aditiva, íntima e inescapável, como se Alessandro pudesse se sentir perfeitamente em casa: mal-estar.

A qualquer momento, Haroldo Doku podia irromper em sua sala, sem o menor pretexto, trazendo consigo o conhecido caos de outrora. Agressivo, fazia perguntas para as quais não havia respostas, como se apenas desejasse evidenciar a ignorância de seu funcionário, e, na presença dos demais jornalistas, escancarava seu desgosto:

— Um macaco teria escrito um artigo melhor do que este.

Parecia ter prazer em expor os defeitos de sua equipe e especialmente os de Alessandro. Homofóbico, racista e conservador — características bastante insólitas para um jornalista —, entendia qualquer manifestação diferente de suas crenças como potencial afronta. Certo dia, Alessandro convidou seus colegas de equipe para uma exposição de suas histórias em quadrinhos (as mesmas produzidas na infância e que Fernando Iwakura tanto admirava). A mostra cultural aconteceria em uma feira artística em Colônia do Sacramento. Haroldo Doku repreendeu-lhe publicamente, aos berros:

— Não importa se fora daqui você dá a bunda, aqui dentro você é jornalista de economia. Nunca mais use o espaço da empresa para divulgar suas coisas pessoais.

Qual seria a ligação entre "dar a bunda" e histórias em quadrinhos foge a nossa compreensão, mas era assim que Haroldo Doku enxergava o mundo. Era também seletivamente xenofóbico.

— Esses brasileiros malandros não deveriam estar aqui no Uruguai — reclamava, ele próprio sendo um forasteiro.

Um pouco acima do peso, não deixava de ser surpreendente que fosse gordofóbico. Não permitia que nenhum funcionário trouxesse salgados ou doces para o escritório. Uma das estagiárias que havia acabado de entrar no jornal pediu demissão em menos de um mês. O convívio com Haroldo Doku fez com que tivesse um episódio de recaída. Tomou remédios, quase morreu. Sofria de bulimia.

Como se isso não bastasse, ele detestava férias. Talvez não as quisesse para si, posto que o jornal parecia ser seu único momento de prazer, se é que se pode dizer isso de quem vivia uma vida miserável e sem outro propósito que não o de diminuir as demais pessoas. Consta que nenhum funcionário seu conseguiu sair de férias sem que, minutos antes do fim do expediente, Haroldo Doku solicitasse intermináveis atividades, relatórios e detalhamentos. Todos saíam de férias sentindo-se culpados. No mínimo, incompetentes. Isso quando não eram obrigados a desmarcá-las.

Quem convive com isso por tanto tempo passa a ser dependente do abuso, como escravo involuntário do desprezo, ou mesmo se julga merecedor de destrato. Torna-se, enfim, único responsável pela própria adversidade. Assim, Alessandro ficou por mais de dez anos no *El País*, trabalhando sob a liderança sórdida de Haroldo Doku, mas impotente pela sua própria inação. Na metade de sua árdua trajetória no jornal, Alessandro chegou a acreditar que havia tolerado o suficiente:

— Doku, gostaria de submeter este artigo ao Prêmio Esso de Jornalismo.

Haroldo Doku, sem nem sequer ler, enciumado e repleto de cólera, como um jumento que sofre encoleirado com sua prisão, emendou:

— Eu não teria coragem de apresentar uma porcaria dessas. Recomendo fortemente que você não o faça. — E atirou no lixo as folhas impressas do artigo.

Desencorajado, Alessandro saiu da sala. Um mês depois, Haroldo Doku apresentou o artigo como se fosse seu. E venceu o prêmio. Festejou sem a menor cerimônia, como se fazê-lo fosse perfeitamente normal. Com o valor do prêmio, cerca de dez mil dólares, comprou um rolex e frequentemente o exibia em reuniões de trabalho.

Tal comportamento não era exceção. Já havia se apoderado de trabalhos de sua equipe em diversas outras situações, sempre criticando primeiro para depois ficar com os louros. O ápice de seu caráter de apropriador-indevido-de-esforços-dos-demais deu-se três anos antes da morte de Giovanni. Mais uma vez, fingiu-se de autor de um trabalho investigativo conduzido por Alessandro que havia gerado considerável impacto no Uruguai e até mesmo recebido resenhas e menções em outros periódicos globais de renome como *The New York Times*, *Washington Post* e *Financial Times*. A conquista e notoriedade alcançadas pelo projeto fizeram com que Haroldo Doku, pseudoautor, exímio vigarista, fosse promovido a diretor-geral do *El País*. No evento de final de ano da empresa, rindo de maneira desengonçada, subiu ao palco aos tropeços, vestindo um terno mal-ajeitado e manchado por pasta de dente (ele não era lá muito asseado), para então discursar, vitorioso, para toda a equipe do jornal:

— Nós estamos muito felizes por esta promoção. — Como se o simples uso de um pronome na primeira pessoa do plural fosse sinônimo de humildade e bastasse para redimir seu caráter furtivo de larápio desonesto e burlão.

Alessandro não se atreveu a questioná-lo, apenas consentiu, no mesmo marasmo de sempre. E Haroldo Doku seguiu incólume em sua posição, intocável, bem-sucedido, sem nunca ser confrontado por qualquer de seus subalternos, perpetuando um modelo de trabalho cruel, que submetia os mais fracos e os introvertidos. Consta que continua presidindo o *El País* até hoje, sustentando-se mediante os sucessos dos outros. Quem desejaria voltar a um emprego assim? Alessandro, com sua fraqueza e timidez, certamente não, embora nunca tivesse conseguido manifestar seu descontentamento.

A timidez é o medo da possibilidade. Assim como não se atrevia a lutar pelos seus direitos, Alessandro vivia amores impossíveis, eternamente sussurrados em páginas em branco, rascunhados em quadros sem pincel, encenados em palcos vazios. Uma vez, enquanto tomava um *ristretto* em um colorido café nas ruas ainda mais coloridas do centro de Montevidéu, avistou quem lhe pareceu ser Angelina: sim, a mesma menina da igreja em Acerra por quem se apaixonara na fila do confessionário durante a missa. Olhou atento, embora não muito seguro. Continuava linda, mais encantadora até, pois o tempo traz, para os amores imaginados, novos e admiráveis enfeites. Angelina havia pedido um café para a viagem, respondendo de maneira leve e agradecida à atendente. O que ela fazia por ali? O que teria sido de sua vida? Alessandro chegou a cruzar o olhar com o dela e inadvertidamente pensou que ela o reconhecera. Em questão de segundos, uma infinidade de sentimentos tomou conta dele: a ousadia de se apaixonar dentro de uma igreja; a solidão dos passos de dança tão somente ensaiados, das palavras não ditas em bibliotecas, dos amores confessados para ninguém e das respostas nunca ouvidas. Como se passado e futuro pudessem se misturar num presente improvável, Alessandro se entusiasmou. Fixou os olhos nos dela, e ela pareceu iluminar os seus, como se desejasse ser reconhecida, enfim se abrindo em um sorriso.

Ah, esse sorriso!

Seria para ele? Não seria para ele?

Nunca saberia. Alessandro desviou o olhar, como quem se esquiva de uma inevitável verdade. Resignado, com um só gole terminou seu *ristretto* e saiu, deixando para trás as cores do café, do gosto da possibilidade, do desejo de namoro. Uma cinza vida continuaria sendo a sua. Aquarelas são dádivas de outros que se permitem, amam e vivem vidas em tons vários que não os seus, concluiu. Nunca mais a viu.

Tais encontros, para alguns, guardam intencionalidade mais que casualidade. Para Alessandro, nem uma nem outra: antítese do encontro, não guardavam nem propósito nem coincidência, mas eles eram, sim, *consequência* de seu caráter taciturno. Para quem, como ele, não havia palavras possíveis para romper o silêncio da alma, o mais fácil era desistir. Aos que calam, verbo não se faz carne, prosa não se faz poesia, intenção não se faz realidade.

Quantos amores, compartilhados e inteiros, teria deixado de viver? A Milena de Milão e a resposta que ele nunca ouviu. A dança com Luciana, na segunda série de São Paulo, que tampouco aconteceu. Mesmo Gabriela — a menina mais velha da quarta série, que gostava de livros e, principalmente, de ouvi-lo falar sobre livros — podia ter sido sua, não fosse atropelado que foi por uma violenta e categórica bola esmagadora.

— A você não será permitido amar — disse a bola. Então tal profecia se fez viva em Alessandro.

Noutra ocasião, quando desembarcava no aeroporto de São Paulo, e justamente antes de uma das últimas internações de Giovanni, avistou quem lhe pareceu ser a própria Gabriela. E, tal qual acontecera no reencontro com Angelina, pensou que seus olhos se cruzaram, reconhecendo-se em um instante, percorrendo lembranças com graciosidade e, enfim, convidando para mais um sorriso. Agora criaria coragem! Agora não deixaria passar sua vez! De súbito, Alessandro ouviu gostosa música de Beth Carvalho:

> *Me dá a mão*
> *Amor*
> *Me leva, amor*
> *Por onde for,*
> *quero ser seu par*

Mas a música não era para Alessandro. Muito menos o convite ao sorriso. De trás dele surgiu um homem, jovem e seguro, bastante belo. Passou como brisa ao seu lado e abraçou Gabriela demonstrando um senso de pertencimento que ele nunca pudera conhecer. Gabriela beijou seu par com o ímpeto que só a saudade traz: apaixonada, completamente entregue, quase sem parar.

Gabriela e o belo homem deram as mãos e saíram a passos ligeiros, levados pelo próprio caminho e por onde for; aos seus pés flutuava um chão repleto de margaridas. Que amor sentiam um pelo outro! Parecia um poema de Drummond. Tão rápido quanto a viu, ela foi embora, absolutamente distante da realidade de Alessandro e eternamente viva em sua imaginação. Ainda que imaginar e viver fossem incompatíveis.

Como no poema, Alessandro nunca saberia "o gosto da chuva, cinema, sessão das duas, medo do pai, sanduíche de padaria ou drible no trabalho". Claro que não amou, ali e naquele momento, reencontrando subitamente uma esquecida paixão da infância e tentando reimaginá-la; mas voltou a sentir amor pelo amor que sentiu outrora. O *amor ao amor* é um dos sentimentos mais nobres, desapegado de materialidade que é.

Dias depois, ele dividiu seus causos com Giovanni, quem lhe aconselhou, mediante filosofia diametralmente oposta a esta conclusão:

— Você encontrou a Angelina, de *Acerra*, em um café em *Montevidéu*, quase quinze anos depois, e não falou nada? Como é possível isso?

— ...

— E aí resolveu falar quando encontrou a outra, que já não adianta nada?

— ...

— Irmão, já disse que seus amores são, antes de amores, impossíveis. Se são impossíveis, não deveriam ser amores. Acho que você vive apaixonado pela sensação de estar apaixonado.

Você precisa transformar amor em ato. É melhor fazer amor do que amar. Você só ama, não faz.

Giovanni era um verdadeiro amante profissional. Declarava-se, como na canção de Herva Doce, "moreno, alto, bonito e sensual" e certamente a "solução para os problemas" de muitas mulheres que desejavam realizar "seu sonho sexual". Assim, saía *fazendo amor* por aí.

Já Alessandro era um perfeito amante amador. Sem experiência, seu empirismo se baseava na ausência do toque. Sem atitude, sua declaração se baseava em palavras nunca ditas. Como bom *amador*, era tanto alguém que está sempre começando, sem nunca experimentar sublimação, como alguém que ama intransitivamente — sem complemento e tal qual substantivo que nasce do verbo para se transformar em ofício, sem nunca materializar seu propósito. Era alguém que sofria por amor. Enfim, um *ama-dor*.

Essa dor, prescrita no passado e repetida no presente, deixava tão somente a certeza de que nada havia para ser feito.

Assim, sem poder experimentar o sabor de ser amado, sem poder ser reconhecido no trabalho, sem poder ser percebido para poder *ser*, e carregando a autoria indesejada da morte de quem mais lhe era caro, seu irmão — como cruz fincada no peito —, Alessandro concluiu que nada mais lhe restava pelo qual ficar.

Dane-se o *El País*. Dane-se o trabalho. Danem-se os *ristrettos* em cafés coloridos que servem de desculpa para o tal do *meet-cute* (o qual, por sinal, só podia acontecer mesmo em filmes de comédia romântica).

"Essa história de que a vida imita a arte só serve para artistas", pensou.

Alessandro não teve nada semelhante a um "encontro fofo". Apenas uma sequência desastrosa de *desencontros grosseiros*. No trabalho, no amor, na vida.

Cansado, decidiu ir embora. Ir embora? Sim. Deixar tudo para trás, sem exceções, como se pretendesse outra realidade que não esta; como se almejasse outra existência qualquer que não a sua; como quem procura amparo na verdadeira fuga de si mesmo. Aquela, que não reconhece a própria imagem no espelho. Aquela, que desdenha da própria trajetória, como se nela não houvesse espaço possível para autoria.

Lembrou-se de algumas frases rascunhadas em sua juventude. Frases profundas, que — não fosse seu conservadorismo involuntário — carregaria tatuadas em seu corpo, e não somente em sua alma:

> *atrás do teu desejo*
> *sombras de um outro lugar*
> *vivendo à espera de algum dia*
> *todos os teus sonhos, todos os teus ideais*
> *só na pele dos outros cobram vida*
>
> *quem não quer viver para contar?*
> *quantas vezes temos que esperar?*
> *tudo um pouco diferente*
> *pra quem só queria ficar*
> *em qualquer lugar,*
> *mas não aqui*

Como quem vive a espera, e não somente à espera, iria embora, para ficar *em qualquer lugar, mas não aqui*. Talvez Giovanni desejasse algo semelhante em sua incursão pelo mundo do álcool e das drogas. Talvez Enrico, em sua jornada de herói e anseio pelo poder, buscasse também sair de si mesmo para encontrar outra versão sua. Talvez o próprio dom Alberto tivesse sido movido por propósito semelhante, tendo em vista sua manifesta incompatibilidade entre os papéis de pai e soldado, procurando solução em um *limoncello* numa esquina qualquer, no encontro entre duas retas paralelas, do qual nunca voltou.

E Johannes não estava, também, sempre de saída? E dona Gilda não se despedia sempre como se fosse a última vez?

De um jeito ou de outro, estamos sempre indo embora.

Alessandro entrou em outro táxi com destino ao aeroporto. Comprou uma passagem sem volta para Nápoles, de onde iria para Acerra, cidade de seu pai, do legado dos Valeriano, do início e do fim de sua história. Prestes a embarcar no voo, pensou em seu avô. Como dissemos, de dom Alberto nunca mais se soube nada. Mas isso é parcialmente verdade. Omitimos até aqui um único episódio, que não por ser único deixa de ser importante: o reencontro de Enrico com dom Alberto, depois de pouco mais de uma década sem que ambos se vissem. Foi na mesma Acerra, berço dos Valeriano. Enrico já havia se casado, era influente e bem-sucedido.

Antes, no entanto, é preciso falar sobre as últimas vezes em que Enrico havia visto seu pai e como a relação dos dois evoluíra após os tormentosos anos de sua infância. Uma dessas situações foi depois de ter se formado engenheiro, em Milão — mais precisamente no dia de sua formatura, 14 de junho de 1967, em que presenciou um dos poucos momentos potencialmente carinhosos com seu outrora algoz. Enrico apresentara seu último exame oral ante uma mesa de professores, foi aprovado com nota dez e saiu entusiasmado da sala. A primeira pessoa que viu, em pé, à espera da resposta sobre o exame — e cuja presença não era esperada — foi seu pai. Dom Alberto tinha viajado até Milão desde Acerra em segredo. Ao vê-lo sair da sala vitorioso, dom Alberto olhou para seu filho com um misto de orgulho moderado (mais como consequência de missão cumprida do que celebração à conquista alheia) e contida satisfação. Em gesto de acolhimento, estendeu-lhe a mão para parabenizá-lo, embora friamente:

— Você agora é engenheiro.

Enrico se emocionou. Apertou a mão de seu pai, com vontade de não soltá-la. Ato seguido, e enxugando algumas lágrimas que não tentou conter, ele atravessou a Piazza Leonardo da Vinci, em direção à igreja Chiesa di San Pio X, do outro lado da praça, onde pediu ao pároco que a abrisse, àquela hora mesmo, para que pudesse receber a comunhão e dedicar sua carreira a Deus. Enrico era sobretudo um católico comprometido. O reconhecimento recebido décadas depois por dom Juliano Venetto na paróquia Nossa Senhora da Saúde não seria mero acaso.

Durante a semana que se seguiu ao exame de formatura, festejou intensamente. Enrico era bonito, tinha o semblante tal qual o de Giovanni e, como ele, ou nele, imprimira seu caráter sedutor. Conquistava muitas mulheres com suas palavras elaboradas e eloquentes, bem como por meio de sua determinação. Agora era engenheiro, não mais *filho de dom Alberto* apenas. Chegara o momento de assumir o papel que sempre lhe coube. E faria do sobrenome Valeriano algo inteiramente seu, ainda maior do que seu pai. Seria essa a ruptura com o pacto estabelecido em sua infância, a morte simbólica de dom Alberto, o desprendimento e libertação do ventre de Saturno. Seria ele o Júpiter; ou melhor ainda, o novo Saturno, destronando seu pai.

Quando disse que festejou *intensamente*, talvez eu tenha recorrido a leve eufemismo. Porque Enrico viveu o máximo dos prazeres em sua Milão, como se celebrasse a Saturnália fora de época, ainda que não a conhecesse, antecipando aquela que seria a marca deixada mais tarde por seu filho Giovanni na cidade, de maneira ainda mais intensa: viver em clima de festa.

A Saturnália era um festival pagão dedicado ao deus Saturno (a leitora atenta terá notado que a comparação que fizemos de Enrico com tal divindade, dois parágrafos atrás, veio bem a calhar) que acontecia entre 17 e 25 de dezembro, período no qual os romanos, e depois os bárbaros arianos, comemoravam o renascimento do ano, por razões, entre outras, associadas à colheita e ao inverno. É claro que o faziam no melhor sentido da palavra "comemoração". Tudo era permitido, como se o Deus de Dostoievski realmente não existisse: inversão de papéis, bebedeiras, orgias. Não havia quem não gostasse da Saturnália. Surpreende que séculos depois o festival pagão tenha sido apropriado pela Igreja, passando a chamá-lo de seu, para assim não perder os gentios convertidos (sua intenção real era, naturalmente, a de cancelá-lo). Ao se apropriar do festival, é provável que a Igreja o tenha usado para inspirar o Carnaval — a festa católica em que todos podem fazer de tudo para se despedirem da carne, antes de terem de esperar por quarenta dias para vê-la renascer. É permitido beber, desfilar, amar, trepar.

— Com isso, cristianizou a putaria — blasfemou Giovanni.

Outros, mais conservadores, diriam que a Igreja transformou a Saturnália para instituir a celebração do Natal, já que nele também se fala de (re)nascimento. E não esqueçamos: Saturno era o primeiro filho de Caelus, o deus primordial, soberano do céu. Tal qual Jesus, que era filho único de Javé, o Deus todo-poderoso, Senhor de Seu Reino que ficava, ou fica, também, no céu. No mínimo, tinham algo a mais em comum, além do 25 de dezembro. Interessante imaginar Saturno e Jesus trocando confidências sobre seus pais, cada um sentado à direita do trono que lhe coube.

— Meu pai é o deus do Céu.

— O Meu também. E o nome d'Ele é com maiúscula, mas o do seu não é.

— Sei, sei... mas meu pai é poderoso!

— E o meu é *todo*-poderoso!

— Ah é? Pois saiba que eu matei o meu pai!

— Ah, é? Pois saiba que o Meu pai *me* matou!

— Que horror!

— Mas foi pelo perdão dos pecados...

— Seus?

— Não, dos humanos...

— Putz, tua história é mesmo mais interessante que a minha. Não à toa você converteu o mundo inteiro. Mas o mais engraçado é pensar que é você quem paga os pecados dos outros... e depois eu que sou o *pagão*! Vai entender!

— Esse é o mistério de nossa fé. Vamos tomar um vinho e esquecer tudo isso de uma vez.

Assim, o católico Enrico viveu uma semana de paganismo numa Saturnália sem limites, com vinhos, mulheres, festas e até mesmo alguns entorpecentes — ao menos aqueles que seu lado cauteloso teria permitido para que ele pudesse extravasar. Quando voltou para Acerra, antes de partir para o Brasil, era outro homem, muito diferente do jovem que havia deixado sua cidade natal para estudar engenharia em Milão. Agora já tinha emprego definido — assinara contrato com a Volkswagen do Brasil antes mesmo de sua graduação —, pagaria suas próprias contas, seria dono de seu tempo e seu destino. Estava livre. Ao menos livre de seu pai.

Passou não mais que alguns dias no pequeno apartamento da Via Calabria, 14, para se despedir de seus pais e irmãos. Agitado, com a empolgação de um menino transformada na robustez de moço forte, como viria a ser percebido por seus filhos depois, Enrico ia de lá pra cá, arrumando sua mala, falando sobre seus planos. Em poucos minutos, pegaria o trem com destino ao aeroporto de Roma, para de lá seguir para São Paulo. Dona Francesca observava atenta, feliz e um pouco ressabiada. Afinal, já havia perdido seu primeiro filho, Alberto Valeriano Filho. Agora "perderia" seu segundo, não para a cólera, mas para outro país. Dom Alberto também observava, constrito, fechado como pedra. Absolutamente mudo. Não se sabe se havia bebido, ou se teria se embriagado de um sentimento de compaixão pela reticência de dona Francesca, de arrependimento pelos seus atos inescrupulosamente violentos ou até mesmo de raiva/inveja pela vitória do filho, que agora parecia reduzi-lo a mero espectador — justamente ele, que nada conquistara a não ser méritos questionáveis de sargento do Regio Esercito Italiano e tanto forjara, com mãos pesadas, o caráter de seus filhos, e especialmente de Enrico. Agora seria obrigado a ficar em segundo plano, não mais protagonista de sua história. O fato é que sua contenção se transformou súbita e violentamente em cólera, não a doença infecciosa que tirou a vida de seu primogênito, mas certamente outro tipo de infecção, mental e destrutiva. Possuído por ódio e seja lá por qual motivo, dom Alberto começou a discutir com Enrico. A discussão escalou, dom Alberto avançou em direção ao filho com a intenção de bater nele, no que foi contido assaz por Enrico, segurando o braço de seu pai com firmeza e com sua mão a gola da sua camisa:

— Você não encosta mais um dedo em mim, seu velho de merda.

E o empurrou contra a parede, com tremenda força, como se liberasse em um segundo toda a energia de um terremoto de emoções que guardara, desde sempre, dentro de si. Seus olhos disparavam labaredas de fúria. Sua atitude, de homem feito e liberto, resplandecia segurança intransponível. A criancinha que apanhara de maneira indefesa era, agora, homem corajoso. E temível.

— Não encoste em mim, seu cabrão — reforçou, calando a boca do vencido dom Alberto.

Abraçou sua mãe, pegou suas malas e, sem olhar para seu pai, foi embora. Teria sido a última vez que Enrico o veria, o que certamente seria motivo de pesar, como foi o último encontro de Enrico com seus filhos, antes de sua morte e a impossibilidade da despedida. E como foi, também, o último encontro de Alessandro com Giovanni. Mas a sorte guardava para Enrico outras intenções.

Já em São Paulo, Enrico e seu pai não se falaram nem mesmo por cartas. Enrico apenas as dirigia para dona Francesca. Por meio de uma dessas, soube do terrível terremoto, este sim concreto, que assolou Nápoles e as cidades adjacentes em novembro de 1967, entre elas Acerra. Milhares ficaram desabrigados. O centro histórico da cidade foi devastado, bem como o apartamento da Via Calabria, 14. Dona Francesca teve de se mudar com dom Alberto e seus filhos para outro menor, até que pudessem voltar a sua casa. Houve muitas mortes, por sorte de nenhum parente dos Valeriano. Enrico sentiu remorso pela briga e quis escrever para o pai, saber como ele estava, mas, orgulhoso, se absteve. Por outra carta, semanas depois, soube que seu pai desaparecera, abandonando tudo, sem nunca mais dar notícias. Chorou, de raiva, de dor. Guardou para si a despedida do pai, aquietando a amargura em uma mágoa que se fez crescente, vindo a ditar seu próprio comportamento de maneira também impulsiva, ainda que sua impulsividade prescindisse de tantos atributos físicos e assumisse outros, igualmente ameaçadores, na forma de autoridade inquestionável e impaciência perfeccionista.

Ele era o menino que vencera o pai, que arrancara de seu ventre seu próprio orgulho e com foice feroz destronara Saturno, ao simplesmente conter, com braços atrevidos e fulminante olhar de fogo, o último intento de violência física de dom Alberto. Ainda mais grave, mostrou para seu pai que não precisava mais de nada seu, que não o legado de dor do passado.

— Você não conseguiu me destruir, seu velho filho de uma puta — poderia ter dito Enrico, e o disse, mas sem a acidez dessas palavras.

Teria sido sua libertação o motivo pelo qual dom Alberto abandonara sua família? Teria sido ele próprio quem *matara* seu pai? Quanta tristeza! Quantos elementos difíceis de serem ressignificados pelo pobre Enrico. Para romper o casulo que o aprisionava, teve de subjugar quem o trouxera ao mundo. Para impedir a perpetuação da injustiça, teve de se transformar em justiceiro e fazer justiça com as próprias mãos. Para remover o espinho da ferida, separar o joio do trigo e poder ao menos respirar, imerso e afogado no fundo do poço, teve de atirar nele seu próprio pai, ferindo-o. Ferindo a si próprio. Assim, veio à superfície, com todas as chagas e condenações de seu percurso expostas em seu âmago e marcadas em sua pele.

Pouco mais de dez anos depois, Enrico caminhava sozinho pelo centro de Acerra — havia viajado para visitar dona Francesca, o que fazia com bastante frequência —, quando ocorreu o episódio que mencionei algumas páginas atrás: o último encontro. Enrico avistou dom Alberto, sentado em uma das mesinhas dispostas na calçada de um conhecido bar, na Corso Giuseppe Garibaldi, 76. Não teve dúvida de que era ele, apenas levou determinado tempo para se recompor ante sua surpresa.

— Pai?

Dom Alberto levantou os olhos, lentos e um pouco cansados, sem a mesma surpresa do filho. Decerto, imaginou que algum dia seria visto por algum conhecido ou mesmo por dona Francesca, já que frequentava publicamente bares em Acerra, inclusive não muito distantes do próprio apartamento dela. Não se surpreendeu, é verdade. No mínimo se conteve. Dom Alberto já estava na quarta ou quinta dose de seu favorito *limoncello*, acompanhado por repetidos cigarros, cuja fumaça se misturava a seu aspecto um tanto sombrio e decididamente taciturno, reforçado por um rosto vencido pelos anos e uma aura desgastada, quase sem vida. Sem planejar suas atitudes, com um misto de nostalgia e indignação, Enrico puxou uma cadeira e se sentou.

— Quanto tempo, meu pai. É você mesmo... como você está?

Dom Alberto não respondeu. Tragou o cigarro, voltando os olhos para o lado, ou para o nada, e saboreou rápido o que restava do *limoncello*, devolvendo o copo à mesa no mesmo compasso em que levantava a outra mão para solicitar mais uma dose ao garçom.

— Sou eu, seu filho Enrico.

É claro que dom Alberto sabia quem ele era. Parecia ingênua a necessidade da explicação oferecida por Enrico, dada sua admirável segurança construída, primeiramente, na universidade em Milão e depois confirmada em sua trajetória bem-sucedida em São Paulo. Mas até mesmo os heróis mais corajosos sucumbem ante seu maior e mais íntimo adversário: *o próprio pai*. Fazem-se pequenos, crianças até; desejosos do acolhimento lembrado na infância, ou no mínimo imaginado. Não importa quão atrozes tenham sido os pais, nem de que maneira malandros, maldosos ou distantes. São *pais*. O mais vagabundo deles tem a incrível delicadeza de suscitar os sentimentos mais puros em seus filhos. Pais que morrem em prisões, pais assassinos, pais que fogem e abandonam: todos eles levam consigo, e com toda a sua falibilidade, algo de nós, de nossa essência, de quem fomos, de quem poderíamos ter sido e de quem eventualmente poderíamos ser, convidando a uma comunhão confusa e improvável de sentimentos.

É como amar o inimigo, sem que ele de fato nos seja estranho. Talvez aí esteja uma das mais belas contradições da mensagem de Jesus: a dificuldade de conciliar a obrigação de prestar obediência a nossos pais com aquela de amor a nossos inimigos. Especialmente quando o pai *é o inimigo*. Sábio foi Jesus. E, em sua versão de notável sabedoria, talvez aquela mais confiável historicamente, no Evangelho de Marcos (por ter sido redigido em época mais próxima — ou menos distante, na verdade — do tempo em que Jesus viveu), ele não estava sublime, suportando acusações em silêncio estoico como nos conta o Evangelho de Mateus; não estava acima do bem e do mal pedindo perdão para aqueles que "não sabem o que fazem", como retratado no

Evangelho de Lucas; nem mesmo estava enfrentando impassível seu martírio, quase à vontade, esperando que "tudo fosse consumado", como quer nos fazer crer o Evangelho de João, o último canônico a ser escrito. No Evangelho de Marcos, Jesus estava sofrendo, destroçado, sangrando por todos os lados. E, no fim, não fez nada disso de que nos dá a conhecer João. Pelo contrário: Jesus *enfrentou* Seu Pai.

"*Pai, Pai, por que me abandonaste?*"

Claustrofóbica constatação de Jesus, moribundo e sôfrego, entregue à morte e sem esperanças, sem nenhuma possibilidade de acolhimento pelo seu Pai. No relato, Deus nada responde, nada lhe entrega, além de um sufocante silêncio.

— Se Deus deixou que Jesus morresse e sofresse tudo que sofreu, então Ele não é todo-poderoso — disse Giovanni, na mesa de um bar na vila Mariana, dois anos antes de morrer.

— Isso é uma tremenda heresia — retrucou Alessandro, sempre mais propenso à ortodoxia do que seu irmão.

— Como pode ser heresia, se está escrito na Bíblia? Jesus não gostou nada da ideia de morrer na cruz! Ele falou: "Pai, tudo te é possível. Afasta de mim este cálice!" (Marcos 14:36).

— Você está distorcendo as Escrituras. Na sequência, ele próprio se educa: "Contudo, não seja o que eu quero, mas sim o que tu queres".

— Ah, é? Então por que Jesus transpirou sangue depois? Você tem alguma explicação para isso? Pois eu tenho: ele não queria ter passado por todo esse martírio! Ele não queria ter sido abandonado! E o pior: Deus não apenas o *obrigou* a passar por isso, o que já bastaria para ser um belíssimo exemplo de crueldade divina; no final, nem ao menos lhe deu uma resposta. Nada. Nem um "tenha calma, meu filho, isso vai passar!". Deus ficou *mudo*. Jesus deve ter se sentido a pessoa mais infeliz da face da Terra.

Seguindo essa interpretação, Cristo teria desafiado seu pai, no Evangelho de Marcos, convertendo-se praticamente em seu inimigo, já que fora obrigado, por Ele, à semelhante tortura em sua missão de redimir a humanidade. Mas nem por isso Jesus deixou de amá-l'O, e talvez seja esse o propósito mais belo de tão controversa passagem neste Evangelho. Precisamos aprender a amar por dor, com dor, em dor.

— Por Cristo, com Cristo e em Cristo; a vós Deus Pai Todo-Poderoso; na unidade do Espírito Santo; toda honra e toda a glória; agora e para sempre — rezou o sacerdote.

— Amém! — respondeu Enrico, na igreja Chiesa di San Pio X, antes de receber a comunhão que solicitou ao pároco, para dedicar sua carreira de engenheiro ao Senhor, chegando a entendimento semelhante ao recém-mencionado: é preciso amar na dor. É preciso ser *ama-dor*.

Por Cristo, com Cristo e em Cristo, Enrico não deixou de amar seu pai, mesmo com todo o suplício causado por dom Alberto, inimigo e verdugo de suas injustas penas. Um pai que o castigou de maneira impune, física e brutalmente. Um pai que abandonou sua própria família, deixando-a à mercê do universo, e agora sentado a sua frente, em uma mesinha de um bar qualquer no centro de Acerra:

— Pai, você não vai dizer nada?

— O que você quer que eu diga? — retrucou, áspero, dom Alberto.

— No mínimo você poderia dar alguma explicação!

— Explicação de quê?

— Como de quê? Você nos abandou! Você me abandonou. Por quê?

Ante a inércia de dom Alberto, repetiu:

— Por que, pai, você me abandonou?

Dom Alberto rugiu os dentes, contrariado, com a cabeça baixa, emitindo um grunhido de desaprovação.

— Não nos vemos há mais de dez anos. Diga alguma coisa! — implorou Enrico.

Sem nunca olhar nos olhos de seu filho, e bufando, dom Alberto enfim ofereceu explicação:

— Você quer saber por que fui embora? Está bem. Direi tudo. Palavra por palavra. Mas você não vai gostar do que vai ouvir. Depois não diga que não avisei.

— Por favor, quero saber. — Animou-se, ao mesmo tempo receoso.

— Antes, busque para mim mais uma dose de *limoncello*, o garçom já não está querendo trazer. Pensa que não vou pagar, o bastardo! Vá logo! Não demore! — instruiu, de maneira autoritária, quase como em outros tempos, o que não deixou de parecer familiar para Enrico, que se levantou rápido e obediente como um menino, dirigindo-se à bancada do bar, dentro do salão, e pedindo não uma, mas duas doses do drinque preferido de dom Alberto, afinal chegara o tão desejado momento de conhecer a verdade, e ele queria, ou precisava, estar atento. Precisava beber junto com seu pai.

Enquanto esperava o bartender preparar as bebidas, voltou o olhar duas ou três vezes a dom Alberto. Estava mais velho, vencido pelos anos. Aparentava fraqueza, até mesmo debilidade. Um velhinho! Como alguém tão frágil podia ter sido semelhante carrasco? Será que ele foi mesmo tão violento? Será que Enrico não intensificou sua própria dor ao se lembrar dela? Dom Alberto parecia tão... tão... amável. Uma camisa xadrez alternando cores desbotadas entre vermelho e cinza, mal abotoada, descia até a metade de uma bermuda de pano escurecida, que parecia não combinar com nada, muito menos com ele. Nos seus pés, um pouco sujos, enrugados, uma sandália marrom, a mesma de sempre, fazia as vezes de um sapato. E, no olhar soturno, indefinido, para baixo e para o nada, tal qual mantinha enquanto contemplava as águas dos pequenos rios do vilarejo de Cascina del Ponte di Castano, via-se, tão somente, tristeza. O que teria sido de sua vida nesses anos todos? Conhecera felicidade? E antes? Como teria sido sua infância, para justificar tanta brutalidade depois? Enrico nunca tinha ouvido seu pai falar nada sobre sua infância. Nem mesmo sobre os pais, avós de Enrico, os quais ele não teve oportunidade de conhecer. Dom Alberto não era homem de confidenciar sentimentos.

Enrico sentiu pena. O garçom lhe serviu as duas doses de *limoncello* na bancada do bar. A primeira ele virou rapidamente, como a juntar forças para o que viria, e pediu mais uma, que não demorou a ser preparada. O coração sentia-o acelerado. Pagou a conta inteira (havia alguns gastos pendurados, o que não deixava de ser emblemático). Munido dos dois copos, deixou a bancada, na outra ponta do estreito, embora extenso, salão, que a essa altura já estava um pouco mais cheio, para se dirigir de volta a seu pai. Dois ou três grupos de jovens haviam chegado há pouco, animados. Eram estudantes universitários, não de Acerra, posto que lá não havia faculdade. Certamente estudavam em Nápoles, como faria Giovanni anos depois quando morou com sua avó, ou possivelmente eram estudantes que haviam voltado para sua cidade natal, como Enrico em outras épocas. Enricou se reconheceu neles. Teriam seus pais, seus conflitos, suas histórias e vidas. Ainda assim, podiam celebrar. Estavam ali, vivos. Todos estamos, não? Não importa o que a gente experimente nesta vida, ela não faz de nós menos vivos do que outros, a não ser na morte.

Enquanto passava por eles, pensou consigo mesmo algo que não se atrevera a pensar antes. Seria tolerante. Não importava o que seu pai dissesse, aceitaria. Entenderia as críticas não como desamor, mas como o que geralmente são para quem as professa: vontade de mudar nos outros aquilo que desgosta em si mesmo. Especialmente quando o objeto do desgosto são nossos filhos. Renunciaria à raiva, mesmo que justificada, pelos abusos que sofreu enquanto criança. Seria superior, como o Jesus do Evangelho de João, para que fosse possível vencer a dor; e não como o Jesus do Evangelho de Marcos, que confrontou seu Pai de maneira insolente, como se lhe coubesse alguma razão em se sentir indignado. Até mesmo se atreveria à ousadia de perdoar.

"Pai, perdoa-lhes, porque não sabem o que fazem."

"Pai, eu te perdoo, porque você não sabe o que faz."

Fortalecido, sentia-se mais seguro e pronto para ouvir qualquer insulto que fosse, contanto que pronunciado pela boca de seu pai. Apenas precisava *ouvir*, deixar que seu pai dissesse o que quisesse dizer. Que rompesse o silêncio de uma vez por todas! Era o momento crucial de sua trajetória como ser humano, como pessoa, como homem. E, depois de ouvir o que dom Alberto tinha a lhe dizer, e a verdade que ocultara por tanto tempo, poderia contar a *sua*. Poderia lhe dizer tudo que passou em São Paulo, seu casamento feliz com dona Gilda, que nessa época ainda era celebrado durante as missas na igreja de Nossa Senhora da Saúde como exemplo de família, tal qual Maria escolhendo a parte boa. Contaria sobre seus filhos, dois lindos meninos! Contaria sobre sua empresa, que crescera aceleradamente, convertendo-se em uma das maiores do mundo. Compartilharia todas as suas conquistas, seu recém-adquirido senso de poder e quem sabe pudesse ser motivo de orgulho para seu pai. O que, no final das contas, é o desejo de qualquer filho. Vivemos para brilhar aos olhos de nossos pais.

Amparado por semelhante ânimo, intimamente renovado, terminou de atravessar o salão e chegou à mesa de dom Alberto na calçada.

Só que ele não estava mais lá.

Essa foi a última vez que Enrico (não) viu seu pai. E com ela silenciou, de maneira definitiva, sua história, condenando sua própria existência a uma dor ainda mais profunda. O que tanto dom Alberto tinha a dizer que Enrico certamente não ia gostar? Por que nada disse? E pior: por que seu pai tinha ido embora novamente? Que desamor seria esse? Não suportou ver o filho? Ou a própria continuidade da vida de Enrico teria reforçado a desgraça da de dom Alberto?

Nunca teria respostas.

Voraz amargura, histérica, mesmo sem pronunciar uma única palavra. Tal é o sofrimento de quem é escravizado pelo silêncio de sua própria história.

Se a alma não se liberta da dor, ela a transforma.

Com a alma transformada, e transtornada, Enrico batalhou internamente, por toda a sua vida, contra um paradoxo furioso, divinamente enunciando em passagens sagradas, mas amaldiçoado — e de maneira hipócrita, pelos próprios juízes que as supõem abençoadas — quando mencionado na voz de outros:

— Bastardos infiéis! Hipócritas filhos da falsidade! A verdade só é verdadeira quando está a nosso favor! — vociferam, míopes, tais donos da razão, repletos de ódio contra aqueles que *preferem escolher outra verdade*, os hereges. Ou seja, "os que escolhem a mentira".

Tal qual a batalha interna na mente de Enrico, ortodoxia e heresia se confrontariam eternamente, cada uma em seu lado da verdade, sem nunca se permitir ceder.

É uma batalha sem vencedores esta. Apenas com derrotados. A derrota como consequência de um impulso irrecusável, prazeroso e doentio, indignado e desesperado. Um impulso oriundo da inefável conciliação entre sacrifício e compaixão, amor e dor, grito e silêncio, e que vem submetendo a humanidade desde seu primeiro suspiro. Um impulso impossível de ser contido; milenar, que já em sua concepção é indomável, se não apaziguado. Um impulso que tem nome claro e contra o qual não há remédio, que não o sacrifício de um mundo inteiro, mesmo que seja simbolizado por um único sentimento: a ira de Deus.

CAPÍTULO

VIII

A IRA
(DE DEUS)

— Que se foda! QUE ÓDIO! — gritou Giovanni, furioso, antes de morrer.

Ao menos isso foi o que uma vizinha contou para dona Gilda, poucos dias depois de Alessandro ter embarcado para Nápoles. Ela viu tudo de seu quarto, também em um quarto andar, que ficava no prédio que dava para os fundos do apartamento da vila Mariana. A vizinha não contou sua versão imediatamente porque ela própria tinha ficado deveras abalada com a tragédia, chegando inclusive a se sentir responsável. Disse ela que dormia quando ouviu gritos, como já havia chegado a ouvir em dezenas de outras ocasiões. Dessa vez, eram insistentes e mais "nítidos", como ela mesma descreveu. Levantou a persiana para investigar e percebeu, no prédio em frente, que seu vizinho havia cortado as redes e já estava em pé fora da janela, se equilibrando no parapeito, falando coisas ininteligíveis.

— Não faça isso! — implorou a vizinha, ao vê-lo encarando o abismo. A pobre mulher apenas cobrava o senso de perigo ante a situação, já que ela, também, tinha acabado de acordar.

— Cale sua boca! Quem é você? Eu faço o que eu quiser.

— Por favor, não faça isso!

— Você não manda em mim.

Quem seria a vizinha para ele? Talvez ninguém. Ou possivelmente representasse, em seu esforço inocente de conter aquilo que parecia uma iminente tentativa de suicídio, toda e qualquer autoridade que pretendesse roubar de nós a autoria de nossos atos.

Que atrevimento! Não podemos ser autores, agora? Já não basta tanta regra neste mundo, tanta ordem, tanta imposição? Não eram justamente as ordens e seus devaneios despóticos que haviam feito de Giovanni um confesso rebelde, mártir da desobediência? E por que essa obsessão do mundo inteiro em estar sempre certo? Giovanni viveu de saco cheio do que era certo: igreja, escola, padres, professores, amigos, televisão, normas e expectativas da sociedade… meros repetidores de verdades forçadas sob o pretexto de uma certeza. Como se todos estivessem absolutamente corretos sobre como as pessoas devem viver suas vidas e não coubesse espaço para questionamentos. Se o mundo não existe, por que não se pode errar?

— Tá errado! — Era uma das frases que dom Alberto mais falava para Enrico, e consequentemente Enrico repetia para seus filhos. A frase de dom Alberto vinha invariavelmente acompanhada de furiosa cacetada (embora noutras vezes as cacetadas não viessem acompanhadas da frase alguma, posto que pancadas eram mais frequentes do que palavras).

Por que tanta ira? Que pai sacrifica seu próprio filho para dar sentido à fúria que carrega dentro de si?

— Deus — respondeu Giovanni, em outro bar da vila Mariana.

— Não pode ser! Você não percebe que dizer que Deus precisa dar sentido a sua ira é um sacrilégio? — advertiu, desconfortável, seu irmão.

— Sacrilégio? Desde quando apontar algo que está na própria Bíblia é sacrilégio?

— Desde quando você faz uso inapropriado do que lê.

— Recite comigo, então, sem fazer uso inapropriado algum do que ouvir. — E então Giovanni passou a declarar, de cor e salteado, alguns trechos que considerava interessantes para sustentar seu argumento: — "Tremei diante Dele, toda a terra" (1 Crônicas 16:30). "Sejam os pecadores eliminados da Terra e deixem de existir os ímpios" (Salmos 104:35). "Vejam! O dia do Senhor está perto, dia cruel, de ira e grande furor, para devastar a Terra e destruir os seus pecadores" (Isaías 13:9). Preciso continuar?

— Você está colocando as palavras fora de contexto. Sem contar que usou exemplos somente do Antigo Testamento. Jesus veio para trazer outra mensagem, outra lei. A lei do amor.

— Sabia que você ia dizer isso! Então acompanhe comigo: "Mas aqueles meus inimigos, que não quiseram que eu reinasse sobre eles, trazei-os aqui, e matai-os diante de mim". Isso está no Evangelho de Lucas, capítulo dezenove, versículo vinte e sete. Palavras do próprio Jesus que estão no Novo Testamento, o mesmíssimo livro que se propõe a ser a nova lei, a tal lei do amor. Depois ninguém entende por que existem tantas guerras por religião. Que petulância! Só porque não quiseram que alguém reinasse sobre eles precisavam morrer? Meu senhor Jesus Cristo! Deixem o povo acreditar no que quiser!

— Mas quem falou que não podem?

— Acabei de citar um exemplo pra você! É claro que não podem! "Não quiseram que eu reinasse sobre eles." O cristianismo se transformou em religião exclusivista, começando com a herança dos hebreus que ensinavam que o Deus deles era ciumento. Como tinha deus pra tudo quanto é lado, os hebreus precisavam mostrar que o deles era mais poderoso. Quer saber? Estão todos enganados. Todos os estudiosos e historiadores estão enganados. Até hoje dizem que os hebreus inventaram o monoteísmo, mas não inventaram coisa nenhuma. Inventaram o *ciumentismo*, isso sim. Os sumérios, acádios, egípcios, hititas, persas, gregos, romanos... todos esses povos aceitavam novos deuses numa boa, a todo momento. Os hebreus, não, só podia ser o Deus deles. E o cristianismo elevou isso à máxima potência. Ou à terceira potência, se quiser considerar Jesus e o Espírito Santo. Na onda deles, os muçulmanos falaram que "só há um Deus, e Maomé é seu profeta". Chame como quiser, mas para mim isso é *ciumentismo*: a noção de que, posto que existem outros deuses, <u>o nosso tem de ser o melhor</u>. Sim, grifo meu. E, para garantir a crença em um só Deus, aproveitaram pra inventar que Ele é mais *irado* que os outros.

— Irado, no sentido de legal? — provocou Alessandro.

— Não, não foi isso que quis dizer — respondeu Giovanni, rindo um pouco —, se bem que pode ser no sentido de legal também, mas me referi à ira. A ira de Deus é retratada já nas primeiras páginas do Gênesis. Em Êxodo, 20:4-5, não tem espaço pra dúvidas: "Porque eu, o Senhor teu Deus, sou Deus zeloso, que puno a iniquidade dos pais nos filhos até a terceira e quarta geração daqueles que me aborrecem". Zeloso? Ciumento! Então ninguém pode ter outros deuses! E, se tiverem, o que acontece? Terão de enfrentar a ira. Qual é a consequência desastrosa dessa mensagem? A consequência é que as pessoas passaram a se achar no direito de dizer para os outros no que eles devem acreditar! E a síntese, patética, preconceituosa, infame, absolutamente desprezível, de toda essa crença cega está na frase que os vulgos "homens de bem" amam repetir: "Eu sou o caminho, a verdade e a vida. Ninguém vem ao Pai, a não ser por mim" (João 14:6). Minha Nossa Senhora! Me dá vontade de vomitar quando escuto isso! Você acha mesmo que alguém humilde como Jesus ia sair por aí se proclamando a última bolacha do pacote? Qual é o sentido dessa presunção? Não combina nada com Jesus! Ao menos com o Jesus de coração manso; o Jesus das crianças, dos pobres, dos que choram, dos perseguidos e de qualquer um de nós em busca de redenção, como na passagem do Sermão da Montanha, talvez uma das mais belas lições já registradas, no Evangelho de Mateus: "Bem-aventurados os pobres de espírito, pois deles é o Reino dos céus. Bem-aventurados os que choram, pois serão consolados". Olha que Jesus mais bonzinho! Compara esse Jesus com o Jesus de João. Você não percebe que um Evangelho não tem nada a ver com o outro? E o Evangelho do João é o pior deles: o mais chato, pedante, exclusivista e segregador de todos. Duvido, repito, duvido que Jesus tenha falado uma baboseira dessas! — e continuou em tom tragicômico: — "Eu sou a última bolacha do pacote. Eu sou o bonitão, o cara que manja tudo. Tá todo mundo condenado se não vier falar aqui com o bonitão, tá ok?". Que BODE desse Jesus. Seletivo e chato. Não acredito nisso. Jesus amava a todos, crianças, adultos, putas, cobradores de impostos.

— Você não está entendendo a simbologia por trás das Sagradas Escrituras. Está agindo como outros hereges que preferem fazer interpretações equivocadas. Quando disse que ele era o caminho, Jesus mostrou que Deus ofereceu a salvação para todos nós, não só para alguns, através dele.

— E por que Buda não? Por que Maomé não? Por que Moisés não? Por que Zeus não? Por que que Osíris não? Por que Tlaloc não? Por que Confúcio não?

— Não estou negando nada disso, apenas quero lembrar a mensagem de Jesus. Você parece ter-se esquecido de quando a gente ia à missa juntos, em Acerra. A gente adorava cantar "Eis o Cordeiro de Deus, que tira o pecado do mundo", não adorava?

— Belo exemplo, você trouxe. Aproveitando, tenho uma pergunta: por que Jesus precisa ser o Cordeiro de Deus? Mas repare bem: não perguntei se ele é ou não o Cordeiro; perguntei por que ele *precisa* ser.

— O que você quer dizer com isso?

— Minha pergunta é simples: por que Jesus, ou na verdade *alguém*, tem de morrer? Qual o propósito disso?

— É uma boa pergunta. Vovó Francesca diria que alguém precisa morrer para ninguém mais precisar sofrer, para nossa salvação. E, se o Senhor entregou Seu único filho para que morresse, e não simplesmente *alguém*, conclui-se que não há ato de amor maior. Deveria servir de exemplo para todos nós.

— Mas aí é que está meu incômodo. Primeiro de tudo: se você vê um filho sofrendo, um filho seu, você deixa que ele sofra, ou você intercede?

— Acho que não deve haver pai ou mãe neste mundo que não interceda, ou mesmo não se ofereça para sofrer em lugar de seu filho. Eu, pelo menos, se tivesse filhos, daria a vida por eles.

— Eu também daria.

— Por outro lado, considerando a Divina Providência, e sua sabedoria ante a crucificação de Jesus, talvez haja outros ensinamentos aí. Talvez isso nos mostre que há outro tipo de amor, incompreensível para nós. Deus ama tanto a humanidade que deixou Seu filho sofrer, sim, mas para salvá-la. Um amor maior do que o próprio amor. Não interceder; não fazer nada, nesse caso, é o equivalente a fazer tudo.

— Então Deus é totalmente altruísta, ou totalmente egoísta. Não tem meio-termo.

— Não cabe interpretação de egoísmo! Se Ele viu Seu filho sofrer, certamente Ele sofreu ainda mais, como sofrem os pais ante o sofrimento dos filhos. Mas, como tinha a capacidade de cessar o martírio de Seu único filho com apenas um estalar de Seus dedos, já que é onipotente, e não o fez, podemos deduzir que foi altruísta. Porque sabia que, entregando *Seu filho*, como se Ele mesmo se entregasse, poderia salvar *Seus outros filhos*: Sua criação! Isso é ser altruísta!

— Isso é ser egoísta, isso sim.

— Egoísta?

— Pra cacete!

— Como assim?

— Ué, é claro! Fez o filho sofrer só para salvar algo que Ele próprio tinha inventado. Ou seja, salvou a Si próprio. Tipo: "Sofre aí, Meu filho, mas minha criação ninguém tasca"! — e concluiu, convencido com seu próprio argumento: — Ahhh, que se dane Sua criação! Pare de pensar em Você e pense nos outros, Deus!

— Mas "pensar nos outros" é justamente o que Ele fez! Que blasfêmia!

— Está bem, suponhamos então que, sim, foi um ato de amor de Deus deixar Seu *único* filho sofrer. Aí vem o segundo ponto, com o qual tampouco consigo concordar: uma *única* pessoa é obrigada a pagar pelo pecado de *todo mundo*? Isso sem falar no contrário: que tá todo mundo condenado só por causa de um carinha lá atrás que comeu uma maçã. Baita sacanagem.

— Não vejo dessa forma. Era preciso encontrar remissão para o pecado de Adão, que simboliza todos nós, sim: não é individual. Simboliza nossa vontade de ser Deus. A vontade que a criatura tem de enfrentar seu criador. O pecado original.

— Isso se você entender o Gênesis como linguagem figurativa. Mas, se você entender tal qual quiseram escrever… e não me venha com linguagem figurativa, porque você sabe bem que, quando escreveram, queriam dizer exatamente o que disseram! Caso contrário, outros pronunciamentos que todo mundo entende como reais deveriam ser entendidos como figurativos também! No mínimo, a leitura da Bíblia tem de ser coerente. A Bíblia diz: "Jesus ressuscitou!". E o povo: "Oh, claro, isso é verdadeiro". Ninguém se atreve a questionar. A Bíblia diz: "Deus criou o mundo em seis dias". Aparece Darwin e derruba esse mito em segundos. E aí o povo: "Oh, veja bem, isso é figurativo". Faça-me o favor! O que é pra ser figurativo e o que é pra ser real? Tá na cara que cada um interpreta aquilo que lhe convém…

— Você ia dizendo "se você entender o Gênesis tal qual quiseram escrever…".

— Sim! Se a gente entender tal como querem que a gente entenda, não tem essa de Adão querer ser Deus, não.

— Não?

— Não. Tem a ver com sexo, e pronto.

— Lá vem, pra você tudo é sexo.

— Mas é lógico que é sexo. O mundo é movido por sexo. Adão e Eva ficaram peladões e saíram trepando adoidados. Depois a Bíblia vira uma trepação fenomenal. Tem até filha embebedando o próprio pai para em seguida trepar com ele, logo depois de fugirem da putaria de Sodoma e Gomorra. Olhe bem pra isto: Deus tinha *acabado de ajudá-los a fugir* de cidades que, em tese, foram condenadas por sua putaria. Olha a inconsistência. Deus é muito sacana! Matou um monte de gente lá, até mesmo criancinhas, que viraram cinzas ou o que for, mas salvou uma filha, bem das putas, diga-se de passagem, que sai trepando com *o próprio pai*? Que porra é essa?

— Que absurdo! Cansei desta conversa. Sua atitude de questionar a Deus é bem o que a Bíblia descreve como exemplo de afronta da criatura ao criador.

— E você acha que eu não sei? Eu ia ser padre. Eu até decorei Isaías, capítulo quarenta e cinco, versículo dezenove: "Ai daquele que contende com seu Criador, daquele que não passa de um caco entre os cacos no chão. Acaso o barro pode dizer ao oleiro: 'O que você está fazendo?'".

— Isso é o "diabo" aí da tua tatuagem falando — zombou Alessandro, enfim vencido pelos incansáveis argumentos de seu irmão, e os dois riram alto, enquanto bebiam suas cervejas.

— HAHAHAHA.

— Acho que o jeito que você questiona Deus não está correto. Mas eu te entendo, Giovanni — emendou: — O sexo corrompeu a humanidade. Não por ser ruim, mas por ser visto como ruim. Talvez, justamente por ser bom, quiseram transformar em ruim. Afinal, a gente veio ao mundo para ser infeliz, não podemos ter coisas boas.

— Eu não. Eu vim para ser feliz. Mas não querem que a gente seja. É por isso que até hoje o mundo pensa que sexo é pecado. A Igreja condenou o sexo. São Paulo condenou o sexo. Santo Agostinho condenou o sexo. Os padres condenaram, ainda que ficassem vários deles bem taradões e correndo desesperadamente atrás deles mesmos, ou de crianças. Tá todo mundo condenado — Giovanni riu diabolicamente.

— Até a gente se sentia condenado, confessando que bateu punheta e morrendo de medo de ir pro inferno, lembra?

— Haha. Claro que lembro. E quer saber? Hoje não dou a mínima se eu for pro inferno. Aposto que lá é uma meteção sem fim. O Diabo deve ser o anfitrião da maior balada do planeta. Cocaína pra todo lado, breja, mulherada pelada, bêbada, dançando de salto alto e ouvindo rock and roll.

Alessandro riu:

— E você acha mesmo isso legal?

— Sim, acho sensacional esse Diabo! Igualzinho ao diabo do *South Park*.

— HAHAHA, verdade.

— O mais legal é que ele é gay e se apaixona pelo Saddam Hussein. E os dois têm pintos gigantes. Eu amo esse diabo.

— Eu também. Os caras do *South Park* são geniais.

— Tá vendo? Você pensa que nem eu.

— Pode ser. Mas não é por isso que vou achar que Deus é falho. E nem vou gostar de Slayer. Ou de Entombed.

A banda Entombed, de *death metal*, era uma das preferidas de Giovanni, fosse pelo seu som agressivo ou por desafiar descaradamente os preceitos da Igreja, dos costumes ou da pretensa moral social. Inspirado nela, Giovanni chegou a inventar um termo muito interessante: "narcossatanismo".

— Meu, não fala uma coisa dessas — alertava Alessandro, bastante ressabiado com a ousadia do irmão, o que não impediu que o termo virasse moda e até fosse matéria de jornais sensacionalistas para retratar o submundo das drogas como culto satânico.

— Você fala isso porque nunca usou drogas. Não tem sensação melhor do que relaxar com um baseado.

— Fumar maconha é de muito baixo nível.

— Você nunca fumou, como pode saber? Por sinal, acho até que te faria bem.

— Nunca! Detesto drogas.

— Maconha não é droga. Você pode falar isso de outras drogas, mas nem isso você entenderia. Não tem melhor sensação do que cheirar pó depois de ficar bêbado e trepar com putas ouvindo *death metal*. Eeeeeeeeeeeeee.

— Você é louco.

— Sou mesmo. O Diabo ama isso, e é isso que eu quero pra mim. Você viu a diaba do filme *Endiabrado*? A maravilhosa Elizabeth Hurley? Pra mim, estes são os verdadeiros diabos: Elizabeth Hurley e o diabo do *South Park*.

Seus embates filosóficos eram curiosos. Começavam com filosofia, passavam por Deus, terminavam em alusões a ícones da cultura pop. E, se o papa é pop, o Diabo não pode ser também?

— Não. Pop é para quem é certinho. Pop é para os bobões. O Diabo é rock and roll mesmo — concluiu Giovanni, como se respondesse para si mesmo, sem com isso chegar a uma conclusão para sua própria pergunta: por que Jesus *precisava ser* o Cordeiro de Deus?

— Ninguém faz essa pergunta, porque todos têm medo da resposta — retomou Giovanni em outro bar, em outra conversa filosófica.

— E qual é a resposta? — desafiou Alessandro.

— Jesus *precisa* ser o Cordeiro de Deus, porque alguém *precisa* morrer para que assim seja possível apaziguar a ira de Deus.

— A ira de Deus? Lá vem você de novo. Ou é sexo, ou é ira.

— Sim. A ira de Deus. Ai de quem não acalmar sua ira! — anunciou Giovanni, incomodando ainda mais seu irmão mais novo. — A história da humanidade é construída com base em vãos esforços de apaziguar a ira de Deus por meio de sacrifícios. Se você acha que estou exagerando, leia qualquer texto da Bíblia. Ou, melhor ainda, leia qualquer relato de outras culturas. Os Vedas, textos religiosos antigos da Índia, falam do sacrifício de uma cabra: "Eu te ofereço este sacrifício, ó Árvore, com a cabra por meio do fogo. Que ela seja uma oferenda aceitável para ti, e que tu a aceites com alegria" (Yajurveda 1.2.7). Coitadinha da cabra! Por acaso ela tem alguma coisa a ver com o fato de a

Árvore ser brava? Os egípcios e chineses também sacrificavam animais. Os romanos e gregos, idem. Até mesmo pessoas! Por exemplo, no mito do Minotauro. De tempos em tempos, o rei Minos condenava jovens atenienses a serem devorados por ele, e isso eu até entendo, já que o reino do rei Minos estava em conflito com Atenas, mas também sacrificava jovens cretenses. E para quê? Para apaziguar a ira dos deuses. Caramba, não era melhor ter deixado o puto do Minotauro morrer de fome? Não, *alguém* tinha de sofrer. Por isso o paspalho do rei Minos não deixava o Minotauro morrer. Teseu teve de se sacrificar e ir lá no labirinto para matar o Minotauro. Teseu é Jesus. A única diferença é que o Minotauro também é Jesus — e em seguida cantou, com voz gutural: — "Aquele que não crê no Filho não verá a vida, mas a ira de Deus sobre ele permanece".
— Que música é essa? Sua, ou do Entombed?
— Pior que parece mesmo uma música minha. Mas não é. Isso é João, capítulo três, versículo trinta e seis. — E tocou no seu iPod (o décimo quarto, já que perdera os treze anteriores em bares, ruas ou calçadas do Baixo Augusta) uma música do Entombed para que Alessandro ouvisse com ele.

Sinners bleed, as the wrath of God descends
Firestorm, burning to ashes their defense

— Isso sim é Entombed — ensinou Giovanni. — Repare que fala sobre o mesmo tema que está no Evangelho de João. Também está no Apocalipse. Olha que hipocrisia! A Igreja torce os olhos para o *death metal*, fala que é música do Diabo e que quem ouve está pecando, só que a maioria das letras que eles acham absurdas cobre temas que estão na própria Bíblia. A única diferença é que o *death metal* aceita a ira de Deus, não a esconde. O som é pesado? Claro que sim. As guitarras, vocais, baixo e bateria são todos pesados? Claro que sim. E as letras são pesadas? Sim, eternamente sim: são mais pesadas que qualquer outro elemento. Mas estão na Bíblia! Que hipocrisia! — e então concluiu seu colóquio apaixonado com uma sentença categórica e irreversível: — A Igreja quer fingir que Deus não tem ira e acaba, ela própria, odiando seus inimigos mais do que Ele.

— A Igreja não odeia ninguém, você não pode dizer uma coisa dessas! — objetou Alessandro.

— Como não? O que a Igreja mais faz é odiar! Condena o *death metal* à fogueira e com isso se condena. Condenou todo o mundo pagão à fogueira! Condena até hoje. Como? Com seus seguidores. Não lembra quando em Jaguarão todo mundo olhava feio pra mim só porque eu usava camiseta do Iron Maiden e tinha cabelo comprido? Não lembra que ficavam horrorizados só porque eu tinha banda? Ai de quem não se adequar aos costumes deles! Dos "homens de bem". A Igreja conseguiu imbuir em seus seguidores um ódio ainda maior do que aquele que ela promulgou na Idade Média: até hoje as pessoas repetem frases controversas como asnos esdrúxulos sem a capacidade de fazer qualquer entendimento sensato: "E todo aquele que não foi achado inscrito no livro da vida, foi lançado no lago de fogo" (Apocalipse 20:15)! Tá lá na Bíblia — e continuou: — "Mas, quanto aos covardes, aos incrédulos, aos abomináveis, aos assassinos, aos impuros, aos feiticeiros, aos idólatras e a todos os mentirosos, a parte que lhes cabe será no lago que arde com fogo e enxofre, o que é a segunda morte" (Apocalipse 21:8)! Tá lá na Bíblia também. Consequência? O povo ignorante sai atirando pedras pra tudo quanto é lado, condenando qualquer um que considerem não "inscritos no livro da vida". Quem detém esse livro? Eles! E quem não está inscrito? Qualquer um que caiba no conceito cretino e mal embasado que eles fazem de "impuro". Tatuado? Impuro. Gay? Impuro. Não acredita em Deus? Impuro. Gosta de sexo? Impuro. É de esquerda? Impuro. Usa saia curta? Impuro. Divorciado? Impuro. Teve filho antes do casamento? Impuro. Abortou? Impuro. Faltou à missa de domingo? Impuro. Agem de maneira pior do que agiam as pessoas no tempo de Jesus, o que em teoria fez com que ele precisasse se sacrificar para salvá-los. Se Jesus aparecesse hoje, este povo burro certamente o crucificaria! Tudo isso para quê? Para apaziguar a ira de Deus.

Se a ira de Deus tem de ser apaziguada, por meio de rituais de sacrifícios horripilantes como foi o martírio de Jesus, que tão diferente seria Ele dos demais deuses pagãos, divindades que exigiam sacrifícios de animais? Ou dos deuses dos maias, astecas e incas, que precisavam de corações extirpados de crianças para não castigarem a humanidade? Povos que os conquistadores espanhóis dizimaram, extirpando não corações, mas crianças, mulheres e homens — tribos inteiras — de suas próprias existências? Nisso, o cristianismo em nada se diferenciaria daquilo que sempre condenou.

Segundo essa lógica, Jesus se transformou, então, no Cordeiro de Deus para apaziguar a ira de seu Pai.

Filho de ira semelhante, ao menos Enrico, cordeiro de dom Alberto, viria a exprimi-la apenas com palavras, e não atos violentos, ainda que, talvez por serem *apenas palavras*, se fizessem mais duras.

— Tá errado! — disse Enrico para Giovanni, impaciente, e batendo a mão na mesa, enquanto o ajudava a estudar para a prova de matemática da quinta série, quando a família ainda morava em São Paulo.

Giovanni havia ficado de recuperação e estava prestes a perder o ano. Não conseguia ir bem na escola. Nunca conseguiu. Distraído, qualquer coisa era mais interessante do que aprender. Preferia, como o irmão mais novo, desenhar histórias em quadrinhos, ou mesmo conversar com seu melhor amigo, Marcelo, a ficar ouvindo a professora expor intermináveis regras sobre números racionais, decimais e fracionários. Mas, diferentemente de seu irmão, quando se distraía, realmente se desligava do mundo, como se vivesse em outra realidade. E *somente* em outra realidade.

— Marcelo, vamos jogar futebol no fim de semana? — cochichou Giovanni durante a aula de matemática.

— Vamos, meu pai conseguiu uma quadra. Vamos chamar a turma.

— Você não vai chamar o Túlio, né? Ele fica me enchendo o saco, não gosto dele. Muito folgado. Outro dia roubou meu lanche. Veio com outros dois chatos do lado dele, sozinho ele não se anima.

— Não precisamos chamar o Túlio, ele é mesmo folgado.

— Posso chamar meu irmão?

— Pode. Ele fica no gol?

— Não sei, mas eu chamo. Aí o time fica completo. Eu vou com camisa do São Paulo.

— Então vamos fazer São Paulo contra Palmeiras. Metade da turma torce pra cada um, né?

— O Alessandro torce pro Santos, mas não tem problema, eu falo pra ele torcer pro São Paulo, ele aceita numa boa e pode jogar no nosso time. Aproveitando, podemos fazer um campeonatinho. A gente anota os goleadores, os pontos, tudo!

— Giovanni, o que são frações equivalentes?

— O quê? — Pego de surpresa pela pergunta da professora, depois de ficar minutos conversando com Marcelo, como sempre fazia, Giovanni não tinha a menor ideia do que ela dizia, posto que, de fato, nada ouvira. Mesmo que tivesse ouvido, certamente não daria importância alguma para a equivalência de uma fração.

— Como eu vou saber? Por acaso sou eu o professor, agora? — desafiou.

A classe inteira riu, admirada de seu atrevimento: só ele mesmo! Mas não a professora, que o mandou à diretoria.

— Vá pra diretoria!

— Vou! Te mando uma cartinha de lá.

E foi suspenso.

Já Alessandro, apesar de também amar se distrair e entrar em outro mundo, especialmente interior, ainda mantinha aceso um fio invisível que o conectava com a realidade externa a ele, de tal forma que escutava tudo a seu redor, mesmo não parecendo. Passou o ano todo da segunda série sem anotar uma lição de casa sequer em seu diário. Inventou um idioma. Enquanto a professora ditava a lição, ele escrevia qualquer coisa no seu caderninho, que ninguém, nem ele, entendia depois. Ainda assim, tirava as melhores notas. Talvez tivesse algum componente de autismo, o que o transformou no recluso social que sempre foi, ainda que com considerável intelectualidade. Só foi pego em sua artimanha porque a confessou ao amiguinho, já quase no final do ano:

— Eu nunca fiz lição de casa.

— Você nunca fez lição de casa? Como?

— Eu fingia que anotava a lição no meu diário. Olha aqui, inventei até uma língua.

— A professora sabe que você fez isso? E como você aprendeu a matéria?

— Aprendendo, ué. Enquanto ela fala, eu escuto.

— Você não escuta coisa nenhuma, você só desenha.

O coleguinha, um tanto invejoso, já que também gostaria de não prestar atenção em nada e ainda assim tirar notas boas, contou tudo à professora, que, pasma diante da ousadia de Alessandro, mas ao mesmo tempo envergonhada por não ter percebido antes que fora enganada, pouco fez, a não ser comunicar a dona Gilda o fato de o filho dela nunca ter feito uma lição. Talvez se sentisse um pouco arrependida: algumas semanas antes, havia mandado Alessandro para fora da classe. Ele nunca tinha sido motivo de reproche, era bem-comportado. Bom aluno. Mas, naquele dia, a situação merecia alguma intervenção. O mesmo amiguinho tinha ido denunciar Alessandro à professora:

— Professora, não estamos conseguindo fazer o trabalho sobre a origem do planeta Terra.

— Por quê?

— Porque o Alessandro não para de falar que nosso trabalho não vai fazer a menor diferença para a origem do planeta.

— O quê?

— Sim, ele falou que tanto faz se a gente fizer o trabalho ou não. Não vai mudar a origem da Terra, porque ela já se originou. E ainda por cima disse que o mundo não existe, e que a gente não passa de uma projeção de nós mesmos.

— Alessandro, venha para cá imediatamente.

— ...

— Você falou mesmo que o mundo não existe?

— Falei, eu acho isso.

— Então vá pra fora da sala descobrir se o mundo não existe mesmo. Que coisa!

Todos riram, mas, diferentemente de como acontecia com Giovanni, riram *dele*, e não *com ele*. Alessandro foi para fora da sala, envergonhado, com a missão de descobrir se o mundo não existia. Só voltou quando concordou com a professora:

— Estou errado. O mundo existe, sim.

E, quase como Galileu, falou consigo mesmo, enquanto se afastava:

"Mas que ele não existe, ele não existe. Errada está você."

TUM!

— Tá errado — gritou novamente Enrico, com outro tapa na mesa. Giovanni simplesmente não conseguia entender o que era uma fração, muito menos equivalente. — Não sabe o que é uma fração equivalente. Vai repetir de ano assim. Preste atenção! — E bateu a mão na mesa de maneira mais enfática.

Giovanni estremecia ante a reprovação do pai, sentado na mesinha do seu escritório. Sentado na mesinha ao lado, Alessandro sentia ainda mais medo. Queria entender o que eram frações equivalentes para poder ajudar o irmão e livrá-lo de tamanho enrosco, mas não sabia como fazê-lo. Tampouco se atrevia a falar qualquer coisa. Cada bronca dirigida ao irmão era como se ele mesmo fosse o errado. Cada batida na mesa era como se seu próprio corpo fosse atingido. Queria chorar. Enrico estava muito bravo, e sua braveza apenas aumentava conforme suas perguntas, como se ele próprio se emputecesse com a sabida ausência de respostas corretas.

Também pudera, ele havia sido o melhor aluno da escola. Só tirou dez. Quando tirava nove e meio, dom Alberto quebrava uma régua na sua cabeça, com ódio. Enrico não quebrava régua nenhuma, mas imprimia tanta fúria em suas palavras, que elas pareciam mais ameaçadoras do que quaisquer réguas do passado. Em verdade, Enrico não foi um pai que batia em seus filhos, ao menos não mais do que a maioria dos pais da geração de *baby boomers*. Quem não apanhava em casa era exceção, não regra. Uns tapinhas aqui e ali não faziam mal a ninguém, diziam. E pais italianos no Brasil costumavam ser mais bravos, ou ao menos *pareciam* mais bravos, dada a teatralidade toda que o sotaque, os gestos e a imponência da atitude conferiam a seus discursos. Enrico, sendo o mais imponente dos imponentes, e certamente alguém que sofria com sua própria fúria, não podia evitar ser temido. Seus filhos tinham muito medo dele. E tinham ainda mais medo de estar, sempre, errados.

Alessandro escreveu seu primeiro "livro" nessa época. Assim, entre aspas mesmo, porque o "livro" não passava de quarenta páginas, que eram o que cabia no seu caderninho de redação. E ele só tinha oito anos: ninguém com oito anos escreve livros sem aspas. Seu primeiro "livro" era sobre seu irmão e, como tinha de ser, recebeu o título de *O menino errado*. Contava a história de um menino que sempre ia mal na escola, seus pais ficavam muito desapontados com ele.

Certo dia, um velhinho apareceu para o menino errado. Usava uma túnica branca e um cajado. Qualquer semelhança com a imagem que os meninos fariam de Deus durante a catequese em Acerra, alguns anos depois, é mera coincidência, assim como as semelhanças com Zeus, Moisés ou algum mago desses que flutuam em filmes e desenhos animados: pura e apenas coincidência. Com seus dotes emprestados de divindades várias, o velhinho ensinou ao menino errado uma lição simples, mas prática: tudo que ele precisava para ser feliz e ter sucesso já estava dentro dele, separado em caixinhas.

— Nós somos como um monte de caixinhas — disse o divino velhinho. — Tem a caixinha do passeio, do lanche, da brincadeira. E tem a da escola.

Precisava saber de algo da escola? Era só abrir a caixinha. O mais legal é que a tal da caixinha também servia para ele guardar as coisas novas que fosse aprendendo na vida, a saber: qual era o futuro do pretérito de haver? Qual era a capital da URSS? O que eram frações equivalentes? Uma vez que o menino errado guardasse as respostas na caixinha da escola, dentro de sua cabeça, ele nunca mais estaria errado! E, assim, o menino errado virou o menino certo. Fim.

Os pais de Alessandro amaram o "livro", quiseram publicá-lo. Mas a faxineira que trabalhava no apartamento o atirou ao lixo antes que pudessem fazê-lo. Deve ter achado que o livro estava errado. Pelo menos o nome dizia isso! Giovanni também adorou o "livro", especialmente o fato de ele ter servido de inspiração para a personagem principal.

Giovanni seria para sempre o menino errado. Chegou a usar a teoria das caixinhas algumas vezes na sua vida, com algum sucesso. Não repetiu a quinta série. Não viria a repetir nenhuma outra série ou ano durante a escola, embora ficasse invariavelmente de recuperação e, em todas essas ocasiões, tivesse de enfrentar o desgosto de seu pai. Desgosto crescente, impaciente e a cada dia mais áspero. Enrico não compreendia. Giovanni era inteligentíssimo, por que não podia prosperar? Por que não podia seguir uma vida boa? Reconhecer o valor do esforço? Perseguir um propósito idôneo, conquistar méritos acadêmicos?

— Títulos universitários são papéis que pesam uma tonelada — ensinava Enrico, que tantos anos dedicara a conquistá-los.

Passara incontáveis horas, dias, semanas até, sentado em frente aos livros, com a "bunda grudada na cadeira". Os diplomas expostos na parede, o respeito de todos os seus funcionários, alunos e colegas professores, assim como o triunfo da Valeriano Motore, eram exemplos irrefutáveis de que o esforço trazia recompensas. Seus discursos comemorativos de tais jornadas, mais do que as conquistas, eram espetaculares. Tão elaborados, que não permitiam espaço para respostas. Eram verdadeiros monólogos em forma de palestra, amplos, estruturados, embasados, absolutos até. Qualquer um que visse os irmãos Valeriano falando ao telefone sabia quando era com o pai deles que falavam, porque os irmãos não diziam uma palavra, apenas ouviam.

— Lá está Giovanni, *ouvindo* seu pai ao telefone — brincavam os amigos.

Enrico havia se acostumado a seus próprios monólogos. Depois de engolir beringelas goela abaixo de tias insensíveis, conhecer uma sensação indecifrável de amor-dor ao ser excluído não só pela sociedade como pelo seu próprio pai, seu verdugo, seu maior inimigo, sua maior mágoa e talvez seu maior amor, Enrico destronara vorazmente a autoridade impositiva que lhe precedera, inaugurando um modelo de ainda maior supremacia, se é que isso era possível. Soberania ilimitada e absolutista, diriam os teóricos, amparada em proposições divinas que têm seu início em Saturno e no céu, passam por Júlio César e Jesus

Cristo e enfim são autoproclamadas misericordiosas e perdoadas ao mesmo tempo, em uma só pessoa, ou instituição, a mais influente de todas: a Igreja. E por que tanta influência? Porque ela é a única e oficial detentora do direito de discernir em relação àquele que é merecedor ou não do maior dos poderes: a ira de Deus.

Quem detém o poder da ira de Deus detém toda a autoridade.

Em função de seu descomunal esforço para adquirir conhecimento e romper com o modelo tirânico de seu pai, Enrico detinha uma centelha desse poder, ao menos em seu meio social, ofuscando qualquer pessoa a sua volta. Dona Gilda nasceu sem chorar, não falava quase nada, não seria ela quem se atreveria a interferir em seu monólogo. Seus funcionários o temiam na mesma medida em que o respeitavam. Seus filhos o temiam na mesma medida em que o amavam. Dom Alberto silenciara, com seus dois abandonos, qualquer chance de diálogo e, com ele, o exercício de ouvir. Com isso, para Enrico, "ouvir" acabava unicamente tendo sentido se interpretado como "ouvir-se".

Tinha competência inquestionável para falar de tudo, qualquer que fosse o tema. Ele havia estudado de maneira obstinada. Para ser, é preciso saber. Foi a única possibilidade que Enrico encontrou de construir sua identidade sem que ela pudesse ser maculada pela violência de seu pai. Aquele que, certamente, nada sabia.

Então Enrico sabia sobre tudo. Se plantava árvores em suas propriedades, sabia mais que os engenheiros florestais e agrônomos. Se construía casas, sabia mais que os mestres de obra, arquitetos e pedreiros. Se alguém de sua família tinha alguma doença, sabia mais que os médicos e enfermeiros. Com semelhante sabedoria, se seus filhos viessem a fazer alguma coisa, qualquer coisa, diferente do que ele tivesse pensado, estariam, portanto, eternamente sujeitos a estar errados.

Giovanni era mesmo muito inteligente, apesar de errado. E sua inteligência acabou transformando a teoria das caixinhas em algo mais ardiloso do que se propunha. Já que, para saber, bastava abrir a caixinha correspondente, e não demandava muito esforço, cada vez se esforçaria menos, até que um dia não fizesse mais questão de abrir caixinha nenhuma.

— A única caixa que vou abrir a partir de agora é de uísque com cocaína — proclamou, quando fez dezoito anos, já em Milão, abrindo um portal, não para ingenuidades e memórias ternas da infância, e sim para todos os males possíveis do mundo, tal qual fez Pandora.

O que o fez abrir semelhante caixa?

— A vontade de a criatura enfrentar o criador, como em Adão e Eva — provocou o herege Giovanni, em mais uma mesa de bar, bêbado, conversando com Alessandro.

A essa altura, Alessandro não dividia mais cervejas, somente o diálogo, ou um fracassado rascunho dele, com seu irmão mais velho. A lucidez de Giovanni fora desparecendo, e com ela o prazer das conversas filosóficas entre os irmãos lenta e gradualmente se transformava em duro martírio.

— Você não é Adão e não está enfrentando criador nenhum. O que você está enfrentando é uma tremenda bebedeira, isso sim, além da reclamação do dono do bar, que sabe que você não quer pagar a conta — devolveu Alessandro, já bastante incomodado.

Fora até o bar encontrar o irmão porque dona Gilda havia pedido sua ajuda. Giovanni havia bebido todas, pendurara a conta, não queria ir embora e importunava as mesas ao lado. O dono do bar fora obrigado a ligar para a mãe deles.

— Irmão, irmão, não fale essas coisas! Vamos conversar? — perguntou dócil e sedutoramente Giovanni, tentando mudar de assunto e se equilibrar na cadeira.

— "Vamos. O mundo não existe" — o próprio Giovanni respondeu, ante a recusa de Alessandro, e o fez como a trazer seu irmão para perto de si, com o irresistível convite ao universo particular dos dois. Aquele espaço onde não havia mal-estar, bolas esmagadoras, amor-dor.

— O mundo não existe — repetiu, agora com voz gutural, fazendo cara feia e olhando ameaçadoramente para outras mesas, bravo com seu irmão por não ter sido correspondido.

A tristeza é que o lindo diálogo sobre a inexistência do mundo havia sido enterrado em um passado que só era acessado por meio do sentimento nostálgico embaçado por psicotrópicos e álcool. Giovanni não conseguia mais manter conversas sensatas, porque estava invariavelmente embriagado ou drogado, embora fosse audaz em demonstrar minúsculos resquícios de sanidade. E, para quem vivia de migalhas de esperança, como seu irmão Alessandro, migalhas eram mais que suficientes.

— Não quer conversar comigo? — emendou, novamente dócil, Giovanni.

— É claro que quero conversar com você, irmão. Mas não assim. Você não vê?

— Não vamos falar de alcoolismo e internação. Por favor, você pode apenas ser meu irmão?

— Claro que posso.

— E eu posso ser feliz?

— Claro que pode, mas você é feliz assim? Você acha que a mamãe é feliz assim? Você acha que eu sou feliz te vendo assim?

— Por favor, te pedi, vamos falar de coisas boas. Você não acha que Adão enfrentou o Criador?

— Você mesmo disse que tudo não passou de sexo. — Deu-se, enfim, por vencido Alessandro, caindo na tentação irrecusável do irmão.

Amá-lo, ao menos naquela situação, só era possível na dor. Então fez da dor pose elegante de quem confina sofrimentos em caixinhas inacessíveis, tal qual a mãe deles, e continuou na conversa filosófica. Torceu para que os poucos segundos de uma troca inocente com a pessoa que mais amava no mundo pudessem transformá-la em eterna e assim impedir desdobramentos caóticos, como brigas com desconhecidos, socos no olho, carros batidos ou mentiras inventadas para acobertar verdades indesejadas. Poucos segundos de bem-estar poderiam ser suficientes, ainda que se exaurissem junto a um relógio impreciso que só sabia contabilizar tristezas. Por que não apreciar a única coisa que lhes cabia, que era o agora? Afinal, estavam ali os dois, juntos. Estavam vivos, não? Alessandro poderia pagar a conta, ainda que fosse "só mais uma vez", e, se Giovanni continuasse dócil, que mal havia nisso? Era seu irmão!

— Tá vendo? Você gosta de conversar comigo. Sim, eu falei que era tudo movido por sexo, mas agora acho que não. Agora acho que Adão quis mesmo enfrentar o Criador.

— Depois de tanto tempo você me dá razão?

— Pois é. Mas você tem de me dar razão também. Adão enfrentou seu Criador e com isso despertou a ira de Deus. Agora alguém precisa apaziguá-la. Não há outra possibilidade.

— Mas quem disse que *precisamos* enfrentar Deus? Não é necessário enfrentá-l'O. Não foi essa a mensagem de Jesus. Ele nos ensinou que basta amar. Um amor bastante. E bastante amor. Basta levar uma vida justa. Basta se dedicar aos outros sem esperar nada em troca.

— O papai não levou uma vida justa? Não amou? Não se dedicou aos outros? E onde ele ficou nos últimos dias de sua vida? Numa cama? Eu nunca vou aceitar isso!

— Então essa sua rebeldia, todas as suas tatuagens exageradas, esse tal de "diabo" aí no seu peito, que você sabe que eu acho de quinta categoria, enfim, a bebida, as drogas, esse seu modelo de vida... tudo isso... é só por causa do papai?

Giovanni se surpreendeu.

— Eu sou o papai! — emendou, imediatamente corrigindo sua postura na cadeira, tornando-se esbelto, poderoso, inquestionável. Ainda que bêbado. Falou, em seguida, ao dono do bar, de maneira pomposa: — Este é meu irmão. Vamos tomar um vinho agora, o melhor vinho que você tiver. Vamos querer também escargot...

— Que escargot, o quê, a gente está num boteco!

— Não me interrompa! — bradou Giovanni, alterado.

— Você não percebe? Você não é o papai coisa nenhuma. Muito menos está enfrentando o papai fazendo isso. Você quer, sim, *ser* ele, *ter a autoridade* dele, mas sem ter tido *todo o esforço* que ele teve para chegar aonde chegou.

Giovanni não gostou da constatação. Ficou triste, começou a chorar. Do choro, avançou para a fúria, em questão de segundos. Atirou o copo de cerveja no chão, com força, o qual, ao se quebrar, espalhou cerveja por todo lado e em Alessandro.

Aquele cheiro invadindo sua roupa, aquela atitude atropelando sua vergonha... eram sensações muito difíceis de serem confinadas. Alessandro também sentiu raiva. Também tinha seus demônios interiores, ainda que eles demorassem infinitamente para cobrar vida.

— Que caramba! Se você beber mais uma cerveja, eu vou embora daqui. Eu não vou mais passar por isso! — falou de maneira definitiva, com fúria no olhar, tal qual Enrico falara para seu pai, dom Alberto, em seu penúltimo encontro em Acerra. Giovanni ficou perplexo:

— Eu não vou beber mais, prometo. Não vá embora, é meu aniversário.

Era, de fato, o último aniversário de Giovanni, de trinta e cinco anos. Estava sozinho. Os amigos, que não eram verdadeiros amigos, não estavam ali para celebrar: tinham sido convidados, mas ninguém apareceu. As namoradas, muitas, as inocentes e as putas, tampouco. Francielle, a verdadeira amiga, enfrentava seus próprios ciclos de proximidade e distanciamento, posto que conviver com Giovanni era se misturar a sua drogadição e a seu instinto autodestrutivo. Muitos eram os que passavam por sua vida. Pouquíssimos os que conseguiam ficar. Cediam, desistiam, ou simplesmente buscavam outra fonte de vício para renovar suas próprias dependências, tendo esgotado qualquer possibilidade de consumo adicional proporcionada por Giovanni, já que ele tampouco tinha mais a oferecer.

Alessandro, como era de seu feitio, se enterneceu. No fim das contas, era o aniversário de seu irmão. Como saberia que seria o último? Apesar de ter imaginado, ou quase visto, a morte do irmão tantas vezes, ela não passava de desesperança, ou infeliz constatação de que, não importa o que se faça, não há remédio para uma doença que não afeta apenas nossa saúde, mas nossa inteira vontade. Pobre Giovanni, condenado a não ter vontade. Condenado a não ter alma.

Alessandro se lembrou de Giovanni mais novo, vivo, sorridente, alegre, sempre a protegê-lo. Um dia jogavam futebol no clube quando um garoto mais velho, que frequentemente caçoava de Alessandro, deu um carrinho nele, quase em forma de rasteira, tão estúpido, que fez com que Alessandro virasse de ponta-cabeça, batendo com a cabeça no chão e quase desmaiando. Giovanni foi pra cima do moleque como um tanque de guerra. Deu-lhe três socos certeiros e só não deu mais porque o garoto fugiu. Nunca mais assediou Alessandro.

Giovanni amava protegê-lo. E teve de aprender a proteger a si próprio. Ele também tivera seus medos, afinal. Também fora excluído. Para enfrentar seus medos, fez uso daquele recurso que se origina com maior facilidade em situações de terror e injustiça: o ódio. Um sentimento que clama por vingança, reparação. Um sentimento que serviu de propulsor para que Giovanni rompesse o casulo do menino bobão, magrelo, franzino e zoado pelos amigos. Sentimento cultivado em doses diárias e mal digeridas, semeado secretamente a cada injustiça vivida em um mundo que não perdoa os mais fracos. Porque todo mal se origina da carência, da falta de afeto, compreensão, acolhimento. Nietzsche dizia que a compaixão é a vingança dos covardes. Se o mundo é um desfile de fracos submetidos por forças isoladas e escassas, poderíamos dizer que, se não nos é possível ser acolhidos pelos outros, cabe a nós a solitária e ingrata missão de acolher a nós mesmos? Mas quem é capaz de semelhante abstração? Não precisamos todos do olhar dos outros para nos enxergarmos completamente? Como criar uma autoimagem diferente daquela que é repetida e denunciada pelas massas, ainda mais quando somos crianças? Terminamos por moldar nossa própria identidade com as formas distorcidas que o míope olhar alheio nos fornece. Sem propósito, a identidade se converte em munição.

O contrário pode ser dito sobre quem, de tanto procurar se adequar ao meio, não consegue estabelecer sua identidade. Escravos do tal do senso de pertencimento, desejamos tanto pertencer que corrompemos nossa própria verdade. Forjamos personalidades várias, ao sabor do grupo, tudo porque somos movidos por um propósito de fazer parte e dar significado a nossa existência. Trocamos nossa individualidade por uma marca coletiva. E, ao fazer isso, afundamos na ausência de sentido. Sem identidade, o propósito se converte em martírio.

Assim eram os dois irmãos, moldados em faces diferentes do ódio como única maneira de sobreviver em uma sociedade hostil. Giovanni, com clara identidade e sem um propósito que o ajudasse a nortear suas atitudes. Alessandro, com firme propósito e sem a menor suspeita sobre o que compunha sua identidade, sendo assim impossível se manter fiel a sua essência. Juntos, completavam-se. Sozinhos, eram martírio com estoque inesgotável de munição.

Já vimos por que Alessandro havia escondido sua identidade sob um inatingível propósito de pertencer. Mas o que aconteceu para que a de Giovanni fosse forjada por tanto ódio e ao mesmo tempo com tanto despropósito? Não podia ser apenas consequência do desejo frustrado de ser igual ao pai, prescindindo do esforço que Enrico havia embutido em cada etapa de sua jornada. Tampouco da impossibilidade de se resignar por vê-lo incapacitado, entregue a uma vida ascética. Quando isso aconteceu, Giovanni já era homem feito — ainda que preservasse o espírito pueril até o último dia de sua vida, inclusive no semblante de seu rosto no próprio caixão.

Algo teria servido de gatilho. Algo mais profundo, arraigado a sua alma, fazendo o papel de objeto e ao mesmo tempo de sujeito de seu desejo. Algo que certamente lhe fugiu à compreensão. Seriam os medos, a sociedade que expurga o diferente ou as bolas esmagadoras que oprimem os fracos? Ou pequenas tragédias que se colecionam na forma de traumas, como quando ainda era criança, no mesmo ano em que quase repetiu a quinta série por conta de frações equivalentes? Giovanni adorava andar de bicicleta pelas ruas da vila Mariana, especialmente se acompanhado por Alessandro. Faziam-no juntos, depois da escola ou nos finais de semana, quando iam comprar revistinhas do Hulk e do Homem-Aranha. Às vezes as bancas de jornal não tinham as revistas que eles queriam, e precisavam procurar em outras que ficavam um pouco mais longe, em ruas menos seguras. Numa dessas ocasiões, foram surpreendidos por quatro meninos, que encurralaram os irmãos. Eram adolescentes. Para uma criança, um adolescente é sinônimo de fortaleza com desígnios mitológicos: nem adulto, nem bebê: duende. Nem touro, nem homem: Minotauro. Como Esfinge, metade leão, metade humano, a elucubrar enigmas indecifráveis. Como Harpia, com rosto de mulher e corpo de ave de rapina a devorar criancinhas. Como Quimera, com cabeça de leão, corpo de cabra e cauda de serpente, cuspindo fogo tal qual o Diabo. Adolescentes representam, na fértil imaginação das crianças, tudo que é incapturável sobre o conceito de tempo. Um desses adolescentes carregava uma arma e a apontou para Giovanni.

— Passa a bicicleta, seu moleque, se não estouro sua cabeça.

Giovanni ficou sem reação. Desceu da bicicleta e a entregou sem oferecer resistência. Não bastou.

— Filho da puta, toma essa! — falou um dos adolescentes, enquanto o outro deu uma coronhada no rosto de Giovanni. Alessandro tentou se esconder atrás de um carro. Apavorado, fez xixi na calça. Os duendes adolescentes viram e não deixaram por menos.

— Olha só, o veadinho mijou na calça. — E foram embora rindo.

Os irmãos voltaram para casa tremendo, em lágrimas. Que sensação de impotência! Que raiva! Atropelados por criaturas mitológicas, armadas ainda por cima, reconheciam-se frágeis. Covardes. Não tiveram coragem de contar para Enrico, pois pensavam que eram responsáveis. Assim foram obrigados a conviver com o que entendiam como um fracasso que podia ter sido evitado, não fossem tão estúpidos de andar com bicicletas caras em bairros perigosos. Por muito tempo, Giovanni teve pesadelos: via aquela arma infernal disparando um tiro e explodindo seus miolos, que se espalhavam por toda parte.

Uma arma, apenas, apontada para seu rosto.

Uma arma, disfarçada de juiz da verdade, segregador do corajoso e do medroso, do vivo e do morto, do bonito e do feio, do forte e do fraco, do inteligente e do estúpido, do certo e do errado.

Uma arma, apenas, fazendo o papel de soberana autoridade, com o poder de discernir quem está inscrito no livro da vida e quem deve ter os miolos espalhados pelo chão e incinerados no fogo eterno.

Uma arma, disparando um único tiro, pelo gatilho de um adolescente convertido em feroz e horrenda criatura.

TUM!
Giovanni acordava aos gritos. Depois de se acalmar, chorava envergonhado, como se tivesse ele próprio assaltado a si mesmo. Imaginou-se enforcando o ladrão, enchendo o safado de socos e pontapés, não sem prazer. Era um prazer indecifrável, pois se constituía na dor. Seria o mesmo molde de amor-dor que seu pai vivera? Mesmo que não fosse, Giovanni passou a alimentar a sensação de se sentir bem com o fato de se sentir mal. Tal qual um drogadicto. Tal qual um alcoólatra. Tal qual um viciado em sexo. Tal qual um sedento por poder. Possivelmente Giovanni nunca tenha se recuperado desse episódio, como Enrico não pôde se recuperar das perseguições de seu pai e como provavelmente dom Alberto não tenha sido capaz de se recuperar do horror da guerra. Há traumas que maculam o corpo. Há outros que deixam marcas indeléveis na alma.

Giovanni não chegou a apanhar de uma classe inteira, como aconteceu com Alessandro, mas sentiu profunda revolta quando soube o que ocorrera com o irmão. Queria bater em cada um deles. E o julgamento social a que seu irmão fora submetido se transformou em incipiente combustível em suas mãos, em justificativa para o ódio. Uma arma apontada por um adolescente nada faria a não ser magnificar tal sensação.

Mas não apenas em sua infância em São Paulo Giovanni enfrentou situações traumáticas. Quando cursou o terceiro colegial, em Jaguarão, foi preso ao ser pego pichando um muro. O policial encheu o adolescente Giovanni de cacetada. Antes disso, quando morou em Acerra, também sofreu abusos. Estudou em colégio católico militar, só para rapazes. Alguns italianos na escola não gostavam de ter um brasileiro ali. Giovanni era bonito, chamava atenção. Certo dia, três deles, com dezesseis anos e da mesma classe de Giovanni, o encurralaram em um corredor ermo de um dos blocos do colégio que estava em reforma.

— Aí está o brasuca que se acha o gostosão!

Dois deles seguraram seus braços, enquanto o outro abaixou as calças de Giovanni e enfiou seu dedo anelar, agressiva e porcamente, no ânus dele. Giovanni tentava se debater, em vão. Seus agressores, na forma de muitos, eram mais fortes. E riam.

— Tá gostando, seu veado? Tá gostando? Tá gostando, né, seu filho da puta safado? — falou o adolescente que o estuprava com seu dedo.

Giovanni queria gritar, mas os outros meninos tapavam sua boca. Claro que não estava gostando — quem gostava era o asqueroso do agressor, que lambia o pescoço de Giovanni com uma língua sarnenta e rugosa, enquanto forçava sua mão com maior ímpeto para dentro de seu corpo. Por fim, o estuprador colocou seu pênis, ereto e fedorento, para fora da calça e, raspando-o nas nádegas desnudas de Giovanni, despejou seu sêmen fétido, cheirando à carniça, sobre as costas dele. Com seu ato finalizado, e amparado pelos outros dois estupradores, deu uma cotovelada na cabeça de sua vítima, que desabou no chão, desmaiada, sem poder chorar, violentada por dentro e por fora e fatalmente corroída pela experiência de um sexo podre, autoritário, machão, sujo e pecaminoso.

— Filhos de uma puta que os pariu! — odiou Giovanni em seu coração, para o resto de sua vida.

A vingança é filha do ódio. E o ódio nasce da dor. É renúncia pretensiosa, posto que inatingível. Por isso, talvez, tenha sido sacramentada pela história e por diversas religiões. "Olho por olho, dente por dente", sentenciou o Código de Hamurabi, há quatro mil anos, em texto jurídico que ganhou tons teológicos, permitindo ao homem o direito de se vingar. O Antigo Testamento fez o ofício de concluir a transformação da lei do homem em lei divina. "Olho por olho, dente por dente." Desde então o mundo vive em infindáveis guerras, caolho e desdentado.

— Jesus veio ao mundo para trazer outra lei — disse novamente Alessandro, tentando acalmar seu irmão, no dia de seu último aniversário.

Mas quem de nós tem a coragem de esperar por justiça em outra vida? Quem de nós tem a coragem de abrir mão de um instante prazeroso, justificado pela vingança, nesta vida, para ter reparação na eternidade?

— Jesus amou até seu inimigo, ofereceu a outra face — insistiu Alessandro. — Seu exemplo de amor inspirou uma geração de líderes. Gandhi libertou os indianos por meio do mesmo discurso de não violência e amor ao próximo. "Deixem que o meu corpo seja destruído, mas que a minha dignidade esteja intacta", disse ele. E, no horror do Massacre de Jallianwala Bagh, o exército britânico abriu fogo sobre uma multidão de desarmados, passando com seus cavalos por cima deles. Chegou o momento em que nem os soldados suportavam fazer tanto mal. A Índia conquistou sua independência por meio do amor, da não violência. Martin Luther King Jr. foi um líder semelhante. "A não violência é uma arma poderosa e justa, que corta sem ferir e enobrece o homem que a empunha. *É uma espada que cura*", disse ele. Seu exemplo deu esperanças e coragem para que milhões de negros pudessem lutar pelos seus direitos civis, sem recorrer ao ódio, renunciando à ira. E olha que, se há alguém para ter ira justificada, são os negros americanos, que foram libertos da escravidão sem nenhum suporte. Pelo contrário, foram desprezados. Odiados. A mensagem de Jesus, Gandhi e Martin Luther King Jr. nos ensinou que a única maneira de combater a violência é evitar que ela nos faça mal. Não podemos impedir que existam armas. Não podemos impedir que munições sejam disparadas cruelmente. Mas podemos impedir que elas nos atinjam. A única maneira de evitá-las é renunciar ao mal que elas nos fazem. Martin Luther King Jr., Gandhi e Jesus nos ensinaram que o amor é a verdadeira justiça.

— Jesus foi inventado para que a gente acredite que existe justiça, essa é a verdade. Porque Deus não teve a competência de fazê-la nesta geração — declarou Giovanni, em alto e bom tom, como profeta esquecido e fora de época, em outro bar da rua Augusta, momentos antes de se dirigir ao hotel mequetrefe, cenário de seu primeiro embate físico com Alessandro, aquele que o conduziria para sua última internação.

Os bêbados a seu redor, acostumados com os repentinos ataques discursivos de Giovanni, pararam para ouvir. Ele continuou:

— Tem sofrimento pra todo lado. Se tem tanto sofrimento, por que Deus não intercede? Por causa do livre-arbítrio? Que Deus é esse que assiste à derrocada de Sua criação, como se estivesse se divertindo com nossa miséria? Então, para que Deus não parecesse tão cruel, inventaram Jesus. Pronto, assim Deus pode ser cruel à vontade com os pecadores que não querem se arrepender e ao mesmo tempo sacrifica *Seu único filho* pelo sofrimento de todos nós e sai bem na foto. Estamos todos salvos. Salvos do quê? Do coitado do Adão? Só porque ele desafiou seu criador? Ou só porque ele quis trepar? E os animais não trepam? Até as flores têm sexualidade. "Ah, mas isso é reprodução, não é pra sentir prazer." E daí que sente prazer? Prazer é pecado? Se então tudo que é bom é pecado, pra que viver nesta porcaria de vida, se ela não passa de tristeza e sofrimento? Se a eternidade é boa, vamos de uma vez a ela, ora! "Não, não, você entendeu errado." "Existe sofrimento, mas não por causa de Deus, nem por causa de Jesus, mas por causa do Diabo." Ah, não me venham com essa. Primeiro viram que o tal do Todo-Poderoso não deu conta do recado. Todo-Poderoso uma ova. Depois viram que Jesus falhou ao pronunciar que não ia passar uma geração antes que o Reino dos Céus chegasse. Pura baboseira. Porque passaram infinitas gerações e o tal do Reino dos Céus não chegou coisa nenhuma! O coitado de Paulo teve de mudar o tom de suas cartas, afinal suas comunidades começaram a ficar preocupadas, e com razão. "Alguns de nós estão morrendo, Paulo! Socorro, o que fazemos? O que vai acontecer? Cadê o tal do Reino?", perguntavam. Quer saber? Paulo ficou sem resposta porque não tem resposta! Devia ter dito: vá lá no Haiti ver o Reino de Deus. Pobre, miserável, faminto. Como se não bastasse, vem um terremoto e destrói tudo. Que pecados eles tinham? Reino de Deus é o cacete. E aí inventaram o Diabo, pra colocar nele toda a culpa de Deus e Jesus por terem sido incompetentes. Isso mesmo que vocês estão ouvindo: in-com-pe-ten-tes. O Diabo é a melhor invenção de Deus: seu destino é fazer o mal, para que Deus possa fazer só o bem e assim não ser julgado pelo mal que Ele próprio é incapaz de evitar. Sensacional. Quer saber? O Diabo é um coitado. Alguém perguntou pra ele se ele gosta de ser o príncipe das trevas? Que profissãozinha mais de quinta categoria, não? "Olha aí você, fique no inferno, mas não se esqueça de provocar as pessoas com as melhores das tentações." Quais? Todas! Tudo que é bom. Sexo, drogas. Zeus mandou o coitado do Hades para o quinto dos infernos, sob a mesma desculpa. "Vá governar no submundo, seu otário." E a profanação, o sexo e as drogas foram enfim amaldiçoados. Por gregos e troianos. Quer dizer, por gregos e romanos. E tiranos. Se não aceitam meu discurso de sexo e drogas, então vamos falar dos pecados capitais: gula, preguiça, inveja, luxúria, ira. IRA! E não sei mais o quê! Quem aqui não gosta dos pecados capitais? Comer um churrasco? Um rodízio? O próprio Jesus tomava altos vinhos e comia milhões de churrascos de cordeiros. Jesus vivia breaco! Vamo todo mundo ficar breaco, que nem Jesus, eeeeeeeee! — gritou efusivamente, levantando seu copo, seguido pela multidão de bêbados e drogados, que o aplaudiam. — Posso ser feliz? Posso ser feliz? Eeeeeee — continuou: — Qual é o problema de ser feliz, alguém pode me dizer? Pecado capital tem esse nome porque, na verdade, é a *capital* do país da felicidade! Viva o pecado capital!

— VIVA! — responderam.

Contagiado pelos seus súditos, prosseguiu:

— Qual é o problema de cometer um pecado capital, hein, hein? Preguiça? Qual é o problema de ficar dormindo? Quem não curte dormir um domingo inteiro? Está fazendo mal pra quem? Que pecado, o quê! Luxúria? Ahhhhhhh, leiam a Bíblia, cambada de povo burro. Tem trepação pra todo lado. Jacó tinha quatro mulheres. QUATRO. Trepava sem parar. E ira, então? Meu irmão e eu fomos roubados. Filhos da puta, quem não ia querer encher esses safados de porrada? Bateram em mim na escola. Bateram no meu irmão na escola. Um monte de filho da puta. Se a gente não tiver ira, como a gente vai conseguir ficar bem? Com amor ao próximo? Que se foda o próximo, enchendo a gente de porrada e dando risada! Vão todos tomar no cu! Eu amo ter ira! Fodam-se as regras. Fodam-se os pecados capitais. E que se foda a Igreja, se vocês quiserem bem saber. Foda-se esse monte de enrustido cagador de regra, falando que sexo é ruim, mas morrendo de vontade de sentar numa rola. Foda-se a polícia que quer dizer o que a gente tem de fazer só porque tá armada. Foda-se o político que não importa o que ele fale tá cagando pra nós. Foda-se o povo conservador que acha que quem faz tatuagem é do mal. FODA-SE! FODAM-SE TODOS!

— Fique calmo, Valeriano! — gritou o dono do bar, cônscio de que tais discursos levavam sempre a consequências indesejáveis.

— "Fique calmo" é a puta que te pariu.

Giovanni estava possuído de fúria indômita. Chutou a porra do bar. Quer dizer, a *porta* do bar (desculpe-me a leitora: creio que me contagiei com tanta fúria!).

Quando ficava nesse estado, ninguém conseguia acalmá-lo. Nem o capitão Pereira, que ali fazia sua ronda, teve o sucesso desejado. Com um abraço acolhedor, mas determinado, conduziu Giovanni para fora do boteco:

— Vá para casa descansar, Giovanni. Descanse, rapaz.

Giovanni fingiu que iria para casa. Subiu a Augusta, disfarçando seu ódio em passos ensaiados, mas parou no hotel mequetrefe, quatro quadras acima.

Renunciar à ira é tarefa das mais difíceis. Dom Alberto não foi capaz de renunciar a ela à luz do conflito vivido na guerra e a direcionou para seu filho Enrico. Enrico não foi capaz de renunciar a ela ante a justa necessidade de lutar para não sucumbir à fúria de seu pai. Travou batalhas em inúmeras frentes, vencendo obstáculos e ascendendo socialmente, sem poder ressignificar seu passado. Venceu, de maneira anacrônica, em tempos outros, para conquistar aquilo que antes não lhe fora permitido; e a anacronia não lhe foi fértil. Tampouco foi ajudado pela história inconclusa de/com seu pai. Assim carregou para outras gerações o legado dos Valeriano, ou ao menos a parte que não teve sucesso em transformar, pois a maior parte, essa sim, guardou para si.

Somos todos condenados por penas do passado. Sem podermos ser autores únicos de nossa própria história, sucumbimos à autoridade imposta pelo que se supõe que seja melhor para nós. Porque, quando há autoridade, reprime-se a autoria. Ou, no mínimo, pretende-se que esta àquela se submeta, como se fôssemos estuprados por ela.

Giovanni queria ser autor, não se submeter à autoridade. Para ele, certo era estar errado, pois, quando tentou agir seguindo aquilo que considerava correto, sofreu injustiças. Como seu pai havia sofrido quando criança, ante a autoridade estéril e militar de dom Alberto. E como dom Alberto certamente sofreu em sua infância, sem nunca ter dividido uma palavra sequer sobre isso.

A autoridade é escravocrata; a autoria é libertina. A autoridade é capciosa; a autoria é indulgente. A autoridade é pedante e impositiva: nada é permitido. A autoria é pueril e acolhedora:

tudo é possível. Uma é Deus; outra, o Diabo. Qual? Você escolhe — ainda que isso te transforme em herege.

A autoridade é autor-*sem*-idade, que se perdeu no tempo e no contexto; que confunde verso com dicionário, melodia com calculadora, sentimento com obrigação, curva com parede, convite com imposição, lápis colorido com concreto, flor com cemitério. A autoridade é negação; a autoria, criação.

A autoridade é manifestação tão deselegante que, mesmo quando o faz com razão, transforma súditos em insurgentes. Transforma covardes em irresponsáveis, agredidos em agressores. A autoridade é um dos maiores males da humanidade.

A expressão, em língua portuguesa, "cagar regra" não poderia ser mais incisiva. Qualquer pessoa que deseja expor uma regra, de maneira autoritária, não expõe coisa nenhuma. *Caga*.

Fala de maneira tão pomposa e cheia de, bem, "autoridade", que as palavras que saem de sua boca soam mais como cocôs voando para todo lado. E sua boca parece, de fato, uma bunda. Pra não dizer um cu.

É só reparar: os cagadores de regras fazem biquinhos quando falam. Talvez sintam a necessidade de transformar em metonímia a própria metáfora que enxergam nos outros, vulgo merecedores de suas normas, como se dissessem para eles: "Seus bostas, estão todos errados, não sabem de nada". Mas não se contentam em cagar. Sentem prazer imenso em que os demais fixem os olhos em seus cocôs, cagados por toda parte, sob malcheirosa e regrada exibição de normas, diretrizes, procedimentos, instruções e obrigações, como um desfile diarreico de frases pedantes (e *peidantes*) que invariavelmente começam com "você tem de…".

— Se uma pessoa se dirige a mim começando com a frase "você tem de…", já não escuto porra nenhuma e quero mandá-la bem à reverenda puta que pariu — falou Giovanni, com energia exuberante.

— Regra é uma merda — concordou Alessandro, naquele momento se sentindo bastante anárquico, contagiado pela exuberância do irmão.

Em inglês, há um verbo interessante: *to boast*. Significa algo como demonstrar presunção, vangloriar-se, transformar em objeto de adoração para os demais aquilo que admiramos em nós mesmos. Mas aqui na nossa história temos uma melhor tradução para esse verbo. O verbo *to boast* significa, tal qual a palavra sugere, *bostar*. Eu bosto, tu bostas, ele bosta, nós bostamos, vós bostais. Ou seja, é transformar em bosta aquilo que achamos que tem de servir pra todo mundo, já que serve pra nós, irrepreensíveis ortodoxos, curadores da verdade e acima de qualquer suspeita. Afinal, só nós estamos certos.

Por sinal, a palavra ortodoxia não deixa de ser curiosa. Vem do grego *ortho*, que quer dizer certo, e *doxa*, que quer dizer opinião. Mas, aqui no nosso relato, ortodoxia também tem outro significado: o mesmo que os argentinos dão para a palavra *orto*. Para eles, *orto* quer dizer cu. Então, ortodoxia é a opinião que sai pelo cu. Sensacional.

É assim que Giovanni, amparado pelo grego, inglês, argentino e o que mais a gente imaginar, gritou — em tom solene e denunciando toda a autoridade que enfrentou em sua vida, personificada numa pobre vizinha; com uma ira furiosa, catártica, incontida e absolutamente bestial, embora divina e canonicamente referenciada —, lá do parapeito da janela:

— Enfiem a opinião de vocês no cu! Cansei desta merda. VOU EMBORA!

E pulou.

CAPÍTULO FINAL

O COMEÇO

Alessandro finalmente chegou a Acerra e desceu do táxi na Via Piave, 44, local do antigo La Tregua, palco de suas lembranças de quando morou na cidade ou quando visitava sua avó, bem como das aventuras da infância de seu pai com Migliore. A porta de madeira amarela, a mesma de setenta anos atrás, bordeada por painéis brancos, conferia uma aparência distinta, caracterizada por suas cores brilhantes e ensolaradas e uma textura e granularidade naturais, visíveis sob a tinta, proporcionando uma atmosfera acolhedora e convidativa. Tal qual a personalidade de Migliore. Mas La Tregua já não existia mais. Em seu lugar estava agora a Panificio Giuseppe Migliore. O sobrenome era o mesmo, a aparência da tenda também, mas o proprietário não tinha relação alguma com o Migliore de Enrico.

— Já não existe mais o lugar, nem a pessoa que eu era — teria dito Enrico ao ver a padaria nos dias de hoje.

Alessandro entrou nela, observando os diversos tipos de pães dispostos no balcão. No mostrador havia enorme quantidade de frios, salames, presuntos e embutidos expostos, entre eles o zampone, um dos preferidos de seu pai. Zampone é um alimento feito de pé de porco, retirado todo o seu interior e recheado com carne suína moída picante, seca e curada. A iguaria é muito consumida com lentilhas na Lombardia. Enrico adorava. Alessandro pensou em comprá-lo, mas não tinha onde o cozinhar. Não havia reservado hotel, viajou de súbito, apenas com a mala com que tinha ido de Montevidéu para São Paulo, para visitar sua mãe, na circunstância que culminou na morte de seu irmão. Sentiu repentinamente saudades de seu pai. Voltar para Acerra era, também e afinal, voltar para ele. Há quantos anos tinha morrido? Já não se lembrava bem. Podia sentir algum conforto na ideia de um encontro potencial entre pai e filho, Enrico e Giovanni. Não é isso que todos nós imaginamos? Mas era difícil. Os últimos anos de ambos haviam sido tão duros, vividos especialmente à distância, física e emocional. Giovanni em São Paulo, no exílio que impôs a sua mãe e a si próprio, obrigando ambos a presenciarem seu declínio e inevitável destino. Enrico em Acerra, exilado pela própria (falta de) vontade, solitário e desejoso por um martírio, como se se julgasse merecedor dele, tal qual os mártires cristãos (não) desejavam sofrer para se elevar espiritualmente. Que saudades de seu pai e de seu irmão!

    Alessandro procurou pelos tomates perfeitamente cortados e cebolas de aroma indiscutível de outrora, porém nada encontrou. Certas lembranças existem somente em contos. Contos encantados, que persistem na memória de nossos pais. Deixou o antigo La Tregua e foi caminhando em direção ao pequeno apartamento da Via Calabria, 14, onde seu pai residiu durante a infância, onde Giovanni viveu por um tempo e onde sua avó Francesca morou até o último dia de sua vida.

— Já não existe mais o lugar, nem a pessoa que eu era — falou baixinho e para si mesmo. Dobrou a esquina, a mesma que Enrico vencera um par de vezes levando os ingredientes para a macarronada de seu pai. Continuou caminhando, sem direção, sem propósito, sem se reconhecer, como se não estivesse ali, e fossem, ambos, ele e o lugar, fantasmas de histórias contadas por outros. "O mundo não existe", lembrou.

    Dez quadras depois, chegou ao último endereço em que seu pai havia morado. A casa continuava lá, fechada, com todos os móveis, carros, sonhos e recordações deixados por Enrico. Alessandro sempre carregava a chave da casa de seu pai. Com ela abriu a porta e entrou na garagem, viu a Ferrari ainda batida. Lembrou-se do último encontro entre eles, numa despedida também traumática. E indesejada. Aqueles que se despedem de pessoas queridas sem poder fazê-lo como gostariam sofrem de maneira peculiar. E aqueles que tiveram, como último contato, uma experiência dolorosa, um desencontro, uma briga, ou até menos do que isso, uma palavra ríspida, se ressentem sem consolo. Porque o último encontro tem o potencial, fatal, de ser verdadeiramente o derradeiro — se a fé não nos permitir outra possibilidade. Alessandro sentia tremendo remorso. Pegou outro carro na garagem e saiu, inicialmente sem destino, mas secretamente atraído, como gravidade, para aquilo que considerava a origem, o começo, ou a bifurcação de toda a história dos Valeriano: seguiu para Milão.

No meio da estrada, o tanque de gasolina ficou quase vazio. Parou para abastecer e reconheceu que ele próprio havia sido demasiadamente rigoroso com seus próprios limites. Sem nunca se permitir extrapolar, reconheceu que vivera como aqueles que se escondem dentro de um armário: camuflando sua verdade, para se adequar às mentiras contadas pelos outros. Viveu procurando agradar, somente, e com isso desfez sua identidade, sem que nunca pudesse conhecê-la. O que há de mal em contrariar as regras, afinal, nem que seja um pouco? Por que teve de ser sempre tão "certinho"? Seu irmão morreu uma morte infeliz, é verdade, e certamente tivera uma vida carregada por dificuldades. Mas não fora também feliz, como ele mesmo proclamava? Sua rebeldia não lhe teria permitido experimentar coisas só reservadas àqueles que se atrevem a provar do fruto da sabedoria? É preciso pecar para ser santo. É preciso errar para saber acertar. Pegou uma cerveja — uma não, duas. E seguiu viagem. De repente, viu o velocímetro marcar 200 quilômetros por hora. Árvores e postes se alternavam, em menos de segundos, como infinitas possibilidades.

"O tempo não é infinito apenas por não terminar", pensou. "É infinito por poder ser capturado em porções eternamente menores."

Cada milionésimo de segundo, de postes e árvores deixados para trás, são mortes não morridas, vidas ainda podendo ser vividas. Morria e vivia em questão de suspiros. *L'appel du vide*. A 200 quilômetros por hora, basta mover um dedo sobre o volante, e se está morto. Então, ao não o fazer, nos é possível ressuscitar, a todo instante, sem para isso precisarmos de três dias.

Chegou a Milão. Primeiro se dirigiu ao Politecnico e ao engenheiro que ele não foi. Em seguida, passou pela frente da casa de Milena, pelo amor que nunca lhe deu resposta. Deteve o carro na esquina. Viu o jovem Alessandro caminhando ao lado dela. Íntimo, confidente. Sob seus pés o chão de margaridas de Drummond. Estava bonito. Era feliz em Milão...

Na outra esquina, viu o jovem Giovanni em seu paraíso na terra, sem limites, sem regras. Estava feliz também. Sorria um sorriso fácil, leve. Com aquele eterno olhar ingênuo do menino da cama ao lado.

Revivendo os passos do irmão junto aos seus, parecia estar quase a se conhecer, até mesmo preenchendo a lacuna de solidão deixada por seu pensamento incansável voltado à infância e à adolescência. Quando morou em Jaguarão, sem Giovanni, viveu à sombra de outras vidas. As cartas do irmão convidavam ao imaginável, ao prazer, à liberdade, ao futuro.

"Venha para Milão, eu estarei em Acerra, ficaremos perto um do outro e vamos viver experiências inesquecíveis."

Alessandro passou o colegial inteiro em Jaguarão imaginando outra vida que não a sua. Quando foi para Milão, temeroso, mas atraído, desistiu de tudo. Por que o fez? Já não sabia os motivos. Ao menos, não os mesmos que o moveram outrora.

— Queria ter sido engenheiro — lamentou.

Qual teria sido sua vida se não tivesse desistido? Se tivesse ficado morando no novo apartamento tão carinhosamente montado pelo seu pai, com móveis, TV, escrivaninha? Se tivesse namorado Milena? Certamente teria se casado com ela. Teria tido filhos, muitos. Seu irmão também teria tido filhos, com a irmã mais velha de Milena, Carolina. Seus filhos brincariam com os filhos de seu irmão.

Se tivesse ficado em Milão, seus pais não teriam se separado. Estariam juntos, hoje, naquela casa em Acerra onde ficaram exiladas a memória e a alma de Enrico. Giovanni não teria precisado tatuar o rosto dos dois em sua perna, porque a relação de ambos estaria para sempre tatuada no tecido de uma realidade diferente.

Se tivesse ficado em Milão, teria conseguido ajudar seu irmão a se livrar dos vícios com mais afinco. Seu irmão estaria vivo. Seu pai também.

Se tivesse ficado em Milão...

Quanta tristeza.

Vontade de ouvir o outro lado do perdão.

Silêncio.

Ira.

Era mais fácil para ele imaginar uma realidade insólita e distante do que entender por que, tão somente, não abriu uma simples porta quando seu irmão o chamou. A porcaria de uma porta!

Parou em outro posto. Mais gasolina, mais cervejas. Cervejas não seriam suficientes para acompanhá-lo em sua súbita missão de jornada retrospectiva, pensou.

— Para errar, é preciso começar.

Desejoso pelo começo de todas as coisas, pegou uma garrafa de uísque da mesma caixa de Pandora aberta por seu irmão, aquela que terminou por convidá-lo a viver em outro mundo. Seguiu em direção a Nosate e em seguida percorreu a nostálgica estrada que leva a Cascina del Ponte di Castano, o refúgio preferido das férias dos Valeriano e do olhar contemplativo de dom Alberto. Atravessou o canal Naviglio Grande, depois a Ponte di Castano, a mesma de 1764. Olhou para a imponente árvore plantada em 1506, bela, impassível. Perto dela estacionou o carro, sentando-se, enfim, sob o acolhimento de seus imensos galhos, imensos e nobres, emitindo uma sensação de altivez e ao mesmo tempo quietude, com a suavidade de suas cores verdes misturadas à terra. Quantas vidas não teriam vivido a sua sombra? Quantos mortes não morreram sem que ela as percebesse? Para Berkeley, "ser é ser percebido", e não há matéria fora da percepção. Então, se não olharmos mais para uma árvore, ela deixará de existir? "Não", diria Berkeley. O olhar de Deus garante a existência de todas as coisas não percebidas.

Bebeu mais de seu uísque e se lembrou da última conversa com Giovanni, quando o visitou durante sua internação, poucas semanas antes de sua morte. Ele estava tão bem. Estava feliz. Percebia sua doença de maneira mais elaborada. Tinha vontade de mudar.

— Eu vou sair daqui e ficarei bem, desta vez eu tenho certeza — prometeu a Alessandro e a si mesmo. — Preciso te confessar algo: tenho pensado em Jesus de um jeito diferente.

— Você desistiu de criticar Jesus? — perguntou Alessandro.

— Não é isso. Deixei de olhar pra Ele da maneira que querem que olhemos: aquele entendimento das Escrituras predeterminado somente por alguns poucos e que se fez obrigatório, autoproclamando-se "correto". Resolvi fazer meu próprio entendimento, sem rótulos. Tenho lido muito. Li todos os evangelhos apócrifos. Fiquei maravilhado! Eu vejo, agora, outro Jesus. Não sei se é filho de Deus. Não sei nem se *precisa* ser filho de Deus. Mas percebo sua mensagem de amor. Mais do que perceber, agora eu *sinto*, sabe? Sinto que posso ser outra pessoa. Não acho que poderei me libertar por completo da vontade de me destruir, mas acredito que possa (tentar) lutar contra ela. Se eu sair daqui achando que nunca mais provarei um gole de cerveja, um cigarro, uísque, cocaína, farei uma promessa vazia, porque não é só minha a vontade. Há outras vontades que não conhecemos, sabe? Mas acho que há uma diferença: agora eu *quero conseguir* não provar mais nada. Eu *quero conseguir* ficar bem. E quero que nosso pai, esteja onde estiver, possa sentir que seu filho está lutando. Quero que nossa mãe possa ter paz, ela merece. E quero ficar bem com você, meu irmão, meu melhor amigo. Quero ficar bem comigo mesmo.

As palavras de Giovanni haviam se transformado completamente. Não eram mais blasfemas, violentas, rebeldes. Eram tão somente doces. Ele estava criando uma nova realidade por meio delas. E, com elas, voltou a trazer esperanças, não só para ele próprio, como para dona Gilda e Alessandro. Ao ouvi-las, Alessandro pensou que seu irmão tinha chance de se recuperar. Que milagre divino! Jesus havia abençoado o coração de Giovanni e iluminado seu caminho.

Essas palavras benditas poderiam até ser referenciadas por outras ideologias. Segundo os Toltecas, as palavras têm o poder de criar. Devemos ser zelosos com as que escolhemos, pois elas terminarão por nos escolher. Escolherão não só o que *dizem* de nós, mas o que *querem* de nós. João, do mesmo Evangelho que mencionamos em outro capítulo, e mesmo sem conhecer a sabedoria Tolteca, ao *Verbo* também atribuiu o poder de criar, dando-lhe Vida desde antes da própria criação. Sartre disse: "O pensamento cresce, cresce e fica imenso, me enchendo por inteiro e renovando minha existência". Conclusão semelhante obteve o mesmo Berkeley de que falamos há pouco: "O mundo é como um espelho que reflete a mente que o observa". Tal qual os irmãos Valeriano, para quem o mundo passaria a existir só quando se dessem conta dele.

Tudo isso Giovanni estudava em sua última internação, antes de morrer. Havia trocado o vício das drogas e do álcool por uma obstinação repentina por conhecimento. Lia o dia todo, o tempo inteiro. Sobre teologia, filosofia, história das religiões. Ficou amigo de um "padre", assim entre aspas mesmo, porque ele havia deixado de ser padre. O "padre", que frequentemente dava palestras para os pacientes, lhe ensinara muitas coisas interessantes, entre elas que Giovanni poderia — e deveria — ser o único autor de sua vida.

— Inventei uma palavra — disse Giovanni.

— Uma palavra? — questionou seu irmão.

— Um conceito, sei lá. Uma palavra, um conceito, uma ideia...

— Qual?

— Inexistencialismo — falou, inaugurando interessante filosofia.

— Adorei, o que é isso?

— Não preciso dizer que tem a ver com a nossa frase preferida: "O mundo não existe", né? Tenho refletido muito sobre isso. A natureza da realidade e da existência do ser humano.

— Fico tão feliz de ouvir isso...

— Posso ler pra você o que escrevi?

— Claro que pode.

Giovanni então pegou seu caderninho cheio de anotações.

— Olha, fiz alguns tópicos. "Inexistência de propósito: a existência do ser humano não tem um propósito, não precisa de significado."

— Mas isso não tem a ver com Sartre?

— Pode até ter... mas, pensando bem... acho que não. Acho que Sartre não fez a pergunta certa.

— Não?

— Não. Sartre se perguntou para que existimos, certo?

— Sim, entendo que essa seja a base do existencialismo.

— Mas essa pergunta pressupõe que *já existimos*, que o fato de existir ou não está fora de discussão. A pergunta que eu me faço é outra: para que *temos* de existir?

— Interessante...

— Não é? "Para que temos de existir?", que pergunta mais fabulosa! Mas não tenho a resposta...

— "Para viver" não poderia ser uma resposta?

— Ou para morrer? Se todos morremos, afinal! Vivemos para morrer, ou morremos para viver? Depende do que a gente considera o significado de estar vivo. Daí pensei na segunda pergunta: quando vivemos?

Alessandro não respondeu.

— Você não tem resposta. Eu também não tenho. Acho que ninguém tem. Por isso, para mim, a existência em si não deveria importar. O que importa é que não precisamos lidar com ela.

— Entendi.

— Vou continuar lendo aqui: "Inexistência de valores: para o inexistencialismo, valores são relativos e criados pelos indivíduos. Ou pela sociedade".

— Ou por Deus.

— Bom, pode até ser por Deus, mas necessariamente interpretados e traduzidos por indivíduos. Porque, se for por Deus, vira universal, inquestionável. E não quero isso. Para o inexistencialismo, não há valores inquestionáveis.

— Falar "não há valor inquestionável" é um valor inquestionável. Essa proposta não sei se concordo, mas tudo bem.

— Tudo bem. Continuando... peraí que não tô entendendo minha letra...

— Deixa eu ver: *"The wrath of God will descend upon us..."*.

— Hahaha, não, isso não era pra estar aí, é letra de música. Devolve aqui que vou continuar. — Pegou o caderninho novamente e continuou: — "Inexistência de sentido: a vida não é um projeto, não é um plano. Apenas é, e não há sentido objetivo que possa ser encontrado no mundo". Com isso, quero dizer que cada um pode encontrar seu próprio caminho, sabe? O que me impede de fazer o que eu quero? Aquilo que esperam de mim? Não! Devemos ser nossos próprios autores. O que me impede de desistir de meu trabalho em um banco, que sei que não me faz feliz, ir morar no meio da mata, sem pensar em dinheiro, colhendo frutas, caçando de vez em quando? O ser humano era mais feliz assim, eu acho.

Não precisamos existir apenas nas concepções dos outros. Muito menos para atender às expectativas dos outros. Por isso, podemos *inexistir*. Quem sou eu? Ninguém! Porque todos vamos morrer, invariavelmente. Vivemos para morrer, e morremos para viver. Um faz parte do outro. Não adianta procurar resposta numa vida prazerosa antes da morte só porque achamos que não há nada depois, nem sofrer à toa nesta para esperar recompensa na outra.

— Tô gostando bastante de sua proposta de inexistencialismo.

— Calma que ainda não terminei: "Inexistência de identidade: para o inexistencialismo, a identidade se constrói a despeito de qualquer preceito". Ou seja, a identidade simplesmente *é*. Tanto faz se alguém é bom, mau... Somos livres. Somos nossa própria identidade. Ela *é*, não é criada.

— Mas onde fica Deus no meio disso tudo? E Jesus? Você acabou de dizer que está compreendendo Jesus de um jeito diferente...

— É verdade. Bom, esse tema é mais complicado. Se tem uma característica que eu gostaria que o inexistencialismo tivesse seria "humildade", sabe? Não quero que cague regras. Nem a fé cega dos crentes nem a convicção crua dos ateus. Que não deixa de ser uma crença: a crença na não crença! O inexistencialismo poderia muito bem enfatizar que a ideia de Deus é uma construção humana, uma ilusão. Mas acho isso pedante. Seria contra seu princípio de liberdade. "Deus não existe." Não, não gosto disso. Eu prefiro que o inexistencialismo seja agnóstico. A única coisa que o inexistencialismo pode dizer, de maneira categórica, é que "o mundo não existe"! Hahahhahaha.

— Hahaha, verdade. Talvez, sobre a existência de Deus, o inexistencialismo pudesse argumentar que não há uma resposta objetiva e, portanto, não seria possível afirmar com certeza a existência ou inexistência de Deus. Mas que cada um é livre para sentir o que quiser, acreditar no que quiser, contanto que lhe faça bem, e faça bem aos que estão a sua volta.

— Tá vendo? Você é muito melhor do que eu com as palavras. Sempre foi!

— Claro que não sou...

— É, sim! Se não fosse você, suas palavras, seu apoio, eu talvez não estivesse vivo...

Alessandro baixou os olhos, enquanto seu irmão continuou, com a mesma humildade que propôs para sua filosofia:

— Não se lembra de *O menino errado*? Eu não me esqueço de nada do que você me diz. Anoto suas frases aqui no meu caderninho. Guardo todas as suas cartas até hoje. Desde as que você me enviava de Jaguarão, quando eu morava em Milão, e depois em Acerra. Elas me ajudam. Sempre me ajudaram! *Você sempre me ajudou.*

Abraçaram-se.

— Obrigado, irmão, fico feliz em ouvir isso. E, sim, eu me lembro bem de *O menino errado*. Sempre achei que ele fosse sobre você. Hoje, acho que era sobre mim. Hoje eu acho que você estava certo. Eu que estava errado. Eu nunca fui feliz. Eu sei que você sofre com sua doença, mas acho que você pode ter tido mais momentos felizes do que eu...

— Você pode dizer que não foi feliz, mas você sempre ajudou os outros. Não há felicidade nisso? Imagina se você escrevesse seu livro? Iria ajudar muita gente, como me ajudou. Imagina: *O mundo não existe*, por Alessandro Valeriano. Eu seria o primeiro da fila para comprar!

Alessandro riu, lisonjeado.

— Eu até tenho vontade. Mas um livro pra ajudar os outros? Você sabe que não gosto de livro de autoajuda...

— Esqueça os rótulos! Você pode fazer tanto pelos outros, como fez por mim, com o rótulo que quiser. Escreva seu livro!

— Vou pensar!

— Pense! Mesmo que você tenha de classificar o livro como "autoesculhambação" no lugar de autoajuda hahaha!

Giovanni e Alessandro caíram em gargalhadas.

Sentado sob a velha árvore e consumido pelo uísque, Alessandro riu ao se lembrar de sua conversa com Giovanni e em seguida começou a chorar. Giovanni estava tão bem... ele tinha descoberto, enfim, um propósito verdadeiro, inspirador. Poderia se recuperar? Certamente iria se recuperar! Então por que brigou com ele? Por que foi ríspido? Por que não foi paciente? Por que o trancou no quarto? Por que não abriu a porta? Nem mesmo quando o irmão o chamou, de novo e de novo?

— "Alessandro? Alessandro?"

— Por quê, meu Deus? Que irmão deixa o outro morrer? Que irmão é capaz de fazer isso? Me perdoe, Giovanni! Por favor, meu irmão, me perdoe! — gritou, sofrendo dor imensurável.

Já embriagado, não suportava mais se condenar. Queria sair, fugir. Desaparecer. Sentia um desprezo fulminante de si mesmo. Justificável? Caminhou, sôfrego e cambaleante, da árvore de 1506 até a ponte de 1764, como se realmente atravessasse os séculos. Parou, no ponto mais alto, de onde atirou a garrafa com ódio. Viu-a se espatifar lá embaixo, na água.

— Puta que pariu!

Não chegava a ser uma altura muito grande, nem mesmo muito perigosa, mas as águas do rio corriam um pouco mais ágeis do que de costume naquela tarde, que já modificava suas cores para um triste cinza comum aos dias que ofuscam o crepúsculo dos que se vão. E uma pessoa, naquele estado, corria perigo de morte se caísse de lá. Alessandro sabia do perigo. Não só sabia, como *desejava* o perigo. Subiu na borda da ponte, com dificuldade, tentando se equilibrar. Olhou para baixo.

Nada viu, a não ser culpa. A culpa milenar que nos corrói a todos. A culpa coletiva de usurpar nossa identidade para adequá-la ao sabor dos demais. A culpa individual de carregar uma pena que não sabe escrever outro desfecho que não o da morte.

Vivemos porque temos medo de morrer, ou morremos porque temos medo de viver? Nada interessava mais!

E então o jovem Valeriano se viu refletido no abismo, como há de ser.

Seu abismo era implacável: devolvia-lhe acusações terríveis. "Assassino! Fratricida! Tudo por quê? Por impaciência? Por inveja? Ou por falta de vontade? Onde está o tão falado amor pelo seu irmão?"

E, como havia de ser, o abismo foi juiz severo:

— Que vida você teve que impediu que a de seu irmão continuasse?

Como Set, assassino de Osíris. Como Caim, assassino de Abel. Como Judas, traidor de Jesus. Como os irmãos de José, ciumentos, atirando-o num poço; e depois a fitá-lo, lá de cima: o corpo do irmão inerte, sem vida, lá embaixo. No fundo silencioso. Na escuridão da alma.

Com a fúria dos deuses submetendo sua qualquer vontade, Alessandro pensou que não adiantava mais lutar. Seus opressores não podiam mais oprimi-lo. Ao inferno com todos eles! Ao inferno com os garotos da escola que o espancaram. Ao inferno com Haroldo Doku e seu estupro moral. Ao inferno com as meninas que nunca tiveram a generosidade de sequer responder, que dirá retribuir amor. Ao inferno com as regras e a imposição da sociedade, que nos corrompe e obriga a ser quem não desejamos ser. Ao inferno com todos! Como Jesus na cruz, o Jesus de Marcos, Alessandro chorou sangue e sentiu o completo e sufocante abandono que a vida, como pai de nossa história, reserva para alguns de nós, quando deixamos de lhe atribuir significado. Deu um grito primitivo, bestial, repleto de ira, de desespero. Olhou mais uma vez para o abismo, fechando os olhos, como a criar coragem, ou a renunciá-la de uma vez por todas.

E foi embora.

FIM.

EPÍLOGO

— Calma lá, um livro não pode acabar desse jeito! — você, com bastante razão, afirma.
E, para questionamentos justos, há verdades a serem exploradas, ainda que para isso precisemos recorrer a um epílogo. Não será longo, prometo. Basta que lembremos que seu significado nasce do grego *epi*, que quer dizer além, e *logo*, que quer dizer discurso, palavra. Ou seja, "além da palavra". Geralmente usado depois do fim de um texto.
Não deixa, no entanto, de ser curioso que, para João, *logo* é o começo, aquele que vem antes. "No princípio era o Verbo", ele escreveu. Que coisa! Imaginem se mudássemos seu Evangelho: "No fim era o Verbo".
O que viria depois? Há algo *além do fim*? Seria esse, então, o verdadeiro significado de um epílogo?
Como achei este novo significado interessante, vamos de uma vez a ele.

Epílogo — além do fim

Giovanni Valeriano amava seu irmão mais novo. Um dia se enfrentaram. E ele morreu.

— Mas então Alessandro morreu? O que aconteceu? Ele pulou da ponte? O que significa "ir embora"? Morrer? Ou desistir?

Sinto que preciso esclarecer, ante a probabilidade de frustrar sua expectativa, que o fato de não ter respostas pode ter seu lado bom. Não ter respostas pode nos permitir infinitos questionamentos, não? Por que precisamos estar certos de tudo? Buda não ensinou que desejar tudo é ter nada? Eva não ensinou que saber é não pertencer? Jesus não ensinou que os preteridos serão preferidos? Maomé não ensinou que a verdade em breve nos será revelada, apenas vemos em parte? Até o inexistencialismo parece sugerir que pode haver propósito mesmo na ausência dele.

Já se disse uma vez que um ignorante pode fazer mais perguntas que um sábio pode responder.

Escrevo, porque ignoro.

Prefiro a inocência da dúvida, com suas eternas possibilidades, à arrogância da certeza, de sua condenação categórica. Prefiro papel em branco a lápide predeterminada. Prefiro errar a acertar, se para isso for necessário viver circunscrito ao que se espera de nós.

Tudo escapa. Tudo nos escapa. A luz nos escapa, como vida que se extingue. Sem luz, sem vida, não somos vistos. Ser visto é ser vivo. E, à gravidade que governa nossa matéria, a existência sucumbe, como em um poço sem fundo.

Ignoro, por isso escrevo. Porque desejaria vir a conhecer, para então emergir à superfície.

Hoje já não somos mais quem fomos. E, tanto buscamos conciliar ser e ter sido, que deixamos de perceber que um ou outro precisa deixar de existir, senão ambos não conseguem. Ao menos não são capazes de fazê-lo no mesmo instante. De algo precisamos prescindir.

Tampouco seremos, necessariamente, amanhã quem podemos ser hoje. Ou quem podemos ser agora, neste exato segundo em que você lê este relato. No final, esta nossa história terá se consumado. Ela deixará de existir, ainda que se perpetue em suas lembranças. Será única, diferente, de propriedade exclusiva de quem a cultiva. Porque não existe sozinha. Como este mundo não existe, sem que você e eu possamos proferir testemunho dele. Berkeley já propôs isso, sabemos. Resolveu o dilema da imaterialidade com a consciência de Deus, que tudo vê, quando ninguém mais o faz.

Mas, se o que dá razão à existência é tão somente nosso testemunho sobre ela, seríamos nós essa mesma consciência de Deus? Ou Ele a nossa alma coletiva? Spinoza cogitou algo parecido. Sem nós, o mundo não existe. Sem o mundo, nós não existimos. Se precisamos ter vivido para dar testemunho de nossa existência, e somente assim fazê-la real, como então é possível viver, se ainda não existimos? Quando, então, existimos? E quando vivemos? Somente quando morremos?

Tudo que vivemos seriam apenas reflexões capturadas em memórias, ou desejos projetados em sonhos. Não existe o agora. O agora se extingue, brevíssimo, a cada segundo. Morre no mesmo instante em que nasce. Exatamente como o tempo.

Sêneca dizia que nossa maior certeza é não estarmos seguros da brevidade do tempo. É impossível contê-lo. Cronos engoliu a todos. E para isso destronou Caelus, o Céu. Porque o Céu, vejam só, nos aterrava. O Céu nos enterrava a todos. Presos no ventre terrestre, não nos seria permitido transitar com liberdade. Feios, bonitos, mansos ou corajosos. Nos matava a todos. Justo ele, o Céu — aquele que supostamente tem na Inspiração seu mais fiel propósito, aterrava-nos, como se dissesse: "Não sonhem". Justo ele, que é o próprio Sonho. Ou talvez dissesse algo diferente, como a deixar perspectivas em aberto: "Sonhe, mas nunca saia de onde você está". Como se prometesse uma existência somente possível na prisão da carne. Precisou Cronos, o Tempo, açoitá-lo ferozmente. Sim, o Tempo açoitou o Sonho, castrando sua influência e roubando para si o poder dele de criar.

— Eis que agora você não cria mais nada! — disse o Tempo para o Sonho.

Como antídoto, criou o Amor. E isto não deixa de ser interessante: é preciso de Tempo para poder colher da Inspiração, assim como de nosso universo interior, aquilo que pode se transformar em Amor. Assim Cronos destronou seu pai. Depois devorou tudo, todo o espaço possível. Para enfim ser ele próprio, o Tempo, também roubado de seu poder. Pois ele também se extingue.

Stephen Hawking elaborou pensamento semelhante (embora estruturado sob lógica aquém dos mitos) sobre o conflito entre espaço e tempo, partindo da teoria da relatividade proposta por Einstein: o universo começou no Big Bang, em constante expansão. Quanto mais rápido se expande, menor é o risco de sucumbir à gravidade. E, quanto maior for o espaço que ocupar, mais se acelerará.

— Se há um deus criador — disse —, é necessário que ele tenha conhecimentos em física.

E se perguntou: haveria uma fronteira final? Seria um espaço? Ou seria o fim do tempo? Um dos dois precisava terminar, pensou. Então é possível que o universo somente seja infinito em espaço, mas não em tempo. Ou é possível que exista uma fronteira, mas que ela nunca seja alcançada, pois não haverá tempo para isso. Algo de universo é finito. E algo não. Também nós somos finitos e infinitos.

Assim parece ser a vida. Assim parece ser a morte. Um dos dois precisa sucumbir, para que o outro surja. Um dos dois precisa deixar de ser, para que o universo continue em expansão, para que a sucessão natural de eventos possa se perpetuar, para que as estações se façam presentes e para que aquilo que chamamos de começo e de fim possam ser compreendidos.

Aos leitores que aceitaram o convite de seguir comigo nesta jornada, nos mesmos compassos de busca de significado tal qual os irmãos Giovanni e Alessandro, agradeço o gesto. Ele é muito bem-vindo, pois possibilita aquilo que mais tenho buscado: interpretar esta história através de outra lente que não a minha.

"Mas por que isso deveria ser importante?", você pode estar se perguntando.

— Porque esta história é minha e de meu irmão.

— Eu sabia!

Bem, reconheço que não consegui evitar deixar algumas pistas, permitindo que você tenha desvendado minha identidade, embora minha intenção fosse me ausentar completamente. Mas posso dizer por que o fiz?

— Fi-lo porque qui-lo — disse Jânio Quadros, o que nada tem a ver com a nossa história a não ser meu desejo de alguma vez poder ter usado essa frase.

Pois é: não é porque temos escombros a nossa volta que não podemos sorrir. E não é porque sorrimos, que necessariamente não estamos rodeados de escombros.

Agora falando sério: escondi minha identidade para que você, leitora, leitor, não achasse que, ao escrever em primeira pessoa, somente minha perspectiva fosse verdadeira. Há outras verdades além das verdades, não? Fernando Sabino, autor dentre os que mais gosto, reescreveu Dom Casmurro, de Machado de Assis — meu livro preferido —, em terceira pessoa, em sua obra Amor de Capitu. Por quê? Para eliminar a hipótese de que o narrador Bentinho tivesse premeditado a traição de Capitu. Para Sabino, mais do que saber se ela realmente traiu, posto que isso para sempre será silenciado, era fundamental expurgar qualquer intenção com um novo olhar.

Foi o que tentei fazer aqui. Este é meu epílogo, minha confissão, meu além do fim: sou autor de minha própria história. Ainda que não me tenha sido facultado entender completamente a consequência de meus atos. Premeditados ou não. Porque primeiro precisamos viver. Precisamos de um pouco de abstração para podermos existir. Precisamos de um pouco de autoesculhambação para que nos seja possível enxergar em meio ao caos. É preciso errar, peregrinar no erro e fazer dele eventual acerto de contas. É preciso conciliar sonho e pesadelo, exercício e falibilidade, Deus e o Diabo.

Qualquer um de nós que não tenha praticado o prazer divino de pecar nunca saberá o gosto amargo de ser santo.

Quanto a meu irmão, nada mais desejo, intensa e profundamente, do que seu perdão. Ainda espero encontrá-lo. Separados em diferentes dimensões, como sempre fomos, um movido por identidade, outro por propósito, precisaríamos apenas de um mastro comum para nos guiar em meio à tempestade, esperançosamente momentânea, que agora nos cerca, e derramar luz sobre a escuridão da dor que desde a origem de nossa história nos oprime, fazendo-se fatal na morte.

Que o amor possa, então, nos guiar. Guiar nossas intenções. Guiar nossos pensamentos.

Afinal, somos nosso próprio abismo.

E, nele, tudo de nós pode ecoar.

Até a verdade.

Giovanni Valeriano

Dedicado a meu amado irmão Rodrigo Galiano, com quem experimentei boa parte das histórias aqui contadas, sejam elas verdadeiras, inventadas — ou vivas somente em um mundo que não existe.

André Galiano
23/4/2023

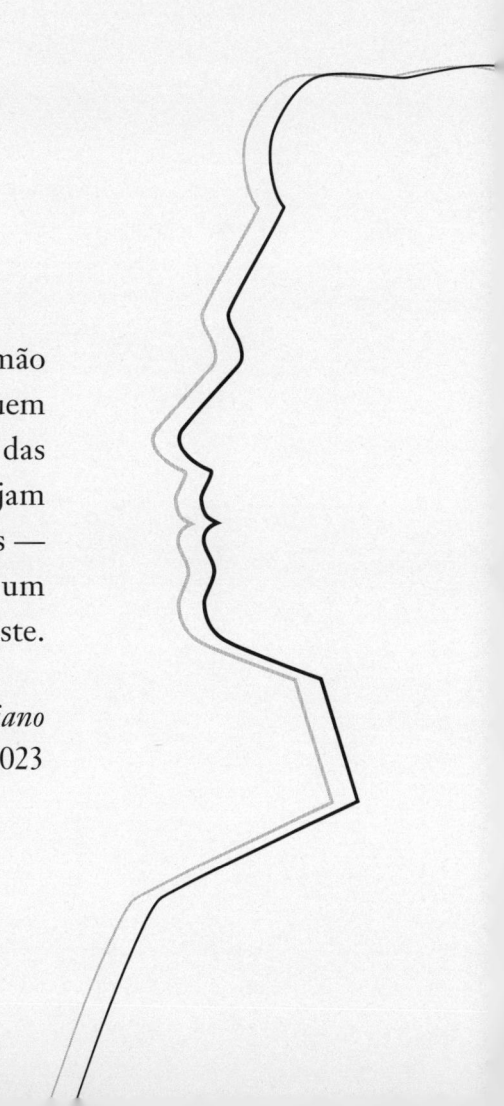

FONTE Janson
PAPEL Pólen Natural 80 g/m²
IMPRESSÃO Paym